少年

留法记

冯尧 ◎ 著

羊城晚报出版社
·广州·

图书在版编目（CIP）数据

少年留法记 / 冯尧著. —广州：羊城晚报出版社，
2014.10

ISBN 978-7-5543-0107-4

Ⅰ．①少… Ⅱ．①冯… Ⅲ．①纪实文学—中国—当代
Ⅳ．①I25

中国版本图书馆CIP数据核字（2014）第099086号

少年留法记

Shaonian Liufa Ji

策划编辑　郑　毅
责任编辑　郑　毅
责任技编　张广生
装帧设计　友间文化
责任校对　胡艺超　何琳玲　潘子扬
出版发行　羊城晚报出版社（广州市东风东路733号　邮编：510085）
　　　　　网址：www.ycwb-press.com
　　　　　发行部电话：（020）87133824
出 版 人　吴　江
经　　销　广东新华发行集团股份有限公司
印　　刷　佛山市浩文彩色印刷有限公司（南海区狮山科技工业园A区）
规　　格　787毫米×1092毫米　1/16　印张14.25　字数330千
版　　次　2014年10月第1版　2014年10月第1次印刷
书　　号　ISBN 978-7-5543-0107-4/I・186
定　　价　32.00元

自序

在出国留学的热潮中，自己有幸成为其中一分子。

18岁那年，我揣着激情和梦想，来到法国南部蔚蓝色海岸的小城镇Toulon（土伦），开始了难忘的留学生涯。在异国他乡，远离父母和亲人，远离国内的一切亲情、爱情和友情。我们这一代高中生出国留学是为了什么？出国会经历什么？会遇到什么？刚刚走出国门的我当时是什么都不知道！

有人说，我们是时代的"幸运儿"。能自费出国留学的，毕竟只是少数。在国内，像我们这样的孩子，大多有着较为优越的生活条件，可以买部小车，晚上和兄弟们喝上两杯小酒，也可以大胆去寻找恋人，为自己心爱的女孩献上一束鲜花，举行一个盛大的生日派对。然而，我们告别了这一切，选择了去国外留学，在国外奋斗。我们遇到的困难，国内大学生是体验不到的，也是难以想象的。我们体验到，留学生活就是一部追逐梦想的奋斗史，也是一部"80后"、"90后"一代人的成长史。

书中记载的故事情节和感受，许多都是和家人、和朋友聊天的

自序

真实记录，记录着当时的亲身经历、体验和情感，字里行间的话语都是用心感悟出来的。也正因为是以个人亲身经历，以及身边的留学生的生活事例、故事为素材，本书更为真实而生动地反映了我们留学生的生活，可以说是留学生学习生活状况的一个缩影。

本书引用了一些留法学友的生活事例和素材，穿插于本书之中，以塑造书中人物，在此一一表示感谢！特别要感谢我留法期间最要好的同学阮明、夏玉莹、何振宇、王思静、周星星、李承哲，学兄吴先锋、杜昊等本书涉及的朋友、同学，他们对我完成本书提供了许多帮助和支持。同时也要感谢我的母校——华南师范大学附中南海实验高中中法国际班的三年法语培训。

钟旋同学对其中部分章节作了一些文字修改，我的父亲冯学志对全书作了整理。在此表示谢意！

作者于2013年12月

2

目　录Contents

2 Contents

我18岁生日那天,玩得很疯狂。

王琪、李伟早早帮我订了房,还是老地方,京溪食街"十里香"餐厅。两桌,兄弟们能来的都来了。

当时正值元月中旬,气温很低,我们打火锅。酒过三巡以后,场面就开始乱了。

"迟到的自罚三杯。"

"兄弟我18岁了,干了。"

"今晚兄弟们都齐了,干了,大家干了。"

"是男人,都干了。"

"不是女人,干了干了!"

……

又几轮"深水炸弹"下去后,大家都差不多了。

喝完吃完,继续去唱K。我被兄弟们扶着坚持到了K房,路上有一幕我记得很清晰,就是王琪借着酒劲把自己的女朋友狠狠地赶回了家,那绝对是喝高了。

引子

　　那天晚上，所有的人都醉了，都没回家。去酒店开了4间房，在那里睡了一晚，直到第二天下午3点才醒来。对于头天晚上吃饭、唱K的经过，全忘了，是几名女生事后告诉我们才知道。还好，我的钱包、手机、新衣服和朋友送的生日礼物，没有丢，是女朋友廖晓颖帮我收好的。

　　在我过生日那一天，爸妈对我说，"你18岁了，家里不再像小孩那样管你了，今后的路靠你自己走，家里不会像以前那样过生日跟踪你，看你去哪里了"。

　　当晚，为了迎接金色的18岁，我和好朋友们一起，过了一次有生以来最奢侈的生日。

　　生日后不久，我便飞往浪漫的法兰西。在登机前的那一刻，家人和兄弟们在广州白云机场为我送行，我回头看着他们，看着家人目送着我，我特别的心酸。含着泪走进机舱，离开他们的视线。开始了"小海龟"的留学生活，我的故事就从这里开始……

第1章
踏上法兰西土地

飞机降落在戴高乐机场时，正好是巴黎时间早上6点多钟。

机上这一夜特别的漫长。头天晚上12点从广州起飞，时差向后推迟了7个小时，第二天到达巴黎时尽管是早上6点多钟，可飞机已经飞行了12个多小时。下了飞机，明显地感觉到巴黎的气温比广州低，上飞机时穿着短袖，下飞机后立刻感觉到了巴黎早上的寒意，连忙把长袖穿在了身上……

和我结伴而行的有李冬明和林雅菲，我们三人都是华海附中中法班的同学。

机场大巴把我们从机场接到了航空港，我们从机场托运行李转盘处把行李取出来后，拿着护照和入境申请单在海关盖完章，等着我们的是一条长长的通道，走到头就算是正式踏上了法兰西的土地。

——法国，这个浪漫之国；巴黎，这个世界历史文化名城，有着太多太多的故事和传奇，不知令多少人憧憬和向往——埃菲尔铁塔、塞纳河、凯旋门、卢浮宫、巴黎圣母院、香榭丽舍大街……

我们怀揣着激情和梦想，来到了这个神秘而古老的国度……

我们三人费力地背着、拖着、拉着行李随人流出了机场海关闸口。

面对偌大的机场，那些不同肤色的人们在我们面前走来走去，这一刻，我心里空荡荡的，在这片异国他乡的土地上，突然袭来的寂寞感让我觉得非常的无助。

我们虽然买的是经济舱机票，但行李托运还是按学生标准——40公斤。我手上拖着一个软包装大行李袋，身上背着三个包，装着全部的家当，一步一步地往外挪。

出了闸口，我们寻找举牌的人，却没有看见有人来接我们。

李冬明有些胆怯，他嚷嚷着说："哇，没见到人来接呀，怎么办？不会被骗了吧？"

林雅菲推他一把："乱说，你个乌鸦嘴！"

我掏出电话，对林雅菲说："别吵了，快给我电话号码，找境外接机人。"

我拨通了电话，铃声响了几下，却没有人接听。我赶快按掉。我知道，法国的手机响三下就要进入语音信箱，就要开始计费。

我告诉他们俩："没有人接，可能时间还早，你们看现在巴黎的天还没亮呢。"接着我又把电话打回广州，说了我们目前的情况。家里让我待着别动，他们在国内联系找人。

我们三人找到了公共通道口的一个座椅，放下行李，在那休息。

等了一会儿，李冬明对林雅菲说："喂，看好行李，我去走走，侦察侦察。"他说完就起身转悠去了。巴黎戴高乐机场很大，李冬明到处看标识，然后回来找到我说："张洋，快去看，那里有个标识好像写的是去火车站的方向。"

我和李冬明到那里一看，我也没看懂写的是什么意思。李冬明想了想，对我说："那我去问问。"他看见有个像是机场的工作人员，就凑上去用十分生硬的法语问道："先生，请问，到火车站是从这边走吗？"

那个机场工作人员愣了愣，然后摇了摇头。李冬明似乎明白了，用法语说："哦，不是的，不是从这边走？"没想到机场工作人员却回答："我听不懂你说的是什么。"说完就走了。

我在李冬明身后，捂着嘴笑了起来，不客气地对他说："你个大冬瓜，你说的法语也太烂了，居然法国人都听不懂。"李冬明不服气地回答："不是，他可能也是外国人！"

我们俩又回到了座椅上休息，凭我们现在的法语水平，连问路都没人听得明白，还是老老实实地等吧。

大约过了两个多小时，巴黎的天空渐渐地放亮了。

一位中国人——在法国的接机人找到了我们，他解释说早上塞车等一大堆的理由，然后领着我们去火车站。我们三个人大包小包地拿着行李，但这位接机人恐怕早已是司空见惯，看着我们狼狈的样子，他一路上居然没有帮我们一下。他没有一点我们国内人的那份热情，我们心中难免有点失落。

他教我们买了青年票，让我们自己等火车，然后就独自离开了。

我们申请就读的学校在法国南部，是一个面向地中海，拥有蔚蓝色海岸线且风景优美的小城镇——Toulon（土伦）。这里西靠西班牙，东邻意大利。是法国第二大军港，每年都有外国军舰到此访问。

轰隆隆的火车，从巴黎出发，向法国南部行驶……

湛蓝的天空，明媚的阳光照耀在一望无垠的田野上，稀稀拉拉的小村庄散落在开阔的铁路两旁。列车在风景如画的乡间田野里穿行……

车厢内，李冬明、林雅菲和我，我们三个中国留学生坐在一起。尽管我们乘坐了12个小时的飞机，又等了5个多小时的火车，但我们依然毫无倦意，一路上掩饰不住我们激动而兴奋的心情。

坐在我们对面的是两个法国老人，好像是从法国北部来的，他们嘟嘟囔囔地讲着法语，在聊天，讲得很快，我听不太懂。

车窗外，被蔷薇包裹着的房屋和一片挨一片的绿树，静静地掠过车窗，在我们身后隐去，为我们荡涤着一路的疲惫。

突然，林雅菲尖叫一声，指着车窗外："你们看，那是什么？"

我和李冬明远远望去，在列车前方乡间田野的小道上，一只动物在奔跑。由于雾气笼罩着，看不太清楚，只看见它很笨重，身上的颜色呈土灰色，像是在追赶火车。

李冬明自作聪明地提示我们："你们听说过草泥马吗？国外有很多！"

林雅菲摇头反对："怎么可能有这种动物？"

动物离我们越来越近，我立即判断出："那就是草泥马——羊驼。"

林雅菲："对，没错，是羊驼。"接着面对着李冬明，戏谑地嘲笑他："你像它，也是一头羊驼！"

李冬明不服气地反驳她："你才像呢，像只母羊驼！"

我们三人笑作一团，接着，李冬明挨了林雅菲两拳头。

列车里的旅客，用不解的眼光看着我们……

这时，坐在对面的法国老人说话了（用法语）："你们几个年轻人，说话小声点，不要影响车厢里的其他乘客休息。"

我们一愣，知道这个法国老人对着我们说话，但没完全听懂他说的是什么。他法语讲得超快，鼻音很重。

我们立刻猜测到他是让我们说话小声点。顿时，我们停止了喧哗。我用笨拙的法语反复表示："对不起，对不起……"

过了一会儿，兴奋劲还没有完全消失的林雅菲，她捂着半边嘴向我们讲述了一年多以前，在我们上高二的时候，学校组织学生到法国去游学的一段经历……

"那年我们参加学校组织的游学活动，有一次我们在巴黎参观卢浮宫，参观的人很多，各个国家的人都有，可室内却相当安静。正当大家聚精会神地听着讲解员的解说时，我们学校教导处的那个梁老师，突然对我们说：'广东华海附中的同学注意了，参观完后在大门口集合……'"

李冬明也想起来："对，对！当时我就在场，梁老师是个女的，声音又尖，还用中文在大声讲话，这也不是在国内，中国人之间讲话声音大，可在国外就有点犯'傻'了。"

我对他们俩说："还有，在餐厅吃饭也是。法国人吃饭安安静静的，说话小小的声音。那次游学，我们被安排在法国人家里住了几天，可能吃西餐不习惯，大米饭吃少了，同学们集中就餐时，只听见大家'再来一碗，再来一碗'的喊叫声，有我们这几十个同学在餐厅，像是在奏交响乐。好在是中国餐厅，那些一同就餐的法国人尽管不高兴，可也没办法，中国人嗓门大，一下子改不了。"

我们三人哄的一声，又同时笑了起来。

大概被我们吵得心烦的法国老人又向我们说着什么，摆动着手，示意我们安静，不要再吵了。

我们三人相互看了一眼，做了个鬼脸，这才停止了说话。这一路上折腾得也确实有点累了，一不说话，我们慢慢地都打起了瞌睡。我怀中抱着装有证件的小包，慢慢地睡着了……

列车从巴黎驶向法国南部。所经过的车站站名显示的全是法语，对于我们这些刚来法国的留学生来说，一不小心就坐过了站。

不知过了多长时间，老爸从广州打来电话，把我吵醒。因为手机快没电了，我也不敢接电话，回了短信汇报路途中的情况，就不敢再睡了。

我叫醒了李冬明和林雅菲，对他们说："喂，哥们，睁开眼睛，看看火车到哪里了？"

睡得晕头转向的李冬明"啊"的一声，像是刚刚被惊醒。他大声说："到土伦了吗？"

林雅菲对李冬明说："睁大眼睛，仔细看着，在火车到土伦前一个站，我们就开始收拾行李，准备下车。"

因为行李太多了，我们三个人都是全副武装。背的，挎的，拖的，全身上下几乎腾不出一点空隙的地方。

还好，我们有惊无险地看到了Toulon（土伦）的站牌。

站台上，一个法国中年女人在那儿等候我们。她举着写有我和李冬明名字的牌子，显然她是接我们两位男生的。我和李冬明住在学校安排的宿舍。下了车，与法国中年女人见了面。她30多岁，穿着很入时，还画着淡淡的妆，有着欧洲女人的那种丰满和妖娆。

她自我介绍说："我叫Perline（以后我们背地里都叫她小贝），是你们班的负责人，欢迎你们新同学的到来！"

我和李冬明向她点了点头，揽着大包小包的行李，跟着她上了车，出发去我们将要居住的家。

林雅菲安排在法国人家里，住寄宿家庭。来接她的是一位约60岁的男人和一位十四五岁的女孩，接人的牌子上写着林雅菲的名字，很显然，是林雅菲的房东。

林雅菲与那个法国老人和女孩见面后，就跟着他们上了车，她向我们挥挥手，我们的车各自驶向不同的地方……

TWO
第2章
第一个家在地中海岸边

小贝驾车选择了沿着海岸边一路开去，我和李冬明不禁感叹这难得一见的美景！微风轻轻地卷起海浪，一波又一波地送上沙滩，人们休闲地在海岸上散步、打球、冲浪。如果不是身上沉甸甸的行李，眼前的这一切会真的让我误以为自己是在度假。

正当我们兴奋不已的时候，小贝向我们介绍道：我和李冬明将要去的新家就在附近的海边，离火车站只有20多分钟的车程。

海边一幢幢外墙呈乳白色的房子，样式几乎都一样，一排排地并列在一起，房子都不高，都是只有7层楼以下。建筑风格很漂亮，稍不注意就会迷失在其中。

小贝的车在一幢房屋前停了下来，我们知道到家了，来到了我们留学法国居住的第一个新家。

我们一路羡慕着，提着行李进了家门。

新家两房一厅，里面已经居住了一名也是来自中国大陆的同学，看样子比我们要大一些。小贝向我们介绍，这个同学叫陈世俊，这套宿舍就安排你们三个同学住……

趁着小贝说话的时候，我开始打量起这个新家来……

我的第一感觉是：新家就像"豪宅"，房子配备很齐，什么都有，电视、烤炉、冰箱、微波炉、熨斗，还有吸尘器……

看着眼前这一切，心里真是舒服啊！

小贝对我们说："这套房子每月租金900欧元，分摊到你们三个同学，每人只承担300欧元，另外交两个月的押金，是比较划算的。房间是以我们教学班的名义租的，每人还须多交一个月的担保金。每个人交1200欧元，3个人一共要交3600欧元。"

在小贝给我们作介绍的时候，世俊大哥一直在给我们当翻译。凭着我们当时的法语水平，是很难听懂法国人讲话内容的。

小贝解释完后，递过来几大张住房合同，纸上写的全是密密麻麻的法语，我看得出，她似乎有点不耐烦，不像会留时间让我们慢慢研究的样子，所以，几乎是在完全看不懂的情况下，我和李冬明匆匆地在合同上签上了自己的名字。

小贝拿到合同和我与李冬明交的钱，就离开了我们的新家。临走前，她嘱咐世俊大哥："叫他们两个同学明天带上证件和钱，去学校办入学注册手续。"

我和李冬明分别收拾行李、衣物。

尽管房子是两房一厅，可房子面积很大，世俊大哥住一间，我和李冬明住另一间，客厅共用。

打开电脑，一插试网络，我高兴地喊了出来："太好了，还有网络，可以上网了。"

要知道，网络对我们留学生来说，是必不可少的。不到几分钟就联上网了（法国都是无线20M了）。网线一接通，我立刻向家人报了平安。

待我们收拾好房间，整理好东西后，已经是下午6点多钟了。我这才发现自己的手都磨破皮了……

为了迎接我们的到来，世俊大哥马上去买菜做饭，晚上，我们三个室友自欢自娱，好好地庆祝了一番。这顿饭做得很好吃，在言谈之中，我才知道，原来世俊大哥是厨师出身，来法国留学，是为了学做"法国大餐"的。

吃完晚饭后，我们三人迈着休闲的步子，到海岸边散步，一路上欣赏着美景。

落日的余晖洒在海边，虽然是刚刚进入秋天，但阵阵微风吹来，已有丝丝凉意。海边休闲的人们逐渐散去。

世俊大哥告诉我们，还有比这更好看的风景线呢，法国的"妞"，在夏天都不穿胸罩，都喜欢"真空上阵"呢！

接林雅菲的车子大概走了半个多小时，到了她寄宿家庭的地方。那里是邻近乡村田野不远的一幢2层楼的楼房。房屋周边环境不错，可离市区稍远了一些。

林雅菲从车上拿下了行李，跟着房东家人一起进了房间。林雅菲住一楼左侧的一间小屋，屋子不大，很干净，家具设施都很齐。林雅菲迅速地开始整理行李。

她习惯地把洗漱用品放在洗手间，把电饭煲放在厨房。

林雅菲有些伤感，看着自己的行李，她发现一切都是那么的熟悉，可又是那么的陌生。虽然都是早已用惯的用品，可毕竟来到了陌生的国度，来到了遥远的法国，离开了自己的家。

正当林雅菲触景生情，沉浸在对家里亲人的思念的时候，那位法国房东老头进到房屋里，向林雅菲重复道："你知道吗，你的房间每月租金210欧元，另外还要交600欧元，那600欧元算是押金，如果到一年房间没有被损坏，那600欧元就退还给你。"

林雅菲似懂非懂，可又不自觉地点点头。因为她在出国前已经知道了寄宿家庭的租金费用。

房东老头："需要让你知道的是，你要是在家里吃饭，伙食费就要另外计算；如果每天早晚各一餐饭，每天两餐饭，每个月需要增加费用200欧元，你同意吗？"

林雅菲："同意。"她根本无法选择，初来乍到的小留学生，什么都不懂，更不可能讨价还价。

第一堂课就遭遇尴尬

土伦的早晨。

街道、房屋、山峦、树木，还有道路两旁停放着的一部部小车，它们静静地躺着，一动不动，就像一幅画。

消沉了一夜的这个海滨小城市，经过来自地中海海风的冲刷，早上的空气特别的清新。尽管是初秋时节，白天仍然阳光灿烂。

第二天早上，才6点多钟我就起了床，我和李冬明约好，今天去学校办注册手续。

冬明还在床上翻白眼，看着他一脸的懒样，我立马打开电脑，超高分贝地播放音乐，在一首《南拳》的音乐声中，我全身大字形地压在他身上，在他耳边高喊："起——床，起——床啦——"

然后，我开始做法语口语准备。

在快速的洗漱后，看着李冬明才懒洋洋地从床上爬起来。我超心急，就故意激他："冬明，快起床，我们早点到学校去看法国美女。"李冬明一听，真的很快就跳了起来……

等李冬明洗漱完以后，我们早饭都没顾上吃，就急匆匆地出门，赶往学校。

我明显感到，土伦的气温比广州低。

公交车缓缓地停在了土伦大学外公交车站。

我和李冬明下了车，一起去学校找小贝老师，在小贝老师那里交学费、办理新生注册手续，领取有关证件等，然后小贝老师带我们到了教室。

我们班的教室同中国大学的教室很相似，教室不大，但很干净，大概能容纳下三四十名学生，每人一张课桌、一个凳子。所不同的是，教室里贴的是法国地图，而不是中国地图。

我和李冬明算是来得早的，当同学们陆陆续续地走进教室后，我和李冬明左顾右盼，东张西望，将全班同学仔细看过一遍后，刚进教室时的热情顿时烟消云散，其结果让我们大为失望——教室里哪有什么法国美女呀！几乎全是黄皮肤、黑头发，一张口说话吧，就知道全是中国留学生。

后来和同学们熟悉了才知道，全班三十多个同学，几乎都是来自中国大学在读生或刚刚大学毕业的学生，只有几个越南、哥伦比亚的留学生……

我和李冬明是高中毕业生，在全班年龄最小。有的同学比我们大十多岁，也坐在旁边学习，而且多数是男生。这些中国留学生个个都留长发，甚至长得分不出是男生还是女生了。

我们读的是IUT预科班，IUT属土伦大学的技术学院，在这里要先学一年语言。我和冬明参加的这个班，是这一年3月份开学的，我们10月来上课，算是插班生。班上所有同学都比我们早来法国半年，当然比我们的法语水平要好。当时我们真羡慕他们啊！

在法国，上大学是免学费的，但上大学预科班，即学语言阶段要交学费，我们预科班学费一年3000欧元，注册费300欧元，学生社会医疗保险一年180欧元。3000欧元当时相当于不到3万元人民币，不算太贵。

一会儿，老师来上课了。

上课的老师是个女的，看样子大概五十多岁，很是精干的样子。后来我和李冬明知道她的名字叫Sarah（萨拉）。

"同学们，在上课之前，我先介绍一下新来的两位同学，请两位同学作自我介绍。"萨拉老师说道。

萨拉："李冬明同学，你先说。"坐在我旁边的李冬明没反应，像是没听懂，傻傻地望着老师。

其他同学用汉语提醒李冬明："喂，李冬明新同学，老师叫你呢，让你作自我介绍。"此时李冬明才明白老师的意思，他赶紧站了起来。

李冬明不假思索地开始介绍："我叫李冬明，今年18岁，高中毕业，来自中国广州……"课堂上一阵哄笑，李冬明竟然是在用汉语介绍他自己。

"李冬明同学，用法语，用法语。"萨拉老师马上打断李冬明的话。恐怕李冬明忘记我们已经身在法国了。

尽管那几句法语不是很难，但已经被同学们笑傻了的李冬明此时哪里还能说得清楚？那几句自我介绍他说得结结巴巴，很快老师示意他坐下。

"同学们，法语是世界第三大语种，被誉为世界上最美的语言，希望你们尽快学好和掌握这门语言。下面，让张洋同学作自我介绍。"萨拉老师很和气地看着我说。

因为早上我已做了准备，所以听老师这么一说我就马上站了起来，用不太流利的法语回答道："大家好，我叫张洋，我的法语名字是Francois（弗朗索瓦），我今年18岁，来自中国广州。我喜欢电脑、篮球和音乐。"

萨拉老师很高兴地表扬了我："回答得很好，很熟练，可你的发音不标准，希望注意纠正。再请你回答一下你报读的专业，为什么要选择这个专业？"

我愣了一下，看来今天老师不考倒我是不会放手的。我想了想回答说："我申请的专业是'网络传媒'，选择这个专业是因为我喜欢计算机，平时学习我坐不住，可只要在电脑前我就能静下心来……"

这一段近乎弱智的回答，又引得同学们的一阵哄笑。

我们两个新生的报到，就像给全班同学，特别是萨拉老师打了兴奋剂似的。这堂课没有进行其他内容，萨拉老师穷追不舍，继续向我提问："张洋同学，请你解释'网络传媒'这个词的意思是什么？你报读的这个专业是学什么内容的？"

我那么烂的法语口语，怎么能回答这么难的提问？我只好含含糊糊地解答说："是计算机和互联网的连接……"就再没有其他语言表达了。

大概萨拉老师也笑够了，不再纠缠我，示意我坐下。对我以上的回答作了补充。

　　"同学们，我再补充一下，所谓传媒就是传播各种信息的媒体。网络传媒，就是指利用网络为载体，通过文本、音频、视频等形式来进行的信息交流，它与传统媒体方式不同，是计算机网络中的一种新形式的传播媒体。好了，今天我们一起朗读一篇法语课文……"

　　第一天去上课，我们就遭遇了尴尬，被老师整了个措手不及。接连那些天，我们迷茫地去上课，至于讲的什么内容，完全没有听懂。虽然我们在国内学了三年法语，但真正到了法国听课，才明白自己的法语水平是多么的差劲。

　　下午4点多钟，学校放学了。

　　同学们三三两两、陆陆续续地走出教室，走出了学校。

　　好奇的李冬明和我，盯着一张张陌生的脸，不由自主地像观赏风景似的看法国女生。我和李冬明走得很慢，眼前一群群男女学生和我们擦肩而过……

　　快要走出校门的时候，突然一辆摩托车发出"轰轰"的响声，从我们眼前冲过去，一听声音我就知道，那是一辆跑车，其速度可以用狂飙来形容。骑车人一身黑衣、黑头盔，像是警察打扮似的。我下意识地后退一步，避开这突如其来的干扰。

　　正在目不转睛、聚精会神看美女的李冬明被吓了一跳，连连躲避，一不小心左脚踩在马路边的一个下水道入口处，马上被凹凸不平的路面崴了脚。他一屁股坐在了地上。

　　我嘲笑李冬明："看什么看，看上哪个美女了？"过了好一会儿，才把他拉了起来。

　　在此后的一个多月里，我们一边上课，一边办一些琐碎的事情。在法国，需要操心的事情繁多而且琐碎，全都要自己去做，环境逼着我们不得不学着独立。

　　我们班赵辛大哥的法语口语比较好，考虑到我和李冬明是新生，小贝老师让赵辛大哥陪我们去办理银行开户。法国有好几家大银行，我们选择了LCL银行，因为这家银行离我们住的地方比较近。

　　这间银行比较小，就那么一个老头在做事。

　　赵辛大哥问道："请问，留学生银行开户需要提供哪些文件？"

　　银行老头让我们先等等，打了个电话，很快告知我们："只要提供学校证明、护照，就可以办了。"

正好那天我们把这些文件都带在了身上，早已准备好了。

当场开了户，还办了张信用卡。开户和办卡要签订合同，合同是当场打印的，给银行的那一份合同有一个专门的签名栏。以后银行对照签名的时候就以这个为准。

银行老头说："最近我们有优惠活动，初次开户，信用卡可免两年月费，第一年年费15欧元，从第二年开始每个月1.5欧元，两年就可以省33欧了元。"老头指着银行的一张宣传单，特地在这一优惠的条款上画了好大的一个圈。我们明白，同中国一样，银行为了拉客户，都会有很多优惠政策的。

我鼓足勇气向银行老头提问："从中国寄钱来需要多长时间才能收到？"

银行老头说："很快的，很快的。"他并没有回答我具体时间。银行老头像是想起了什么似的，又向我们介绍道："每个新开户的客户，我们银行还要送一年的房屋保险费。"在查对了我们的住房合同后，银行老头告诉我们："一年的房屋保险费97欧元。"这个数目不小啊！

老头把银行账号的信封给了我们，对我们说："过几天银行会通知你们来取信用卡和银行支票。"

交完房租、押金、学费、注册费等费用后，还留有比较充裕的钱。我和李冬明就照赵辛大哥的意思，存了一部分钱进银行，之后，就等着取卡通知了。

我们又来到Orange电信公司，准备签一部手机。在法国，手机使用一般要签约。如果签了一年以上合同，而且必须每月付一定数额话费，就可以很便宜得到一部新手机。

进到营业部里面去挑选，手机款式还不错，价钱也不贵。

电信工作人员拿出了各款手机，让我们挑选。我选中了一部三星手机，李冬明选了一部法国萨基姆手机，电信工作人员对我说："签这部手机需要每月交话费30欧元，且一年以上。直接从银行账户上扣款。"

我点点头，随即在电信公司的合同上签了名字。

我问道："签约时间到期了，怎么解锁？"

电信工作人员："签约时间满了以后，如果你按月付费，电信公司会帮你解锁，把密码给你。"

拿到手机并装上卡后，我和李冬明开始互相拨打电话，试声音效果。

第4章
法语是世界上最美的语言

　　清晨，宁静而优雅的法国乡村，静悄悄的，一幢幢房屋被浓浓的雾霭笼罩着，充满了田园诗情。静谧、安然，弥漫着清新的草香。

　　早上6点半，林雅菲被"可恶"的闹铃吵醒。

　　房东准备的早餐是面包、咖啡，林雅菲匆匆吃完早餐，拍拍双手，背上书包，出了家门，她掐着时间去坐公车，到学校去报到上学。

　　走出室外，一阵冷风迎面而来，林雅菲不自觉地打了个冷战！她感到丝丝的凉意，下意识地抱住双肩。穿着单薄的她又返回家加衣裳，多穿了一件风衣出门。

　　公交车站处，一辆公车开过来，林雅菲上了车。车内空空的，几乎没有什么人，也许时间太早了。一会儿，车开走了。车子到土伦大学校园区的门口时，林雅菲拿出手机看了看时间，自言自语地："哇，走了半个多小时！"

　　林雅菲和我们不在一幢教学楼上课。她申请报读的是DEUG普通大学预科班，虽然普通大学与IUT技术学院学习的内容不一样，可在这里林雅菲同样要先学语言，过语言关。

　　转悠了好久，林雅菲才找到他们上课的那栋教学楼。刚要进教室："林雅菲！"身后有个中国女生在叫她。

　　林雅菲一回头，看见一个非常熟悉的身影，是董玉莹，都是我们华海附中的同学。两人高兴地拥抱在一起。董玉莹和我们同一年高中毕业，她学习成绩非常好，法语TCF考试达到了400分，所以被土伦大学直录了，直接进入专业学习。董玉莹比我们早半个月来法国。

　　董玉莹旁边，是她的男朋友何国华。何国华比我们高一届，去年就来到了土伦。

　　董玉莹："星期天到我家吃饭，我们几个老同学好好聚一聚。"

　　林雅菲问："你的教室在哪？"

　　董玉莹指着学校那幢最高大、漂亮的楼房："在那幢，三楼。"

　　林雅菲："好。那等一会见。"

　　普通大学预科班教室里，都是来自世界各国的留学生，但以中国留学生居多，而且超多女生，都是美女。唯独没有法国同学，因为法国学生不需要参加语言学习。

　　讲课的是个男老师，大约有30多岁，算是个美男子，可有点秃顶。讲的法语带有重重的鼻音。林雅菲看着他，心里在揣摩，这个老师蛮像在国内高中中法班的外教，是个典型的阿拉伯人。

　　"同学们，我叫Aron（阿隆），是你们的法语老师。"老师在作自我介绍。

　　停顿了一下，他又说："今天上午我们上口语课，我准备了一张世界地图，请同学们把各自所在国家的位置找出来，做上记号，写上自己的名字，然后用法语介绍自己。"

　　阿隆老师早已让画画较好的同学在黑板上，用白粉笔画出了一张大大的世界地图，凡是到讲台上去做标记的同学，写名字用红粉笔，以便于识别。

　　阿隆老师说："从第一排左边开始，从左到右，同学们依次上讲台……"

　　按照阿隆老师的安排，同学们一个个走上了讲台，介绍了自己。

　　一名美国男生在讲到爱好游泳时，将法语"爱好"的单词讲成了"爱情"的单词，一时间同学中又发出了阵阵笑声。这位美国男生一着急，竟用英语不解地询问同学们："笑什么？我说错了吗？我说错了什么？"

　　马里女生是一名黑人，她更搞笑，用法语说出了自己的名字后，接着说道：

　　"我的爱好是……"她完全不会用法语表达后面的语言。不知是讲台下哪位同学冒出一句："是爱帅哥……"同学们一阵哄笑。

　　尽管好搞笑，可课堂气氛很好。

　　阿隆老师最后说："同学们，我给大家讲一个故事。"

　　"1873年，法国作家都德发表了一篇名作：《最后一课》。讲的是在当时普法战争后，在法国阿尔萨斯省的一所乡村小学，老师告诉同学们，德国人即将占领这里，这里的人将改说德语，这位老师要同学们记住，法语是世界上最美的语言。这是最后一堂法语课。下课了，老师在黑板上写下'法兰西万岁'。"

　　停顿了一会，阿隆老师又接着说："在欧洲，不仅在西欧，而且在北欧，许多贵族都以会说法语为高贵，为骄傲。法语是国际上通行的官方语言，文字表达以法语最为严谨。法语代表着强大、标准、文化和有教养、上档次，那么它被称为'最美的语言'也就不足为奇了……"

　　那天下午，我们IUT预科班上的是电脑课。

　　全班同学都到教学楼电脑室。电脑室空位很多，我们人手一台电脑，上起网来了。法国比中国时差晚7个小时，法国的下午3点正好就是中国的晚上10～11点。如果晚上回到宿舍上网，爸妈可能早已睡了。

　　在网上，我呼叫爸妈。

　　爸妈都在，见到我好激动。老爸激动地说："张洋，你好吗？"

　　"好！"当我回答了这句话后，一种酸楚的感觉涌上心来，用百感交集来形容一点都不为过，没想到我也会那么脆弱。离开了家乡，离开了父母，我似乎一下子变得孤单，以至于后来我都记不清同爸妈说了些什么话。

　　我真的很想哭，但我强装笑脸，我没有哭！

　　我们在视频上对视了好久，我禁不住已是热泪盈眶……

　　只有在这时，我自己才意识到，在相隔万里之遥，我想家了，我想爸妈了……

第5章
火锅聚餐

屋里的电话铃响了。

李冬明从厨房跑出来，擦擦手，去接电话……

李冬明接完电话后对我说："张洋，董玉莹来电话，说明天星期六，让我们到她家去吃饭，同学聚会，林雅菲也去。"

"好！吃什么？"我问。

李冬明说："打火锅，我们负责买菜，董玉莹和何国华在家做准备，林雅菲带火锅调料。"

我心不在焉地说："好！"当时我正忙着玩游戏呢……

星期六一大早，我、林雅菲和李冬明一起去"中超"买菜，这是专门为中国人、越南人开的超市。

超市里，食品、生活用品等等应有尽有。我们挑选了适合打火锅的羊肉、牛肉、香肠、海鲜、蔬菜等等。超市里的牛肉是一片一片卖的，大概10欧元左右。

买蔬菜也很有趣，自己拿一次性袋子装好，放在秤上，自己选择蔬菜种类标签，出来一张价格贴纸，自己贴在塑料袋上拿去买单。

我拿了些西红柿，但是发现有四种西红柿标签可选，根本不知道该选择哪种，于是我在塑料袋上贴了四种价格。

李东明说："价格贴上去了，再往里面放几个，收银员又不知道，对吧？"

我不由自主地瞪了他一眼说："怎么可以？这么没素质！"然后，我还是硬是往里面多放了几个……

超市结账处，我和林雅菲拿着选好的肉菜，准备付钱结账。

收银员是一名法国中年妇女，她在收款机上打完单后说道："一共43欧元，给现金还是刷卡？"

我对李冬明说："你先买单，回去我再和你结算。"当时我和李冬明的钱是放在一起用的，对等出钱，不分你我，由李冬明掌管，花完后两人再集资。

李冬明点点头，就开始解裤带。解开裤带后把手往内裤里掏，我看着很奇怪，商场里其他在场的人看着也很奇怪。

我急忙问他："你在做什么？手放进内裤里摸什么？"

李冬明制止我："别吵、别吵，我在拿东西。"

我有点急了："拿东西？裤裆里有什么东西呀？这么多人看着多不好……"林雅菲不好意思地转过头去，收银的法国妇女看得目瞪口呆。

李冬明摸了一会，从内裤里掏出一大把钱，都是大面额的欧元："我在拿钱啊！"此时我才醒悟过来。

我和林雅菲在一旁强忍住笑。

李冬明买完单后，我们一同走出超市。

我问李冬明："干吗把钱藏在内裤里？"

李冬明说："临来法国前，我妈在我的内裤上缝了个裤兜，出国时带的欧元全部装在内裤里，妈妈说这样安全。因为我们银行信用卡还没办好，所以带的钱全部装在内裤兜里……"

林雅菲："在大庭广众之下，以后再也不要有这些动作，被误解了还会认为你想耍流氓呢！"

听了林雅菲的话，我心里也打起鼓来。其实，我也和李冬明一样，来法国时我更傻，老妈把全部欧元都放在我的裤兜里。那天临上飞机前填写个人携带物品卡片时，我居然写上带了多少钱，弄得海关怎么都不予放行，非叫我把钱拿出来，说不允许带这么多钱，如果要带，还需要银行写资金证明等等。

那怎么可能呢？飞机都快起飞了……

还是机场保安帮了我的忙。保安说，带的钱根本不用填在卡片里，撕掉卡片不填就行了嘛！现在想想，当时我也是真笨！

我们三人买好菜赶到董玉莹家里时，已经是中午11点多钟。

董玉莹和何国华正在家里忙活着。

何国华在卖力地打扫房间卫生，显然，经过整理的房间里干干净净的。董玉莹在厨房里忙着，洗厨房的用具，为聚餐做准备。

一进家门，我和林雅菲就一阵狂笑。我指着李冬明，正要揭他的老底，还没等我开口，李冬明猛地扑到我身上，捂住我的嘴不准我说话。我终于饶了李冬明："好了，不说了。今天算你欠我一个人情。"

我们把买回的肉菜食品交给两个女生，由她们负责做饭、干活，我们男生上网看电影。

我们留学生，大部分都是用电饭煲当锅的，虽然用起来方便，但要等很久才沸腾。到中午1点多钟，我们才吃上火锅。肉菜品种很丰富。大家边吃边说笑。

林雅菲也顾不得什么了，边吃边诉苦："在寄宿家庭里，吃不饱啊，整天都是吃的棍子面包、烤香肠、烤鸡块、果酱、奶酪、酸不拉几的金枪鱼罐头，我快饿死了。很少吃大米饭呀，法国人做的大米饭很难吃，好硬好硬，像吃夹生饭的感觉。"

李冬明终于抓住了我的把柄，揭发说："张洋也很丢人，听说今天中午吃火锅，从昨天晚上到今天早上，都没吃什么东西，空着肚子，就等着这餐饭呢。"

李冬明居然不放过一切机会报复我。

我问董玉莹："在学校你法语学得好，直接录取进入大学专业学习，上课能听懂吗？我听课像是在坐飞机！"

李冬明说："你是坐飞机，那我简直是在坐火箭！"

林雅菲也深有感触地说："法国人都吹嘘，说法语是世界上最美的语言，你们说法语美在哪里？"

李冬明连忙接道："有的人很搞笑，他们比喻，说法语就像吐痰，大舌头，嘟嘟囔囔的，说几句就要喝杯水。"李冬明嘟起嘴学法语腔调，装作吐痰的样子，惹得大家一阵哄笑。

林雅菲说："法国人说话超快，好像法语口音也不一样，马赛的口音比较重，一般大家都喜欢巴黎口音。"

我伸开双手制止大家："我来总结一下，中国人为什么学法语那么难学，就是因为西方人的语言神经发达。所以老外的脸部肌肉早早萎缩了，老外女人为什么皱纹满脸，而中国女人的脸上皮肤却是紧绷绷的，就是这个原因。"

又是一阵哄笑。刚把肉送进嘴里的林雅菲，"噗"的一声将嘴里的菜喷出来。

董玉莹生气地对林雅菲说："太恶心了，改改你这叽叽喳喳的性格吧，像个男孩子似的。"

在一旁沉默了很久的何国华忍不住插话："法语的用法很严谨，动词变化多，像法律条文这种严谨的重要文件在国际上都是用法语书写，所以联合国将英语定为第一发言语言，法语为第一书写语言。法语虽然是一门很难的语言，但是很实用。"

董玉莹赞同地说："法语说起来会抑扬顿挫，这和法语的发音有关系，推崇法语的人会说法语说起来像是在唱歌。"

我不耐烦了："吃饭吃饭，我看对我们留学生来说，吃饭吧唧嘴的声音最好听，大家在一起烫火锅，简直就像在演奏一首交响乐！"

"好了，越扯越远了。"我开始指挥大家立即转移话题："下面，进行中国传统节目：划拳，开始猜拳！"

董玉莹一直负责往锅里下菜，一边吃着，一边在照顾身边的我们。

窗外，天已经慢慢变黑了。

在回家的路上，我们三人借着酒意，仍然沉浸在兴奋之中。

第6章
第一次去酒吧

有一天下午放学后，我和李冬明在回家的路上，碰上了赵辛大哥。赵辛大哥在路边修车，那是一部破旧不堪的"雪铁龙"。可能是放学回家坏在路上了。

我和李冬明便凑上前去。我问："赵辛大哥，车子哪里坏了？"

"爆胎了。换轮胎呢！你们两个快来帮帮忙！"赵辛大哥忙得满脸是汗顾不上擦。

我和李冬明放下书包赶紧去帮忙。

赵辛大哥已经卸下了坏的轮胎，放在一边，对我们说："把备胎拿过来装上。"

我们急忙把轮胎搬过来，套在螺丝上。赵辛大哥一边上螺丝帽一边对我们说："法国汽车修理店，换轮胎一换就要换一对，单胎不换，敲我们竹杠，老子自己换，不让他们赚钱。"

轮胎装上后，赵辛大哥又检查了一遍，"好了，没问题了，又可以对付一段时间。谢谢你们两个小同学！"

我和李冬明背起书包，正要向赵辛大哥告辞的时候，赵辛大哥突然想起什么事，问我们："我们几个同学约好了，明天晚上去酒吧，到土伦市区找一间酒吧玩玩，去喝酒，你们俩去不去？要不我们一起去？"

我当即答应："好啊，去吧，去酒吧玩玩，去看有没有美女。天天上学放学，回家做饭上网，真是闷，无聊死了！"

李冬明说："在国外太闷了，简直没意思。在广州时，我们经常去长堤大马路，珠江边上一条街，全是酒吧。"

赵辛大哥："那好，明天晚上我来接你们，早点吃晚饭！"

"好！再见！"我们与赵辛大哥分手。

第二天晚上，我和李冬明吃完晚饭，差不多天快黑的时候，赵辛大哥开车到我们楼下大喊："张洋、李冬明快下楼，走啦。快点！"

来了两部车，车里还坐着好几个同学，伸出头来张望。

我手忙脚乱地在用香水喷洒全身。李冬明在整理头发，经过打扮，他的头发有型了。

桌子上却有一大堆刚吃完饭的碗筷没收拾。

"快点，在喊了。"我催李冬明，我们两人赶紧出门，直奔楼下。

赵辛大哥见到我们俩："两个小帅哥，快点上车。"

我们钻进车里，车子迅速开走。

车子穿过热闹的街市，街上行人来来往往。

在市区酒吧聚集的地方，大大小小的酒吧到处都是。

有些酒吧从其特色各异的招牌上就可以看出，已经经营有几百年的历史了。车子停在一家酒吧门口，这是一家极其普通的酒吧。我们五六个留学生下车后，正准备浩浩荡荡进去的时候，却被保安拦住了。

"你们不能进去，请离开这里。"保安不客气地赶我们走。

这就奇怪了，有客人来光顾，不许进去，有生意不做，有钱不赚，反而赶客人走，是何原因？好在赵辛大哥的法语比较好，询问保安："为什么？为什么不让我们进去？"

谁知保安摆摆手，竟然这样回答："你们没有带女伴，你们这么多男士进去会惹是生非的。"

邪门了，这理由可真新鲜，可我们一时半会儿到哪里去找女伴呀？

一名朋友打算放弃，说道："算了，算了，我们去找其他酒吧看看，别在这浪费时间了。"

赵辛大哥说："朋友们，你们往里面看，里面的洋妞很靓的，你们等等，我再去说一说，破点费，保准能行。"

赵辛大哥把保安拉到一边："我们不会惹事的，请放心，也请你多多关照。"边说边给保安手里塞了一点钱。经过赵辛大哥的交涉，保安顿时改变了态度，挥挥手，终于同意我们进去。

我拍拍李冬明的肩膀说："你看，全世界的人都喜欢钱！法国人也是如此，也不例外！"

尽管还不是周末，可酒吧里的人却比较多。大都是二十多、三十多岁的人群，穿着比较随意。男女都有，女生也不少。

酒吧里烟雾迷漫。刚进到酒吧里，使人感到刺鼻的难受，眼睛也睁不开，尽管如此，酒吧里那种氛围，不由自主地让人亢奋起来。

酒吧里的男男女女基本上都穿的清一色的黑色，男的穿西装，女的着黑色裙子。有的青年男女抱在一起，全然不顾周围人头攒动。有的举起酒杯，边走边舞。

酒吧里的女生很辣，似乎这是展示她们身材的最好时机，借着夜色看不出皮肤上的斑点，尽管大胆地暴露。放纵的女人，带着令男人无法抵御的笑容，随着酒吧的音乐疯狂地起舞。

几个身材高挑的棕发美女走上前来，跟我的几个朋友搭讪。我第一次来这种地方，紧张地出了一身汗。可我们之中有几位朋友，他们年龄大一些，法语也说得好，很快就搂着美女到一旁交谈去了。

一个妙龄女子走过来，给我一个挑逗的眼神，轻轻地勾着我的肩。她长得很漂亮，金发如丝，肤白如雪，看起来文静、典雅。她问我："这位先生，你是日本人还是中国人？"

我用不太流利的法语回答："我是中国人！"

接着这个女子跟我说了很长一段法语，我确实是想彼此认识，可是我不知道她具体说的什么。我不断地用一句很流利的法语回答了她们："我听不懂，我听不懂……"

妙龄女子悻悻地走开了。

整个晚上，这样的艳遇有好几次，我都懊悔为什么听不懂她们说话。事后我才弄明白，那个女子是想和我交朋友，当时我真傻。傻得真不会玩。

我回到座位上，要了一瓶啤酒，慢慢地喝着。过一会儿，才轻轻地呷上一小口，泛着泡沫的橘黄色液体在杯中荡漾，喝进口里冰凉冰凉的，很舒服。

李冬明在酒吧里转了几圈，感到没事做，端着酒杯来到我身边坐下，点着了一支烟。

我们俩借着酒兴，观看着酒吧里的男男女女。

这时，一名女子端着酒杯走过来，她满身的古铜色，好像是刚从海边暴晒回来似的，一看就是个活泼、爱动的人。

这名女子来到李冬明面前，伸出左手，对李冬明说："这位先生，能给我一支烟吗？"

"好，可以。"李冬明站起来拿出烟递给女子之后，又拿出打火机给这位女子点了烟。女子深深地吸了一口。问道："是中国烟？什么牌子？"

"双喜牌，中国广州生产。那是我以前生活的城市。"说完李冬明手拿烟盒让她看了看。

"味道好吗？"李冬明问道。

"还好，谢谢你！"女子说着在李冬明的脸上亲了一口，然后才离去。

李冬明愣愣地用中文说道："什么动作？"下意识地用手摸了摸被亲吻的脸颊。

这一切我都看在了眼里。李冬明的猥琐动作引得我一阵狂笑。

在酒吧里，还有节目可以看，是什么节目呢？——任何人都可以排队在酒吧中间灯光最亮处发型师那里剪头发，我们都很吃惊，这也能拿到酒吧里面当节目！我们同去的那几个朋友玩得很尽兴。很显然，他们不是第一次来这里。

第7章
秋游法龙山

在法国留学，上完一段时间的课程后，学校会组织一些活动，来放松学习中紧张的神经。

老师以"秋游法龙山"为题，组织我们去郊游，然后要求每个同学用法语写一篇游记，记述这次登山活动，也可以记载路上的所见所闻。

郊游那天上午，同学们来得比较早，才8点多钟，我们预科班同学就在学校的门口集中，小贝老师带队组织我们上车。车子开出去一个多小时，不到9点半，我们到了MontFaron（法龙山）的山脚下。法龙山距土伦有40多公里。

赵辛大哥举着小红旗，对同学们说："今天我们组织郊游活动，活动的内容就是登山，我们要登上土伦法龙山山顶，鸟瞰土伦全景，活动完后全体同学中午聚餐，好不好？"

"好！"同学们欢腾跳跃起来。

赵辛大哥又说："各自选择路线出发，最后在顶峰集中。希望同学们从不同的视角来观察、来欣赏、来挖掘这一美景，写好法龙山，写好地中海岸边这座很出名的山。"

同学们三三两两地结伴而行，迅速从不同的路线出发。我和李冬明选择了坐缆车上山，一路观看风景，然后进入登山的路，这段路并不远，很快我们来到了山顶。

登上山顶，整个土伦尽收眼底。

小贝老师骄傲地向同学们介绍："同学们，自由活动30分钟，好好看一看土伦景色，享受来自地中海的风……"

山顶上好大的风啊！正面是连绵起伏的群山，我们看到了熟悉的土伦街市，看到了熟悉的军港。

侧面则是地中海。

同学们登上山顶后，个个欢呼雀跃，任海风吹拂，这里的景色太美太美了……

远远望去，法龙山树木茂盛，青翠欲滴，郁郁葱葱。构成山体的石块呈乳白色，在蔚蓝色大海的映照下，山峦的景色更是显得美不胜收。

地中海，水面是静止的，好像一幅画。使人想起了一个词：海天一色……

经小贝老师介绍，我们才知道，法国作家雨果曾写出的世界名著《悲惨世界》，就是以这里为故事背景的。这乳白色的山石，使人联想到主人翁冉阿让，或许就在这里服过苦役，就是在这里戴着镣铐走向土伦采石场，法国南部这乳白色的山石，就是历史最好的见证！

同学们在山上拍了好多照片。

郊游过后，老师宣布放假两天，让同学们完成"法龙山游记"这篇作文，并且要求大家，要把写景与写人、写法国文化结合起来，写出好的作品。下次来上课的时候，由同学们自己朗读文章。

两天以后，我们回学校上课，老师安排班里全天时间由同学们自由交流作文，而且还很正规，黑板上特地写上"法龙山游记——作文交流会"的一排法语。

虽然这是一次很普通的活动，可同学们用法语写出的游记却是五花八门，尤其是我最亲密的朋友李冬明的文章更是出类拔萃，可以用"震撼"两个字来形容。

那天上课，由同学们个人宣读作文。同学们轮流上讲台，一个个认真地用法语朗读着自己的作文，有的写得还真不错，法语讲得也很流利。

轮到李冬明上台了。他慢慢地走上讲台，手里拿着作文稿，先作了一番自我表白，以表达自己的谦虚态度。

接着开始朗读他的作品：

"法龙山是一座很出名的山，它虽不算太高，海拔只有581米，可在山顶动物园里，有着欧洲最大的野生猫科动物繁殖中心。那天，我们去乘坐缆车，准备先去看看动物，然后再上山顶。就在我们刚刚进到缆车里，看到了这样浪漫的情景：一对情侣在一起……la baise（做爱）……"

小贝老师在一旁听得发愣："你说什么？la baise（做爱）？缆车里怎么能la baise（做爱）呢？"

讲台下同学们捂着嘴偷偷地笑。

李冬明没有察觉老师和同学们的疑问，十分肯定地回答："对，就是la baise（做爱）！这个法语单词我还查过。"

小贝老师一边提问一边在考虑其用词。她在黑板上写下了单词baiser，然后在单词下面重重地画了一条横杠，接着问李冬明："是不是这个单词？"

"是。"李冬明回答。

小贝老师明白了，面对全班同学，开始纠正李冬明的语法错误："同学们，李冬明同学念错了。他把baiser（接吻）这个动词，变成了la baise（做爱）这个名词，意思就完全变了。是不是这样的？同学们想一想，法国是个浪漫的国家，可再浪漫，也不能在缆车里la baise（做爱）吧！"

同学们又一次哄堂大笑起来。李冬明也傻不拉几地跟着"嘿嘿，嘿嘿"地笑起来。

还好，法国老师的接受力可以。只见小贝老师拿着课本遮掩着嘴面向黑板，只见她那对肩膀抖得都快松散开了……

这件事，让同学们笑了好几天。

EIGHT
第8章
饥饿逼着我们学做饭

　　平静的日子没过多久，我们的生活便遇到了困难。

　　我们新家的大厨陈世俊大哥说，晚上不回来吃饭了，要去忙他的事，很明显，他不愿意再继续给我们做饭了，就这样抛弃了我们。世俊大哥要去巴黎学习厨艺，土伦这个小城镇自然只是个过渡。

　　世俊大哥一走，我们便开始挨饿了……

　　那天放学后，我和李冬明回到新家屋里，放下书包。

　　李冬明发现饭桌上一张字条，他拿起一看，对我说："你看，是世俊大哥写的，今天下午他回来过。"

　　上面写道：

　　"张洋、李冬明，从今天开始，我晚上不回来吃饭了，我要办一些自己的事，吃饭的事你们自己解决，我的房间暂时保留，房租费我还会按时交的。——陈世俊。"

看了字条，我们俩顿时傻了眼。家里没了"厨师"怎么办？我问李冬明："怎么办？咱到哪去解决这一日三餐的温饱？"

李冬明不声不响地冲到冰箱门前，拉开冰箱门，里面什么都没有，只剩下半把挂面。在我们居住的这个"豪宅"附近，是没有商场和超市的。即便在市区里面，虽然商店多一些，但一到晚上7点多钟都关门了，什么也买不到了。

不得已，我们第一次进了厨房。

李冬明跃跃欲试，嘴里嚷着："自己动手，丰衣足食。东风吹，战鼓擂，现在世界上谁也不求谁！"一边动手点火。

锅烧烫了以后，没等我提出参谋意见，下一步该怎么做，就只见李冬明"唰"的一下把生面条倒进锅里面炒，炒了半天，他才很腼腆地扭过头来问我："要……要放油么？"

在一旁帮忙的我更是显得束手无策，在这方面，可以说当时我的知识是零，根本无法回答李冬明提出的问题。

我只能一脸菜色地回他一句："不知道。"

李冬明不知哪来的勇气，大大咧咧地说："炒面、炒粉、炒菜哪有不放油的，不放油怎么炒？"接着又"唰"的一下把油倒进锅里。

我自作聪明地指导他："往锅里倒点水，面太干了怎么吃？"可哪里知道，刚往锅里倒了一点水，那滚烫的油"噼里啪啦"地就四处喷溅，李冬明躲闪不及，一不小心，炒面的手被烫伤了。

他大喊一声："哎哟呀！"扔掉了锅铲。

"快去冲冲冷水！"我吓了一跳，赶紧又去找止血贴，帮助他贴在伤口上，安慰他说："不要紧，不要紧，手不要再沾水，不要被感染了！"

忙完这一切，我再去看煮好的"面条"，早就成了面糊糊了，而且是黑乎乎的。我把"面条"盛出来后，对李冬明说："放点酱油、醋、味精、辣椒油，把调料放好些！"

"你吃吃看，好不好吃？"我端给李冬明一碗。

只见李冬明皱着眉头，一脸苦相："真香啊！"

此时，我们已经饥肠辘辘了。夸张一点说，那时可能连狗屎都觉得香了。

那天晚上，我们艰难地吞下了我们做的第一顿饭，那难以想象的难吃的食物，被我们活生生地咽到了肚子里……

难忍的饥饿无时无刻不在折磨着我们，解决温饱成了我和李冬明的头等大事，迫使我们俩不得不为此而斗争。当时我们的经济状况是不允许每天都去下馆子的，我们必须学会做饭！

一天，处于半饥饿状态的我们俩终于等到了下午下课。

我约李冬明："赶快去买菜，回家做饭，今天不能饿肚子了。"我和李冬明收拾好书包，迅速离开教室。一路小跑，赶往超市。

超市里，我推着手推车，和李冬明一起选购食品。

手推车里放有西红柿、鸡蛋、番茄、白菜、洋葱，还有牛肉、排骨、大米等等。我对李冬明说："再买一些调料，围腰、胶皮手套。"

回到家里，李冬明和我两人都围上了围腰，我戴上了胶皮手套。

李冬明毫不客气地说："今天我当领导，听我指挥。先蒸饭，张洋——你，去淘米。"为了解决肚子问题，我必须听从临时领导的指挥，我希望今天他能够用事实证明他做饭的水平比我强。

我不敢怠慢，端起盆子就去淘米。

李冬明随后打开了电脑，上了QQ。一边查看谁在线上，一边自言自语地说："看看谁在线上，找个师傅指导指导。"

我问李冬明："喂，米淘好了，蒸饭怎么蒸啊，水放多少？"李冬明："不知道。你看着放吧。"随即又吹嘘道："听我的，今天的烧饭工程一定成功。"

在我往蒸饭煲里添水的时候，李冬明对着电脑大声喊叫："太好了，我老妈在。老妈，快教我做饭。在QQ上写下来，我照着做。"

电脑里传出声音："儿子，做什么菜呀？我不会打字，只能写手写板，我写不下来呀！"

李冬明："那你就用嘴说，我们在这边跟着做。先做西红柿炒鸡蛋……快说吧。"电脑里传来声音："我说你记嘛。西红柿炒鸡蛋，第一你要先放油……"

"你等等，张洋，往锅里放油。"李冬明指挥我。

电脑里声音："鸡蛋搅拌好没有？把鸡蛋打碎放在碗里搅拌均匀。"李冬明赶快去搅拌鸡蛋。

电脑里声音："准备调料，葱姜蒜，花椒粉，老抽，盐，鸡精。先做好准备嘛！"

李冬明："张洋，快点，葱姜蒜你负责。""哪有啊，没买呀，法国哪里有卖花椒粉嘛！只有沙拉、咖喱、芥末酱。"我无奈地回答。李冬明着急地说："哎，算了算了。老妈，快告诉我，下一步怎么办？"

电脑里声音："准备好以后就可以开炒了。把锅里油烧热，先炒鸡蛋，鸡蛋出锅后，锅里再放油，烧热，放葱姜蒜，炒出香味，倒入西红柿……"

"等等我。先炒鸡蛋。"李冬明边炒边问我，"熟了没有？"

又面对电脑问他妈："炒几下呀？好像有点糊了，是不是该起锅了？"李冬明等了一会："哎，怎么没有声音啊？"不知怎么回事，电脑屏幕只看到图像，没有声音了，只见李冬明他妈说话，但不明白说的什么，怎么办？

李冬明顿时泄气了："完了，完了。这道菜又成'垃圾'了。"

我对李冬明说："来，大厨照张相，作个纪念。"我用手机准备照相，李冬明摆出一副照相的架势。

"你大爷啊，换个表情行不行啊？跟呆子一样。"我骂李冬明，示范性地提示，"右手拿铲，左手把住锅，锅铲上下这么翻动。"

李冬明说："这是电磁炉，下面没火苗，用得着翻吗？傻瓜！"

"好吧，就这样。照了！咔嚓。"我按下了快门。

我讥笑李冬明："我宣告，李冬明操作失败。该我正式接管大厨！"我灵机一动，打开电脑，上网查炒土豆丝、做白菜汤的方法。根据网上的提示，后面一菜一汤由我做出来了。

饭桌上，两菜一汤，干饭蒸成了稀饭。我们俩大口吃着，李冬明问我："张洋，你炒的土豆丝怎么是甜的？"

"是吗？我尝尝，哎，是啊，怎么会是甜的？"我连忙到厨房打开装盐的瓶子，伸手沾了一点，放在嘴里一尝，"妈的，搞错了，错把白糖当作盐了。"

我倒了一点酱油到土豆丝里，总算解决了问题。

李冬明又问我："这白菜汤怎么什么味也没有啊？"

"哦，忘了放盐了。"我更有创意地不但在汤里放了盐，而且倒了好多胡椒粉、辣椒粉……

吃完饭，我们俩"呼噜呼噜"地喝着这锅汤，鼻涕、眼泪一起流了出来……

那些日子我们天天去吃肯德基，啃棍子面包，似乎把下辈子的鸡腿和番茄酱都吃完了。后来见到肯德基就想吐，甚至路过肯德基门口，想起那味道就恶心。有时，晚上睡觉前肚子饿了，没有吃的，喝口白开水，心里酸酸的。

NINE

第9章
我的19岁生日

　　就这样，不知不觉地，在遥远的法国，迎来了我19岁的生日。回想起过生日那一天的情景，我总是想哭……

　　我和冬明在放学回家的路上。顶着寒风，瑟缩着行走。

　　法国的冬天依然很冷。清新的空气里寒意透骨，虽然在屋里暖和，但在室外，已经必须戴帽和穿大衣了。

　　我和李冬明来到一家面包店，我买了面包和生日蛋糕。我问李冬明："还买点什么？"李冬明："不用了，家里还有半瓶label（威士忌）没喝完嘛！"我们俩离开了面包店，朝家里走去。

　　在新家里，饭桌上摆放着面包和生日蛋糕。我们两人却都不说话，自斟自饮，完全没有过生日的兴奋和快乐。

　　回想起一年前的今天，兄弟们给我过生日时的情景，总是在我脑海里浮现……那天，我们统统都醉了。

我的钱包是交给女朋友廖晓颖的，由她去结的账。

临走时，我问廖晓颖："我的手机呢？"

"奇怪了，手机到哪里去了？"

找了好久，才想起来，我的手机放在青菜盆里，莫不是煮青菜给倒进锅里了吧。于是廖晓颖赶紧用漏勺从锅里往外捞，才从锅里将我的手机捞出来。是谁下菜时连手机都没看见，大家都不承认。

我被兄弟们扶着坚持到了K房。

兄弟们笑着、闹着，在K房里一次次碰杯，一次次含泪唱着周华健的《你是我兄弟》，一堆大男生醉得一塌糊涂。

当兄弟们推着蛋糕进K房，唱着"生日快乐"进来时，此时的我已经被一左一右两个弟兄架着，耷拉着头，完全看不清眼前这般的场景了。

然而，在我19岁生日这天，当我已是海外学子的时候，我才体会到爸妈对我的爱……就这样，我和李冬明在所谓的"豪宅"里一边喝着威士忌，一边默默地吞咽着那硬硬的、冰冷冰冷的面包……

过了一会儿，李冬明对我说："张洋，没有蜡烛，切蛋糕，许个愿吧。"

我内心的委屈和酸楚顿时涌上心头，鼻子一酸，豆大的泪珠夺眶而出，眼泪扑簌、扑簌地流了下来。

李冬明关切地问我："张洋，你现在在想什么？"

我摇摇头，没有回答。

李冬明又问："是不是想你女朋友了？"

我一巴掌打在李冬明后脑勺上："滚你的。我现在最想啊——最想我老妈能从万里之外，给我送来一笼包子、一个烧饼、一盘饺子，甚至是一袋馒头。还有酸菜鱼、红烧肘子、清蒸鸡什么的……"

李冬明接着说："我多么想、多么渴望，有一天，我有幸中了彩票，也不要太多，够我雇一人专门帮我们俩做饭，做我们喜欢吃的饭菜，吃完之后再帮我们刷盘洗碗。那多好啊！"

我回答："是啊，你做梦去吧！上帝是允许做梦的！"

我们俩一齐苦笑起来。

李冬明无不感叹地说："以前在家里，一顿饭至少有三四个菜，现在可好，天天啃面包。真想买机票飞回家算了，再待下去，整个人干巴巴的回国，朋友们见到我，还以为我是非洲难民呢！"

我又被李冬明逗笑了，但是我们俩是在苦笑！很傻很傻地度过了19岁的生日。

在异国他乡，竟会过上如此冷清的生日。谁让自己小小年纪就选择了留学之路呢！面对陌生的生存环境，远离父母和亲人，自己要学会坚强，学会独立，要学会面对更多的困难……

但先要学会做饭！在国外，一个人生活，要学会填饱肚子。

傍晚，在我们新家内。

饭桌上放着棍子面包、啤酒、饮料等食物。

李冬明指着饭桌，情绪低落地对我说："钱包里的钞票越来越少，不能天天在外面吃了，这是明天的食品。"

"哦，来法国才两三个月，日子难熬啊！"我酸酸地说。

吃完晚饭，我们俩打开电脑，开始复习功课。李冬明对我说："张洋，把你拍摄的我做饭的照片发给我，我要上传。"过了一会，李冬明又叫我："你看！我更新了博客，增加了新的内容。"

我走近李冬明电脑一看，李冬明做饭的照片上传到了博客上，而且在照片上方，大大地写下了这样一段话："谁能教会我做饭，我将请她做我的女朋友……"

有一次，是个傍晚，我和李冬明来到一间比萨店。我们两人坐下来，服务生便过来写菜。服务生是一个亚洲脸型的女生，我们没有去猜测她是哪个国家的人。

我对服务生说："我们两个人用餐，要一张比萨，两杯咖啡。"

服务生说："要什么比萨？比如有威尼斯风光、时尚米兰、地中海、罗马至尊比萨。"

"那就要威尼斯风光比萨吧，两三个人够吃吧。咖啡嘛，要巴西的山多士！"我以最快的速度点了餐。

李冬明提出："喂，听说法国的奶酪不错，法国算得上世界第一奶酪大国，品种有360多种，我们试一试吧。"

"好啊！"我赞成。

李冬明不懂得该怎么点奶酪，就直接对服务生吩咐："奶酪就要最贵的吧，来一份试试。"

服务生介绍道："奶酪是存放的时间越久越好吃。"

在我们等着服务生去端食物的时候，我伤感地对李冬明说："我真怀念广州，粤菜、川菜、客家菜、湖南菜、东北菜，想吃啥都有，大排档通宵都不关门。可现在呢？"我接着又说："下次回国，一定要猛吃、猛喝，吃到胃下垂再回来！不说了，伤心了，我都要掉泪了。"

李冬明形容得更是夸张："现在想起中国饭，就浑身难受，那种难受是从骨子里透出来的。"

说着说着，我们俩大概被画饼充饥，感受到中国菜那种诱人的味道，两人又笑了起来。

比萨、咖啡、奶酪端来了。我和李冬明一阵狂抓滥吃，一会儿盘子就空了。只剩下奶酪了。李冬明用叉子叉了一块奶酪放在嘴里，顿时一脸苦相："怎么这么臭啊，一种臭袜子的气味。"

我一闻，可不是吗！我对李冬明说："熏死人了，臭得我差点栽个跟头。叫服务生问问。"

应我们喊叫服务生走过来，听了我们的提问，她笑了起来，给我们解释说："法国的奶酪专门要将它放置些时间，少则数月，多则一年，让自然生产的真菌改变奶制品的成分和口味，直到它散发出浓郁的臭味才吃。所以越臭越贵！"

李冬明："法国人吃的这些东西太恶心了，吃得我直想吐！"

"是啊，我们的味觉已经被中国美食宠坏了。"我赞同地表示。

服务生没有表态，却笑了。

几个月下来，我整个人都似乎缩小了一大圈。本来就属于偏瘦的体形，现在正式加入了"皮包骨"行列。后来林雅菲、董玉莹是这样形容的：夸张一点说，以后回家就没有必要开门了，直接从门缝就可以进去了……

想家了，想家里的兄弟们了。多羡慕国内生活的朋友啊！

第10章
阿尔卑斯山遇险

圣诞节来临了。

法国大学没有专门的寒假，圣诞节放假半个多月，算是最长的假期了。

李冬明已约好几个同学，假期去阿尔卑斯山滑雪。他问我去不去，我不想去，因为旅游是要花钱的。

放假这么长时间，我一个人怎么过，又到哪去"蹭饭"吃？我思来想去，只能搬到同学那里去住。我找到了梁裕杰，他不仅会烧一手好菜，而且还是玩游戏的高手。

本来我已对网络游戏失去了激情，可为了肚子，我不得不定下"圣诞"假期到他家陪他玩游戏，来换取我的一日三餐的约定，也因为这样，再一次燃起了我对网络游戏的热情……

在法国、在西方，圣诞节是一个非常热闹的节日。

土伦市中心的广场搭起了高高的台子，街上到处都是圣诞树和装扮的圣诞老人。商店、礼品店排起长长的队伍，挤满了等待着结账的人群。浓浓的节日气氛溢满了这座城市。

梁裕杰住的地方在市区，买东西很方便。可放假时间里许多商店都不开门。我和梁裕杰一同到街上去购物，买了好多吃的东西。

我们俩窝在家里烫火锅。火锅旁摆的有罐头、香肠、肉、番茄和蔬菜等。

"真厉害，厨艺不错。"我边吃边说。

梁裕杰："没办法。不会做饭就得饿肚子了。我也是被逼出来的。"

"教我做饭吧？"我向梁裕杰提出。

梁裕杰说："好啊，没关系啊！我教你。"

吃完饭后，我主动去洗碗。一切收拾完后，我们开始玩"魔兽世界"网络游戏。

说实话，在法国当地许多词语都是缩写、简写，我这方面的知识和口语都是在游戏上练出来的。当时在法国玩"魔兽世界"，法国人玩这个游戏可以说是属于智障的，特别的"菜"。有时候我要用特别不流利的法语带领着二十多个法国人去打副本（游戏中的关卡）。甚至有几个熟悉的法国人在游戏线上等我一个小时，我记得那时候我出去买午餐，吃完饭回来看他们还在等着我。

QQ上，爸妈出现了。他们在找我。

我对梁裕杰说："爸妈上QQ了，我跟他们聊一会儿，你先玩。"

我与爸妈在视频。老爸问："张洋，你在做什么？"

"玩游戏。"我不好意思地回答。

老爸又问："你在哪里？没在你自己的家里吗？"

我回答："圣诞节放假，在同学家里，和同学在一起玩。"

老爸有些不高兴："放假为什么不复习功课，又在和同学打游戏玩！"

我一时语塞，沉默了一会，不得不说出其中的缘由："我们住的那里靠海边，周边没有超市，没有饭馆，晚上6点就停开公交车，我不会做饭，这半个多月时间，我到哪里去吃饭啊！"

老妈埋怨我："出国前，叫你学做饭，你不听话，天天迷在网络游戏里。现在是自找苦吃，饿肚子吧，活该！"

是啊，谁叫我不听父母劝告，出国前补上学会做饭这一课呢？

就在我沉迷于研究烹调技术的时候，李冬明他们在赵辛大哥的带领下，开始了

"征服"阿尔卑斯山的征途。

那天一大早，赵辛大哥的"雪铁龙"车停靠在土伦市区的路边。

李冬明双手拎着一大堆点心、豆奶等食品，从商店出来，急匆匆朝"雪铁龙"车这边跑来，他挤进车子里，把早餐分给大家。关畅、吴远文他们俩都是预科班的同学，年龄都大过我和李冬明。

大家都在吃早餐，赵辛大哥边吃边开车。

沿途，路边的民居风格各异。有独立的别墅，也有群体的小村落，被皑皑白雪包裹着。

几个同行的伙伴东倒西歪地在车里呼呼大睡。

车子开得很快，大约开了五六个小时，就到了阿尔卑斯山的主峰勃朗峰下边。

奇丽峻峭的阿尔卑斯山，这是一个银装素裹的世界。

车子沿着盘山公路不断上行，车窗外的景色随着海拔高度的提升不断地变化着，车开到雪线以上时，四周几乎全部被白色笼罩着，仿佛是一幅美丽神话般的画卷。

赵辛大哥告诉大家："'勃朗'一词在法语中是"白"的意思，阿尔卑斯山的主峰勃朗峰，由于山峰终年积雪不化，银白如玉，故称勃朗峰。"

几个正在昏睡的懒人，哪里能听清赵辛大哥在说什么，个个都"嗯嗯嗯"地答应着，其实根本没听清楚在说什么。

车到了山上，到了滑雪场。

大家一看到漂亮的雪景和一望无际的雪上运动场，便极度兴奋，顿时忘记了旅途的疲劳。顾不得休息，赶紧去租滑雪器材。刚到这里，任务是学会滑雪，练习滑雪。

四个随行同伴，每人仅租了滑雪帽、太阳镜和滑雪板（连鞋子），正要换装时，赵辛大哥说："弟兄们，大家先过来照个相，合个影。"

关畅、吴远文带头脱掉上衣，裸露着上身，赤膊上阵，做出一副健美运动员的姿势。关畅对着赵辛大哥："来，照一张。看看我的肌肉多发达。"

李冬明也跟着脱掉上衣，手拿滑雪板："赵辛大哥，给我来一张。"

三个人摆出不同的姿势，又合照了一张相。

一些素不相识的来滑雪的人看着他们很惊诧，有的向他们竖起大拇指，那是在称赞他们。

之后，李冬明首先挑起战斗，他抓起雪块向同伴们掷去。一时间，赤裸着上身的几个人打起了雪仗……赵辛大哥说："你们找死啊，这么冷的天，快穿上衣服。"在赵辛大哥的干涉下，这场雪仗才停下来。

毕竟是在零下10多度的雪山上，不一会儿，冷风嗖嗖地吹过来，大家冷得用双臂抱着前胸，哆哆嗦嗦地萎缩在一起，几个人跑步准备去穿衣服。

还处在兴奋状态的李冬明，抓起几个同伴的衣服就跑，一边跑一边喊："老子刀枪不入，刀枪不入，刀枪不入！"

被抓住的李冬明，少不了在雪地里挨了一顿揍……

远远望去，阿尔卑斯山三面环绕着险峻的山崖峭壁，一面是开阔而平缓的斜坡，一直延伸到遥远的山脚下，形成了一大片极佳的天然滑雪道。

他们几个人，虽然头戴滑雪帽、太阳镜，但穿的都是皮夹克、短大衣、羽绒服等休闲装，下身穿的都是牛仔裤，再穿滑雪板（连鞋子）。

再看看周围滑雪的人，个个都是全副武装，厚重的滑雪服、滑雪裤，小巧的帽子，防护眼镜，坚硬的高帮滑雪靴，一身行头不亚于背负一座大山。

太轻敌了。他们几个对滑雪的知识基本是零，就这样，开始了征服阿尔卑斯山的征途。

赵辛大哥滑得不错，在平地里转了几圈以后，对我们说："你们慢慢来，我先走啦！"说完就飞快地滑走了。

关畅、吴远文一会儿正着走，一会侧着走，由于掌握不了控制技术，从一开始下滑就不停地摔跤。

李冬明像小孩刚学走路那样，一步一步，像蜗牛一般，慢慢地爬行。脚下滑雪板的重量，使他在雪地中难免打滑。

两名滑雪场的管理人员路过此地时，问道："小伙子们，怎么样？需要帮助吗？胆子大一点，别怕！"

在管理人员的鼓励下，李冬明大着胆子往下滑时，没有看见一个堆起的雪包，雪板一下子就插到了雪堆里。整个人飞了起来，四脚朝天地落在雪包前五六米的地上。脚上两个雪板一个留在了身后的雪堆中，另一个甩到了前面五六米的地方。

不过还好，雪有一定的厚度。李冬明揉揉屁股又爬了起来。

吴远文急忙过来问："怎么样，摔着没有？"

李冬明："摔在雪上面就像摔在棉被上，没事！"

三三两两的滑雪者，快乐地和他们打着招呼，便沿着山脊的雪道，飞速地冲下去，很快消失了，那飞扬的雪板，刮起了一片一片雪花。

连续不断地摔跤，他们三人衣服早被打湿了。在这冰天雪地里，冷风嗖嗖地吹过来，寒冷慢慢向他们袭去。

三人继续往下滑，每个滑道都特别宽，渐渐地人少了。

大家顾不上讲究什么姿势动作了，干脆坐在滑雪板上往下溜，往下"梭"，其结果可想而知。"滑"上一段就摔一跤，爬起来再往下"溜"。

没多长时间，三个人都成了雪人。

天渐渐黑了，三个人不知不觉已经滑散了。李冬明独自一人拼命地往下滑。全身湿透的他还一边喊叫："赵辛大哥、关畅、吴远文，你们在哪里？快来救我！"

寒风吹过来，像刀子似的割在李冬明身上。他一阵阵寒战和哆嗦。看看周围空荡荡的，李冬明害怕了："有人吗？救命啊！"就在李冬明极度恐惧的时候，赵辛大哥及时找到了他……

……

"雪铁龙"车已经被厚厚的一层积雪覆盖着。

车的一侧，在昏暗的路灯映照下，关畅、吴远文两人蹲在那里，全身上下都湿透了，一副狼狈相。

他们俩上不了车，因为车钥匙在赵辛大哥身上。

赵辛大哥带着李冬明终于来到"雪铁龙"车前。打开车门，三个人急忙钻进车里。

李冬明哆嗦着说："我靠，要死人了，快开空调，开暖气！"赵辛大哥打开空调暖气，李冬明和其他两个同伴脱光了全部衣裤，只剩下一条底裤，开始取暖。吃了一点面包和饮料，好长时间，身体才感到暖和一些。

李冬明埋怨地说："你们滑到哪去了，怎么把我给丢下了？"

吴远文说："我怎么知道，滑着滑着，已经辨别不清方向了，不知道怎么从山那边的另外一条滑道下山的。"

关畅："今天好像是中邪了，真倒霉！"

夜晚，车子返回土伦。马路上车子很少。在车上，因为有暖气，李冬明他们几个人一直光着身子，只穿了底裤。

车子上了高速公路。迎面不断驶来各种车辆，对面车子的大灯无情地射在他们几个人身上。看到他们几个光着身子的年轻人，对面车子里面的人，不断地投来亲切的动作，或哈哈大笑。

可能，他们以为车上的人做了浪漫的事，其实车上并没有女性。

车子缓缓驶入土伦时，天空已经吐出蒙蒙的乳白色。

第11章
被赶出家门

不知不觉地，我们跨入了新年。

很感谢朋友梁裕杰，我在他家住了很长一段时间，直到房东都有了意见，我才回到我们原来的新家。

谁知道，噩梦即将来临。

当我回到新家，推门进到屋里，李冬明和世俊大哥都不在家。家里已经有好长时间没住人了，好脏、好乱。我放下提包和电脑，随即开始打扫卫生。打扫完房间后，我很快打开了电脑。

留学生在国外，生活极其无聊，而电脑则是他们最好的伙伴。

"哎，怎么回事，上不了网啊？"我又重新插了插线，仍然上不了网。"真倒霉！上不了网怎么办啊？"我自言自语。

我拿起电话机，正准备给李冬明打电话时，却传来了一阵急促的敲门声。

"来啦，来啦。"我立即去开门。

打开房门一看，进来的是小贝老师。她问道："刚刚听说你们这个房子有人回来了，是你呀！他们两人呢？"

我拘束地回答："他们俩到朋友那去了，还没回来！"

小贝老师突然脸一沉，问道："你们上个月为什么没交房租？房子搞得这么脏？"

"我立即交。"我赶紧给她开支票。

小贝老师说："他们两人的呢？这套房子租金每月900欧元，你这才300欧元，不够啊。"

我立即表态："那600欧元租金，我打电话让他们早点回来补交。"

"你叫他们明天回来，我明天来拿。"小贝老师吩咐完就离开了。

我很紧张，也很怕得罪小贝，我故意把事情描述得很严重，催他们两人赶快回来交房租。

第二天，世俊大哥和李冬明都回来了。世俊大哥问我："听你说得很着急似的，昨天小贝什么意思啊？把钱补给她不就完事了？"

"我回来过，家里的网络断了，没法住啊？上不了网怎么办呀？"李冬明发牢骚地说。

房间大门是开着的。这时，小贝老师进来了，她阴沉着脸，很严厉地说："你们没有按时交房租，这套房子你们不能住了，三天之内必须搬走！"

顿时，我们三人傻了眼。世俊大哥耐着性子，极力争取："没过几天嘛，张洋的已经交了，剩下我们两人的租金可以补交，现在叫我们走，我们到哪里去找房子啊？"

"你们住哪我管不着，把房间卫生打扫干净，明天晚上我来拿钥匙。"小贝老师不容我们解释，蛮不讲理地给我们下了"逐客令"。

我压住火气问道："那我昨天交的300欧元怎么办，还不还给我？"

小贝瞪了我一眼，没作解释。而是拍了拍桌子，大声说道："我再提醒你们，明天晚上我来拿钥匙，你们赶快走人！"

李冬明分辩道："房子是我们预科班租的，都是你们老师说了算，为什么非要马上赶我们走呢？"

世俊大哥不依不饶了："那我们的押金退不退？"

"你们违约了，所有的押金一律不退。谁叫你们不按时交房租。"小贝不听我们任何解释。

"住在这里，你们无缘无故地断网，经常断电、断水，叫我们怎么住？你们是违约在先，我们虽然没按时交齐房租，可我们愿意补交啊，你没有理由这样对待我们留学生啊！"李冬明不知从哪来的勇气，居然敢和小贝老师理论起来。

我当时可不敢，我不想惹事。

被激怒的世俊大哥暴跳起来，直截了当地揭露小贝："你们是强盗啊？这和公开抢劫有什么两样，我们三个人每人交了4个月的租金、押金、担保金，三个人就是3600欧元啊。就这样装进你们的腰包了，休想！我要去告你们。"

说完世俊大哥在打报警电话。

我壮着胆子据理力争："你们作为老师，明知道我们会无家可归，甚至有可能要流浪街头。还粗暴地、随心所欲地赶我们出门，这根本就是欺负我们留学生！"

过了一会，来了两名警察，应该是世俊大哥报警电话叫来的。两名警察与小贝老师询问了几句，小贝拿出租房合同，给他们解释了一番。那两名警察也不听世俊大哥的投诉，无奈地摇摇头，摆摆手，那意思很清楚，他们管不了。

待警察离开后，小贝便摔门而去。眼前的小贝老师不再有一点刚来时的善良和友好，她完全变成了一个蛮横的泼妇。

就这样，我们三人的钱全被"黑了"。小贝走后，我们气得都没吃晚饭。整一个晚上，我们都没睡，因为得罪了老师，我们不知道现在该怎么办，不知道以后的路怎么走，我们处在徘徊之中……

晚上，我们的新家里烟雾沉沉，烟灰缸里堆满了烟头。

世俊大哥气愤地说："我是学厨师的，我的目的是要到巴黎去的。我不怕，和小贝闹僵了就走人，是迟早的事。"

李冬明说："IUT预科全凭老师说了算，不知道什么时候才能进专业，小贝现在肯定对我怀恨在心，压上几年读预科，那不把我整死了！"他似乎早就想好了："张洋，离开土伦，我们去过'漂'的生活，出去边打工边在工作中学法语，到巴黎周边的城市去，打工挣学费，明年我们再读书，咋样？"

"是啊，今年进IUT专业不太可能了。可是，我爸妈如果知道我不上课了，出去打工，那不气死啊？他们又不了解情况，说不定会飞来法国把我'拎回去'呢！"

我断然回绝了李冬明的提议。

世俊大哥说："她妈的，太贪了。黑了我们那么多钱，老子不服气。总有个讲理的地方，去学校告她，到法院起诉她，或者揍她一顿，我不信就治不了她！"

后来我们才知道，法国的房东是不允许在节假日赶走房客的，可以起诉她的……

虽然世俊大哥和李冬明决定离开土伦，但是我要留下来。如果和小贝的关系彻底搞砸了，接下来我的日子可能会更不好过。本来被气得暴跳如雷的世俊大哥和李冬明为了我，放弃了和小贝的抗争，生生地忍下了这口气，我从内心谢谢他们为我做出的让步。

我送世俊大哥、李冬明离开土伦时，我们三人的心情都很沉重。一路上，大家默默无语。我帮他们拎着重重的行李，来到公交车站，送他们俩上车。

当我们放下行李，等候车子的到来，将要离别的我们三人，紧紧地拥抱在一起。李冬明竟然控制不住自己了，放声痛哭起来。我们刚刚来到土伦时的兴奋和激动，已经荡然无存，消失得干干净净。

他们这一走，不知道什么时候才能再见面了。

李冬明抱住我不放手，反复地重复一句话："我走了，你要多多保重，多多保重！"

公交车来了，世俊大哥催促我们："走吧，走吧。上车了。"

我推开李冬明："快走吧！车快开了。"

世俊大哥和李冬明走了。随着载着他们俩的车子的离开，它仿佛带走了我的心……

我使劲地向他们挥泪招手！

TWELVE

第12章
父母是我的一片天

　　马路边、林荫道上，我一个人心情沉重地来回徘徊。

　　我坐在一张石凳子上，点燃一支香烟，深深地吸着。泪水又情不自禁地涌了出来，我一边擦着眼泪，一边在拨电话。

　　因为没有电脑网络，我也顾不得电话费有多贵了。我把电话打给了国内的女朋友："喂，廖晓颖吗，我是张洋，你在干什么？"

　　电话那边传来了廖晓颖欣喜的话语："啊，张洋，你还好吧？"

　　"我这边遇到了一点麻烦事，我们被老师赶出家门了，明天就要走人，没地方住，家里带的钱也快用完了，我不知道该怎么办。"我如实地将遇到的问题告诉了廖晓颖。

　　对方电话里沉默了好一会儿："听你妈说，给你带了一年的生活费，这才4个多月，怎么这么快就花完了呢？"廖晓颖不解地问。

　　"哎呀，一两句话说不清楚，被别人给坑了。在这边真累人啊，我都瘦一大圈了。你说我该怎么办？"我试探着问廖晓颖，看她能不能给我一些帮助。

廖晓颖说："你爸妈知道吗？"

"我不想让我爸妈知道，他们知道了一定会很着急的。"我嘱咐廖晓颖。"算了，电话费好贵，我挂了！"说完我挂了手机。

听着廖晓颖的口气，她也没有帮我的意思，我的心冰凉冰凉的……

我的手机铃声又响了，号码显示是董玉莹打来的。接通后，对方的声音很急促，像是很着急："张洋，听说你被老师赶出门了？你打算怎么办？"

"是啊，没地方去了。要去过流浪的生活，去露宿街头了！"我无奈地回答。

董玉莹说："我和何国华商量了，先到我家来住吧，过一段时间再想想办法，你现在一个人在外怎么办？"

"好啊，谢谢老同学。"接到董玉莹的电话，我激动万分，在这举目无亲的地方，老同学向我伸出援助之手，使我非常感动。回答董玉莹的话语中也夹杂着激动和颤抖。

"那等一会儿我叫何国华去接你。"董玉莹挂了电话。

我立即回到家里，迅速收拾好行李、衣物和日常用品，仍然用来土伦时的全套包装袋、背包和拖箱，将东西装进去。

不等何国华来到房间，我就拖着全部行李离开了新家，离开了这像"豪宅"似的、来到法国后我的第一个居住之所。

马路上，我拖着行李，一步一步地朝董玉莹家挪去。已经是快到中国的春节了。这个时候的气候是最冷的，马路上沉淀着厚厚的积雪，在行人的脚下，踩出了一条路，显露出了路面的本色。

直到快到董玉莹家的时候，才看见何国华匆匆忙忙地跑过来。何国华埋怨道："我准备去你宿舍接你的，你却先来了。这么多东西，你怎么拿的呀？"他急忙帮我拎行李。

"没关系，我拿得动。"我傻傻地回答。

当我和何国华回到家里时，我的全身已经湿透了。脚下淌了一摊的冰水，所有的行李也打湿了。

董玉莹一看到我就高声道："哎呀，怎么搞的，真糟糕，这么冷的天会生病的！"她连忙帮我接过行李："赶快洗澡，给你铺个地铺，洗完澡就窝进你的被窝里。"

善良的董玉莹早已为接待我做好了一切准备。

她家很温馨，应有尽有。很感谢老同学，在我走投无路的时候收留了我，让我有了安身之所，才使我免除了流浪的生活。

在地铺上的被窝里，我半躺着身子，被子把我包裹得严严实实。好在法国的房屋室内特别暖和，我近乎冻僵的身子才慢慢地有了知觉。

"董玉莹，把电脑给我拿来！"我习惯了指挥女生，在国内读高中时我就是这样。

董玉莹把电脑放在我手上，对我说："你看看，屋里全是你的湿衣服，这个季节的天气，又不能拿出去晒。"

我打开了电脑……

廖晓颖听说我的境况后，既着急又担心，但当时的她是毫无办法的。考虑再三，她最终拨通了我妈的电话……

那天晚上，我爸妈正在"好又多"超市里购物。每天晚上9点多钟是食品打折的时候。

"喂——谁呀？"我妈打开手机。由于"好又多"人多信号杂，她急忙走到人少的地方接听："喂，是廖晓颖啊？什么……"

听到我的情况后，我妈的神色越来越紧张。她放下电话，回到超市里，拉着我爸就跑。"赶快，回家去打电话，廖晓颖告诉我，张洋出事了，被房东赶出家门了。"

我爸扔下尚未付钱的食物，拽住我妈就往家跑……

半躺在地铺上玩电脑的我突然接到了爸妈打来的电话……

我爸焦急地问："出了什么事？是怎么回事？"

我回答："没按时交房租，小贝老师把房子给我们收了。押金也没退。"

我爸又问："那你现在住在哪里？"

"先住同学家，再另外找房子。"我回答。

我爸很懂我的心："还有多少钱？还有什么问题需要家里帮助？"

我回答："差不多没钱了，再去租房又要交租金、交押金，恐怕就不够了。"

我妈接过电话，"家里给带的一年的钱，怎么这么快就没有了？"我无言以答，因为我真的说不清楚，确实没有乱花钱，不知怎么搞的这么快就没有了。

老爸立即表态："家里马上给你寄钱来。"又嘱咐我："你自己一个人在国外，遇到问题家里帮不了你，凡事都要靠自己去处理。家里只能是尽最大的努力从经济上支持你，吃亏买教训吧！"

我答应道："嗯嗯。知道了。"

那时，我特别乖，就像小时候我犯了错误一样，深深体会到，爸妈——他们是世界上最好的父母，是撑起我人生路途上的一片天……

从电话的那一边，我听见老爸对妈说："孩子太小了，啥也不懂，遇到事情处理不了，让家里操心、担心啊！"

老妈说："英语国家还好一些，从小都是学的英语。到法国讲法语，也够孩子们受洋罪了！"

董玉莹是个会读书的同学，而且特别愿意帮助别人。所以，她的家很热闹，同学们都愿意到她家去聚会、去聊天、去凑在一起做吃的。遇到什么问题，都喜欢约好到董玉莹家去商量，这似乎成了习惯。

在董玉莹家里，我认识了周艳。她是董玉莹男朋友何国华的同学，比我早一年来土伦，比我高一届。

在我离开那个第一个新居时，为了给小贝老师交出一个干干净净的宿舍，为了能拿回我们的住房押金，董玉莹组织几名女生去帮我打扫卫生，这个周艳就在其中。当时我看到她很热情，也愿意帮助同学，印象比较好。可这一面之交看到的，并不是真实的她。

然而，就是这个不起眼的周艳，在以后的日子里，又和我发生了一段故事，一段解不开的纠葛……

第13章

不得已与女生合租房

　　那天，在董玉莹家里，董玉莹、何国华、林雅菲我们几个同学聚集在一起，还有何国华的几个同学。

　　何国华说："喂，张洋，我给你介绍一下，她叫周艳，我们一个年级的同学，比你早一年来土伦。她现在已经在读大一了。"

　　我和周艳礼貌性地握握手，握手是漫不经心的。

　　我们几个人围坐在一起，我把被小贝赶出来的事情经过讲述了一遍，大家开始热烈地发言。

　　这一次聚会，只是少了李冬明同学。

　　"阴谋，阴谋，肯定早就有预谋了，早就设计好了圈套！她就是用这样的方式，来整中国留学生，就是这样的一笔笔钱，把她养肥了。"林雅菲骂起人来是很不饶人的。

　　我的气仍然没有消，气愤地说："我们三个人的事可能只是其中一例而已。不知道她们合伙起来，'黑'了我们多少留学生的钱。你看她的打扮：LV的外套，

GUCCI的手提包，CHANEL的耳环，真是光鲜亮丽啊。"

"我听说，有的中国留学生想进专业，给老师送礼，已想不出送什么好了，甚至有送中国旗袍的。真是送礼送到一定的境界了。"周艳也插话。

何国华的法语比较好，他拿着我的租房合同，仔仔细细地看着。突然，像发现什么似的："哎，你们看，你们看，租房合同里面居然还有这样的条款，7、8月该房屋要腾出交还业主，接待旅游之用，9月以后再续租。到7、8月份你们又要搬到哪里去？签合同的时候，你们知道吗？"

"当时哪里提起过！这样的条款，我们怎么知道？这根本就是欺负我们法语不好的新生。"我回答道。我心想，当时刚来法国，哪里能看得懂这些条款，不过租房问题是每个留学生都会遇到的问题，如果在租房方面吃了亏，那亏掉的钱，肯定不是小数。

董玉莹问："李冬明去其他城市打工去了，你现在住在我这里，可以后怎么办？"

我想了一会儿，无可奈何地叹息道："我是新生，我还要继续在预科班学习，即便吃了亏，也不得不忍下这口气。我爸妈说经济上吃点亏是小事，吃了亏才能长得大。拜托大家，一齐帮我找房子吧。小贝不能得罪，如果惹出麻烦事来，家里不急死了，说不定他们会直接飞到法国来找我呢！"

何国华指着周艳："周艳也在找房子，找到房子可以合租，法国规定，学生的住房有房补，如果是情侣合租，房补更高。对外国留学生也是一视同仁的。"

林雅菲说："我寄宿的那个法国家庭太烦了，我早就想另外租房子了，可租期未到，提前离开拿不回押金呀！"

在那样的情形下，我多想尽快有一个属于自己的家，便答应了与周艳找房合租。

我和何国华来到学生房屋信息中心找房。

何国华询问那里的管理人员："请问，有房屋出租吗？"管理人员摇摇头："没有。现在没有房子！你们到别处去看看。"

我们俩又到另一个房屋介绍中心，询问管理人员，管理人员摊开双手，无奈地向我们表示遗憾。

一连去了几个房屋介绍中心，仍然没有任何收获。

当我们刚刚走出房屋介绍中心，何国华接到电话，然后告诉我，周艳找到一套房子，房子在离土伦市中心不远，交通不错，楼下就是超市，公车也能直达学校。

我急于找房子，想尽快拥有自己的家，遇上这样的机会绝对不会错过的。我回答："好啊，约房东看看房子吧。"

在这套房间里，我们见到了房东。

房东是个男的，大概40岁左右。他很健谈，说话速度超快，快得估计法国人也不一定能跟得上。何国华和周艳比我早一年到法国，法语自然比我要好，他们俩勉强能与房东对话。

何国华对我说："房东说他是一名老师，是教消防灭火的老师。"我心想，怪不得，教消防灭火的老师，说话速度就像灭火似的，一定是很快的，也许是职业习惯的缘故吧！

房东带我们看了房子，告诉我们："这套房子每月租金是450欧元，如果是两人一起住，每人才分摊200多欧元。学生还有房补呢，应该是很划算的了。"

遗憾的是房子只有一房一厅，这让我在一开始就犹豫不决。我为难地说："房子很干净，房租也便宜，可一房一厅不好住啊！我们两个人住在一间房子里，很不方便啊。"

何国华对周艳："你说怎么办？你愿意合租吗？"

周艳说："我无所谓啊！张洋是小男生，我是大姐姐。我怕什么？何况合租可以有比较高的房补嘛。"

在国外，男女合租房是很正常的。

一心只想尽快找到房子的我，那时确实没有更多的选择。为了能真正使自己的生活稳定下来，最后点头答应了和她合租："好吧，我们合租吧，合租还省钱。"

何国华用比较流利的法语，向房东说明了我们的意愿。房东从衣服口袋里拿出了租房合同，示意让我们签约。

我和周艳分别都在合同上签了字。

我和周艳协商好，两人合租住房，花费各出一半，开支共同分担。以后每个月房租水电费从周艳的账户扣，属于我的那部分开支我另开支票给她。

周艳还提出：她不用电脑，可以不用网，以后申请的网费由我个人承担。事后我了解到，周艳根本就没有电脑，可能是因为家里经济状况不是太好吧。

由于我的长居证还没办下来，以后政府每月给予我们的房补，先打入周艳的账户上，然后根据开支再结算，剩余的钱还给我。

　　这样协商本来是很公平的，然而就是因为房补问题，使我们两人之间发生了一场旷日持久的"战斗"……

　　在我们商量好合租后的事情后，周艳对我说："春节前我准备回中国过节，新租的房子拜托你先收拾、整理，我节后回来再算账。"

　　刚刚租下房子，就这样把所有事情都甩给了我，她倒好，就这样抬屁股走人了。

　　周艳走后，留下了很多麻烦而又琐碎的事让我去做。就这样，我开始漫长的"迁移历程"，正是从签下租房合同开始，新的问题由此而开始。让我算是深刻体会到"世上没有免费的午餐"的含义了。

FOURTEEN

第14章
比萨加自来水套餐

　　这套房子虽然不错，可房间里什么家具也没有，空荡荡的，需要我去添置，去购买家具、装窗帘、买日常生活用品等等。每天下午放学后，我要用仅有的这么一点休息时间去办理这些事。

　　刚刚放学的我，背着书包跑步到学校门口的公交车站，乘公交车去宜家超市，去买家私。

　　我把已买的大件家私，先用纸记下来，然后交给宜家超市工作人员，让他们帮助把货搬到收费处。我推着小推车，装载着一些小件物品，不一会，小推车上就装得满满的。

　　家私基本买齐后，我问超市工作人员："请问，有没有车子送啊？"

　　超市工作人员："送到哪里？"

　　我向工作人员说了地址。工作人员回答："可以送。"

　　"运费多少钱？"我问。

　　只见工作人员伸出五个手指给我看。我再问道："运费5欧元？"

工作人员立即收回手指，又比画了一个"0"向我强调："50欧元！"

"哇，这么贵。"我暗想，按照当时欧元兑人民币1∶10的比例，这么一点路程都要500元人民币，这和中国相比，实在是太贵了，但当时是没得选择的。

我点头同意："请你们帮我送去吧。"

我搭乘送货的车子一起回到家。

这间房子卧室面积好小，根本放不下两张床。由于房间的缘故，我只能买一张铁床，一张上下铺铁床。其他的物品呢，除了吸尘器和厨房用品以外，所有的物品我都是买的两套。

车子到了我新租的房屋后，我刚刚把家私搬下车子，这辆租来的车"噌"地就开走了。已经是筋疲力尽的我，面对着地下铁床、衣柜、床垫、枕头、凳子等等，还要一点一点地把家私搬进房屋里。

在新租的宿舍里，一大堆家具散落在地。我脱掉外衣，一边看着图纸，一边对着一堆木头铁架自己动手装家具、装铁床。因为没有帮手，铁床、衣柜总是装不好。顾得了头就顾不了尾，顾得了上面，就顾不得下面。

有时，气得我摔掉铁架和工具，拍拍手上的灰，坐在地上抽一支烟，无奈地，又得继续研究图纸……

窗外，天渐渐地黑了，我在黑暗的房间里已经看不见图纸了，猛地才想起开灯，继续看图纸。精力集中的我，似乎忘记了时间，忘记了饥饿，又过了一会，咕咕噜噜响的肚子提醒我，肚子饿了，该吃饭了，可到哪去填饱肚子呢？

我随即放下了手中的图纸，出去买吃的去。

当我走进一家比萨店的时候，也许是我肮脏的衣着和猥琐的外貌，店里的顾客向我投来奇怪的目光，也引起了比萨店老板的注意。

比萨店老板："买比萨？"我回答："是。"我指了指那张超大的比萨饼，对老板："就要那张。"

"那一张20欧元。"老板说。

我把钱递给老板，拿着已用食品袋包装好的比萨匆匆地离开了。回到宿舍，我把比萨放在饭桌上，找了个水杯，打开水龙头接水，接满后边喝边来到饭桌前，一边啃着比萨，一边喝着自来水。

太饿了……这"比萨加自来水套餐"我吃得津津有味。

吃完了，又开始干活。可没有帮手帮忙，那铁架床我一个人仍然安装不上。终于，我放弃了。拨通了何国华的电话："喂，何国华，我一个人安装家具怎么都搞不好，你来帮帮忙吧！"

电话对面传来埋怨的声音："这么急干什么？谁叫你一个人去搞的，快回来，明天我们一块去安装。"

没办法，我放弃了一个人安装，去洗干净手，背上书包，离开了我未来的新家。

第二天上午，小贝老师把我叫到办公室。

她用教训的口气批评我："最近你经常迟到、早退，上课也经常打瞌睡，是怎么回事啊？听说你前一段时间玩网络游戏，现在晚上是不是又在玩呀？"

我心里想，还好意思问我呢，都是被你害的。但表面上我是不敢得罪她的，却表现得很诚恳地："最近在搬新家，天天都忙到很晚，新家里还没有申请网络呢。"

小贝老师转而改变了态度："我们IUT进专业不容易，可我仍然是看好你的，你的法语基础不错，希望你在班里安心学习。"

我又进一步表态："谢谢贝老师，我会努力的。"

大概小贝老师内心有一些内疚感吧，因为那个月她收了我300欧元的房租支票后，小贝说不会去进账的，但事后我去查，那300欧元已经没有了。也许正因为如此，小贝老师似乎对我好些了。那300欧元就算是送给她的"礼"钱了。

小贝老师又说："不能旷课，不能迟到早退，要争取全勤，你们办长居证需要有课时证明，明白吗？"

"明白！"我丝毫不敢怠慢。

小贝老师最后说："好了，你可以回班里去了，有事可以来找我。"

我向老师行了个礼就跑了。

下午一放学，我就直奔董玉莹家。

我和何国华扛着一大堆行李、日常生活用品赶到我的新家。

到了家里，我们放下行李，还顾不得收拾东西，就接着安装铁床和家具。我们一件一件地安装，装好后又开始摆放整齐，好在宜家的家具比较精巧，可以自由组合，摆放在新家里很合适。

　　铁床和家具安装好以后，天色已经晚了，我对何国华说："你先回去吧，我这里没有吃的，也不能请你吃饭，收拾东西我一个人就行了。"我赶何国华回去。

　　何国华拍拍手，问我道："那你怎么办？你的肚子问题怎么解决？"

　　我拉开冰箱，指着里面的比萨："看，'比萨加自来水套餐'！我吃了好几天了。"

　　聪明的何国华自然明白，这种吃法对中国留学生来说，时间长了，就会像孕妇怀了小孩那样，一见到这种食物就恶心，甚至恶心得想吐，但是现在没有办法，没有其他方式能替代它。

　　何国华像是鼻子在发酸，但是又强忍住了。他不能在比他低龄的留学生面前说什么，很明显我这样做也是一种很无奈的选择。

　　何国华只是轻描淡写地说了一句："我听说，法国的自来水喝多了可不好，喝多了会掉头发的。"

　　我们两人都尴尬地笑起来。

　　晚上，我打开行李，拿出衣物，一一摆放整齐。

　　待房间基本就绪后，我才开始吃晚饭，那已经是很晚很晚了。

　　吃完饭后我开始记账，因为所有的支出都是应由我和周艳平分的。等到家里一切都搞好，又是一笔不小的开支。

　　幸运的是，这个房子居然还暂时保留着网络。大概是上一个租房的客人还未迁走。

　　打开电脑上QQ，朋友们都在。廖晓颖已经把我的境况告诉了他们，得到了不少宽慰我的话。

　　李伟比我早两个月到加拿大，深知留学生在外不容易。他说："兄弟，和我比起来，你已经比我刚来加拿大的时候要幸运多了。那时我被中介骗了，没有地方住，整天抱着行李，这里借宿两天那里借住两晚。什么名校啊，都是骗人的，学校只有一个外教是外国人，其他全是中国人。你一个人在外面，凡事多留个心眼。熬过这一段时间，一切都会好起来的了。"

　　王琪也鼓励我："这都是你的必经之路。以后回想起来，这么困难的时候都挺过来了，还有什么事不可能做到呢？说真的，我很高兴看到了你的成长。"

　　廖晓颖呢，毕竟还是小女孩，她不但不安慰我，反而对我说："听到你经历的事，不知道为什么有种想哭的感觉。遇到这么多乱七八糟的事情，如果是我，早就打个电话让我妈飞过来陪我，或者干脆回去算了。可你还是挺过来了，我打心眼儿里佩服你，加油啦，一定要坚持下去！"

而我爸妈则鼓励我："张洋，生活的历练会让你变得成熟，当你真正踏足社会后，这些'遭遇'都将变成你人生宝贵的财富，那时的你，一定会比只知道抱着课本死背，放学只知道去饭堂吃饭，遇到点芝麻绿豆的小事都要向老师汇报的人要强得多……"

听着这些亲切的话语，我不断地擦拭眼泪，但没有用，眼泪仍然不停地流淌着，因为我无法用任何语言来表达内心的感受。我们这些小留学生，从选择了出国的那一刻起，就要逼着自己在一夜之间长大，就要学会在没有父母的庇护下好好地生活，好好地学习，好好地一步一步走下去……

那天晚上，我很累，把自己甩上床，倒头就睡，连做梦的力气都没有了。

在这段颠簸的日子里，唯一感到幸福的就是自始至终都有许多朋友的陪伴，他们一直感受着我的辛酸，他们替我担心，为我愤怒，为我分忧，给我力量。哪怕那些乱七八糟的事情，早已将我当初对留学生活的期盼和喜悦撕个粉碎，哪怕我知道未来还有更多事情等着我去面对、去解决，因为有了他们，有了亲人的鼓励，无论再累再苦，我都会咬牙坚持下去！

第15章
和陌生人合租房很可怕

　　周艳刚刚在中国过完春节，就返回了土伦。那一年冬天，在中国的南方发生了冰灾，冬天特别的寒冷。

　　当周艳推开我们合租的"情侣房"房门的时候，房间已经全部整理好了，她一进门还没放下行李，就对我说："张洋，整理得不错呀，辛苦你了。"

　　我帮她接下行李，不客气地说："你可好，回来什么都搞好了，可把老子累死了。"

　　周艳看了看她的窝，那是一张上下铺铁床，我早已把下铺占了，床边的床头柜、台灯、烟灰缸等都摆放好了。她指着上铺，问我："我就睡这里呀？"

　　"是啊，你看我个子这么高，难道还让我住上铺？"我反问她。

　　周艳开始整理她的行李，一边整理一边擦鼻涕、吐痰。周艳说："今年中国太冷了，这一路上感冒了。哎，有没有水喝？"说完抓着我的杯子就想喝水。

　　我赶忙制止："别喝，别喝。感冒会传染的。我去给你倒水。"

　　周艳不高兴地说："穷讲究，喝口水怕什么。"说完继续整理她的行李。

我心事重重地对周艳说："我们俩合租'情侣房'的事，我还不敢告诉我爸，如果让他知道了，他会骂我的。我爸那僵化的脑子，观念是没法改变的。"

周艳无所谓地说："你是男生，我还是女生，我都无所谓，你怕什么？别告诉家里就是了。"

我告诉周艳："我想这事掩盖是盖不住的，迟早会让家里知道。父母知道了，大不了挨一顿骂，已经既成事实了。可我发愁的是，让女朋友知道了，那我就更说不清楚了。"

我这一席话，非但没有赢得周艳的同情，反而逗得她哈哈大笑："你好厉害，小小的年纪居然就有女朋友了，你们拍拖几年了？她不理解你的话，你就跟她分手算了，她在国内说不定已经另有男朋友了。"

"你胡说。"我有点不高兴了。

我加重语气地说："我离开中国的时候，她向我保证的，会一直等我，直到我毕业。你没有男朋友，你不懂！"

周艳更是笑得厉害了："我已经经历过一次失恋了，那些信誓旦旦的表态，不出一年，应该全部烟消云散。你等着瞧吧！"

我想了想："这样吧，你比我早来法国一年，你的法语比我好，你的成绩比我好，就说我们合租房，既省钱又对学习有帮助，可能这样对家里说比较好。"

周艳："对呀，以后我们在家里对话都讲法语，这样也好。"

听了周艳的提议，我似乎高兴了一些，赞同地说："好，我们都讲法语。"周艳用法语问我："张洋，这段时间你做了这么多事，以后我多做一些，你让我做什么事？"

我想了一下，用不太流利的法语表达："那每天由你洗厕所！"

哪知周艳也找不到用法语反驳我的单词，就改用中文回答："你放屁！"我也改用中文："你才放屁呢！"随即又用法语骂了一句脏话："chier（狗屁的意思）！"

周艳不依我了："你竟敢骂大姐，我让你倒霉！"说着抓起枕头就向我扔来。我没想到周艳这么厉害，急忙躲闪开，口里叨叨地："这个女人，怎么这么厉害……"

在家里，我们都用法语对话交流。这恐怕是和她住在一起唯一的好处了！

晚上，我打开记账的小本子，开始和周艳算账。

　　我对周艳说："从搞房子、买家具、搬家花了不少钱，总共1600多欧元。两人对半分摊，每人分摊800多欧元。"

　　周艳看着我的小本子，惊讶地说："哇，这么多！我要分摊人民币8000多元呀！"

　　"是啊，我还是省了又省，你看，全是生活必备品，除了吸尘器，一件电器都没买，连微波炉都没敢买。"我回答。

　　一说到钱，周艳的表情似乎很不自然，有点苦笑的样子，什么时候还我钱也没表态，我顿时心里好不舒服。可又不好意思再催她，毕竟同在一个屋檐下，还要和睦相处，心里宽慰自己，再等等吧，过几天再说吧！

　　也许她有什么难处，单纯的我都往好处着想。

　　我们宿舍已熄灯。月光照射在房间里。

　　我睡在下铺，周艳睡在上铺。我心里总是觉得，我们现在像是睡在火车的卧铺车厢里……

　　睡在上铺的周艳也翻来覆去睡不着。

　　过了一会，她坐了起来，拉开了灯，把我摇醒："喂，张洋，我那被子太薄、太小，睡着好冷，咱们换着被子盖吧！"

　　当然了，我的被子是这次新买的，很暖和，而周艳的被子是过去从中国带去的，又破又旧。我无奈地被周艳摇醒，心里窝着火，心里想，你说冷那我就不冷，可又不便说出来，便说："换就换吧，但明天一定要换回给我。"

　　"那好。"周艳一点都不客气。我的谦让不但没有换来她的感谢，反而让她得寸进尺，她又向我提要求："哎呀，我今天太累了，我今天要睡下铺，你到上面去睡。"

　　周艳跟我要无赖。其目的很明确，是想和我换床，跟我要心眼，想霸占下铺。对于她的"野心"，我心里当然很清楚。可是我必须忍，不能为一些小事计较，因为与周艳要长期相处，相互让着点，别把关系搞僵了。

　　于是，我抱着周艳那床又破又旧的被子，只好悻悻地走到客厅，睡在沙发上。幸好在租房时，房东把家里多余的沙发搬了过来，否则的话，遇到这样难堪的事，我连住的地方都没有。

　　我在沙发上自言自语："今后这日子不好过了……"

　　这"沙发床"不舒服也就罢了，然而周艳那床又破又旧的被子盖在我身上，我那整个脚丫子全露在外面，因为我一米八三的身高足足比她长20多公分……

蜷曲着身子的睡姿，可想而知有多难受！

刚开始的时候，她特勤快，在家里上蹿下跳地抢着做事，就是你让她洗一个碗，她能把碗柜也刷一遍，但很快就来事儿了。

这本来吧，但凡女孩子会做个饭、烧个菜都是很正常的，我们男生可以沾沾光，享享口福，但遇到她，我内心的这个愿望算是彻底地破灭了。试问，一个连电饭煲电源都没拔，就敢用洗洁精去洗，直接用水去冲的人，你还敢奢望她的厨艺会有多好么？

刚开始因为嫌用电磁炉耗电厉害，我们煮东西用的是煤气炉。我知道她平时脑袋少根筋，在买煤气炉之前我就一再跟她强调："每次用完切记要把煤气炉关了，先说好，如果你有三次忘记关，我说什么也要换回电磁炉。"

当时她还特歧视地扫了我一眼："你威胁我啊？先提醒好自己吧。"结果煤气炉从买回来到收起来总共用了五天，这五天里她竟四次没关煤气，最后一次，是在我要抽烟的时候发现的，幸好发现得及时，如果出事了那可不得了。

有一回，我们一起去超市买菜，挑包菜的时候，她以迅雷不及掩耳之势"唰"的一下就把菜叶子给拔了一大半。我一脸错愕地问她："咦，你这是干什么？"她居然一脸平静地说："一棵菜就长那么多叶子，我们怎么吃得完？这样轻点便宜。"然后捧着一个"包菜头"特潇洒地走去结账，我气得差点没当场吐点血出来。

我告诉她："菜叶是人吃的，菜秆是喂猪的！"

我心里暗暗骂道："哎呀，真是'脑残'！"

有一天晚上我回到家，看见她满脸通红，嘴里一直念叨着想吐，在房间晃晃悠悠地走了几圈后，就一头栽在我的床上睡了过去，害得我只好又蜷缩在沙发上睡了一晚上。

第二天我在收拾房间的时候才发现，我平时喝的威士忌全没了，是她趁我不在的时候偷喝了。她没有和我说任何歉意的话语，居然还有脸反问我："你喝酒怎么不会醉呢？"

要知道我是勾兑着喝的，可乐加洋酒，不是一口威士忌一口可乐，对她那样智商的人，我真不想和她解释什么。

还有一次，她问我看不看电影？我问她有哪些片子，她说都在硬盘里让我自己去挑，我就觉得纳闷，怎么从来没有看见过她有硬盘？当她把"硬盘"拿出来我一看，结果，居然是USB外接光驱。她还问我："把它接到电脑上，怎么就不出现电影呢？"

法国网络是三位一体的，就是把网络、电话、电视合在一起，刚买电话机回来时，我提醒她因为还没收到上网盒子（申请的是NEUFBOX），现在打电话不是网络公司的，用的是France Telecom（法国电信）的服务（打长途特贵），可她偏不信，硬是抱着个电话三天两头地往中国打，结果一个月下来，电话费竟花了300多欧元（相当于3000多元人民币），即便如此，她没有一点内疚感，居然还可以脸不红心不跳地让我分担一半，说是因为我申请了网络才有电话的。

由于家里每天都会有开支，我们几乎两三天就算一次账。过去我在家里从来不管账的，别说算账，连记账都不会，可跟她比起来，那根本就是"小巫见大巫"了。她自己花过的钱常常忘得一干二净，需要我来提醒她。两人算账时才逗，她经常把不是她花的也算在自己的账上，我说错了，她还一脸茫然地回答："没有啊。"

原来这世界上还真有不拿钱当钱的人。

就这样子吧，也就凑合了。可她脾气还不好，凡遇到点不合心意的事情，就立马变悍妇，气得我都快发狂了。

和不熟悉的女生同住一个屋檐下，真的很可怕。刚合租时，大家总会互相谦让，时间长了，老毛病就显现出来了。唉，可日子还是要过的。这样的日子，就当成磨炼吧。

我们约定，房间的厕所归她打扫。这正好可以收拾她。

一天早上，我匆匆忙忙上完厕所后，正准备出门去上课。刚刚起床的周艳冲出卫生间，冲着我喊道："张洋，你又乱撒尿，又把尿撒在了马桶槽边，我一坐上马桶，就沾了我一屁股尿，给你说了好多次，都不改正，你怎么搞的？"

我不服气地说："没有啊，你凭什么赖在我身上？"

周艳，我真是服了她，真的是女中豪杰，女人中的男人。她丝毫不给我留半点情面，反驳我："你是不是男人？站着撒尿才会把尿撒在马桶槽边，你不明白？你看，马桶里还有烟头，我看你还怎么狡辩！"

我看了看，无法再耍赖了。就用法语回答周艳："你说的话我全听不懂，请你讲法语。我们之间的协议是你每天必须洗厕所……"

周艳气得直翻白眼，眼睁睁看着我离去。

终于，我听到了好消息。

有一天我接到周艳的电话，她说不住这房子了，她晚上要去打工，住这里晚上没公车回来。我在电话这头，强忍着内心的激动与喜悦，要求自己耐着性子把电话听完。

在放下话筒的那一刻，我大叫着在屋子里来一段"维塔斯"的海豚音，真的好爽，终于可以一个人好好静静了……

第16章
恨不得一脚踢她出家门

　　我的想法太简单了，周艳的暂时离去，并没有换来我的安宁，我们之间并没有偃旗息鼓，事情却恰恰相反，我和她之间的"战斗"愈来愈激烈，愈来愈白热化。

　　有一天，周艳突然回来了，说要拿些东西。我没在意，出去买了点吃的东西，等回来的时候，发现家里的电饭煲、鼠标、床垫、刀、筷子，就连浴帘通通都被拿走了，连招呼都没打一个。万般无奈之下，屁股都没有坐热的我，又去"家乐福"买了一堆生活用品，再坐公车回家。

　　林雅菲得知周艳不住这房子后，就想和我合租，离开那个法国佬的寄宿家庭，重新开始"自由"的生活。她提出，在我这暂住几天，这几天我们好好改善改善伙食，她负责买菜做饭，照顾好我们的肚子，我便答应了。

　　林雅菲刚刚才住上几天，周艳就带着她的一个上海朋友突然杀了回来，她一进家门就开始大吵大闹。

　　"我没有回来住，但房租钱我可是交了的，这房子里的一半东西都是我的，你——"她用手指着站在一旁惊讶不语的林雅菲的鼻子，像泼妇似的，"你不是睡了我的床吗？睡了是吧？睡了你就给钱！住了几天就给几天的钱，不然谁都别想安宁。"

她一边骂，一边把归她的床、柜等家具、物品的螺丝通通都给卸了，全部拆散堆在房间里，堆在我的床上，堆在地上。她睡的上铺的床，螺丝被她那么一拆，整个半悬在我的床上空……

我……我目瞪口呆地望着眼前这个同样来自中国的同胞，心中的震惊超过了那一刻的愤怒。林雅菲不想给我惹麻烦，也不想再跟这样的无赖废话，拿出100欧元面无表情地丢给她："麻烦你算算，剩余的退给我，谢谢。"

谁知道这位同胞竟然摔下一句："我没有零钱，去哪里找钱给你？"竟然把钱全揣进口袋里了，拿到钱才停止骂人。然后拉着她的朋友扬长而去。

早知如此，就应该让林雅菲把钱摔在她脸上，让她闻一闻和她身上一样的这股"铜臭味"。

其实，这个周艳根本就没有别的地方住，根本没地方可以放置所谓的这个家里属于她的家具。直到我后来搬家离开这个房子，她的那些破烂东西仍还堆在这间房里。

我不理解，同是中国留学生，谁都会遇到困难需要别人帮助的时候。在别人遇到难处时，伸出援助之手，也只是举手之劳。可为什么偏偏不是这样？反而是拆台、找碴、骂人，撕破脸还得理不饶人。对这种不讲道理，不懂情理的人，我当时是一点办法都没有，她想怎么样就怎么样吧，只盼她早些离开……

无法吞下这口气的林雅菲又回到法国人寄宿家庭去了。临走时她说："张洋，我不知道你出于什么样的原因，可以和这样的人住在一起，被别人骑在头上拉了屎还一声不吭，在我印象中，不是只有你欺负别人吗？怎么，今天轮到你被别人欺负了？过去从来没有出现过，如果换作是我就不忍了，我一脚就踢她出家门口啦！"

唉，没办法，忍忍吧。

这套房子是我和周艳共同出钱租的，交给房东的押金也是各出一半。为了从房东那要回她那另一半住房押金，周艳又一次回来家里，并约了这个宿舍的法国房东——教消防的老师来找我。

那天，周艳和房东一同走进屋里来。房东仔仔细细地把屋里看了一遍，屋子里摆放的都是新家具，当然比空屋子漂亮，房东点点头，脸上露出了笑容，看样子他对我们住在这里还算是满意的了。

周艳向我摊牌："现在我已从这套宿舍搬走，不再回来住了，今天我约房东来退房，退回我的住房押金。"

我当然不会同意："当初与房东签的租房协议，是我们两人一起签的字，你既然要解除租约，那这套房子另一半的租金由谁来承担？还有，法国政府给的房补（情侣房房补），全部都进到你的账户，我到现在都没拿到，你应该先把我的房补还给我，我们再结账。"

"摆在你的面前有两种选择，或者是你单独租下这套房子，以后慢慢地再找人合租；或者就是和我一起退房，你只能另外再去找住处。怎么决定，你自己想好。"周艳继续给我施加压力。

一听到周艳给我的两种选择，顿时我的头就蒙了。一时间愣在那里。好一会，我才反应过来："要我从这里搬出去，那我搬到哪里去？你周艳不是不清楚，为了这套房子，我已经花了不少钱，费了很多精力。"

周艳不讲道理地说："那我不管，我只想拿回我的住房押金。"

我骂道："你还有没有良心啊？我一点准备都没有，你是不是想让我去过那种流浪的生活，你才高兴？"

房东虽然听不懂我们讲的中文，但看我们吵起来了，连连摆手说："不要吵，不要吵。你们不是"情侣"吗，为什么要吵架？"

周艳转身用法语向房东讲了好一阵子话，她法语口语比我好，和房东说了什么，有的话我根本听不懂。大概的意思是，让房东告诉我，让我自己把房子租下来。

房东把租房续租合同递给我，向我摊牌："张洋同学，你要和我签这份住房续租合同，保证押金、租金都应由你全都承担。你才能继续住在这里。你明白吗？"

周艳这种嫁祸于人的做法，气得我不知怎样表达心里的愤慨。我对房东解释："房东先生，周艳小姐欠我的钱，欠我的"情侣房"补贴，她一分钱都不还我。如果让我个人租下这套宿舍，那么她应该把钱还给我，我才能开出支票，给她租房押金。"

愚钝的房东根本不会理解"情侣"之间的"经济纠纷"的。想让他来主持正义，让周艳来还我的钱那是根本不可能的事。

这套房子每月租金是450欧元，情侣房补就有270欧元，政府每月将房补打入租房人的账户上。等于每个人实际上只需承担每月90欧元房租。对留学生来说，是很划算的。但金钱上的受益换来的却是精神上的摧残。

又一次在万般无奈之下，我拿过来房东预先准备好的续租合同，在上面重重地签上了自己的名字⋯⋯

签完后，我把笔一甩，然后指着周艳的鼻子，发泄着我心中的愤懑："你不是不知道，以我现在的法语水平，是根本不能完全看懂合同的条款的，现在即便你和房东合伙把我卖了，我都看不懂的，都是留学生，你就这么狠心地整你的同胞吧！"

我毫不犹豫地又开出了450欧元的支票，扔给周艳。

哪知混账透顶的周艳却用怀疑的眼神看着我："你账上还有没有钱啊，不要给我开个空头支票骗人啊！"

我不假思索地骂道："你才是骗子，骗人钱财。"

房东傻傻地看着我们吵架，他听不懂，也听不明白我和周艳这对"情侣"之间存在的这笔无聊的烂账。

法国人那僵化的脑子就像一把生锈的锁，你怎么打也打不开，怎么也不开窍⋯⋯

第17章
骗子就爱玩人间蒸发

　　家门口的邮筒前，我伸手进去掏信。

　　前几天，爸妈从广州寄来包裹，虽然寄的是航空，到土伦也要走半个多月，包裹单家里是用特快专递先寄来的。

　　从邮筒里掏出了包裹单，我下意识弯腰低头朝邮筒里面看了看，不料却看见里面还有一封信函。我顺手拿出来瞧了瞧，那是一封从银行来的信函，分别寄给我和周艳的。

　　既然如此，我就毫不犹豫地拆开了，内容清清楚楚写明了给周艳和我的房补已经补助到周艳的账号上，已经补贴将近3个月了，每月房补有270欧元，3个月就是810欧元了，我理所应当得到405欧元。是一笔不小的数目。

　　可气的是，这笔钱已经到她的账上3个月了，怎么她一直说不知道呢？原来一直在蒙着我。别看她生活方面、算账方面笨得像"蠢猪"，可耍心眼却很有一手啊。

　　我打电话把周艳叫了回来。那天在宿舍里，我把银行的信函往桌上一摔，双目喷着怒火，质问她："你看吧，房补已经到账了，为什么还瞒着我？"

周艳被我这仇视般的神情吓住了，问我："怎么了，出什么事了？"

我指着信函，对周艳说："你看看，银行来函，白纸黑字写得清清楚楚，我们的情侣房房补明明已经到账3个月了，你为什么还说没有到账，你这样做是什么意思？是不是想独吞啊？"

从周艳的眼神可以看出，她早已知道钱到了，但她似乎并没有任何愧疚，反而像个无赖为自己开脱："房补是到账了，可电话费、网费是从我账上划扣的，电信部门乱扣钱，这几个月每个月电话费都扣300多欧元，这钱不要回来，我没有钱给你房补，我们合租房电话费你也应该承担一半呀！"

不提电话费一事，我还能忍。一提到电话费，我就更生气了："给你说过多少次，你就是不听。你要把电话线插入这个盒子里，打的都是法国电信的网络。插入上网用的盒子，用我的座机打到中国家里的座机，才是免费的，可你乱插线，乱打电话，当然贵了。"

周艳不讲道理地说："我怎么知道！线插在上网盒子里音质不好，钱已经扣了，我账上没钱了。你要我怎么办？"

我着急地说："我把所有该给你的钱都开出支票按时给了你，而你却跟我赖账。怎么办？请还钱！家里每月给我寄的钱，都只有那么一点，没有房补，又让我出钱租下整个房子，你让我的日子怎么过？"

周艳无可奈何地说："我不知道该怎么办，我没有钱给你了。"

尽管我发火、催账、骂她骗子，过了好久，这笔钱她都一直未还。

我周围的朋友，都为我打抱不平。他们纷纷去找周艳帮我要回属于我的那份房补，可任凭朋友们把好话坏话全都说尽了，她仍然置之不理，都被一句"我没钱"给挡回来了。

何国华为了帮我要回这笔钱，甚至与周艳翻了脸！

我不但没拿到钱，而且周艳她人都不知道去哪了，整个人都消失了。骗子，就会玩人间蒸发……

自从到了法国，朋友们都觉得，我的性格脾气变了，变得特别好。不像在国内时那样遇事会冲动，不冷静。现在的我变得特别能忍耐，特别能吃亏，凡事息事宁人。那是因为在异国他乡，我不想给自己惹事情、添麻烦的缘故。

我身边的朋友，没有一个赞成我就这样放弃自己的权益，他们提议，让我在

"战法"（法国留学生网站：战斗在法国）上发帖子，把她的行为诉诸法律。甚至公之于众，搞臭她，让她成过街的老鼠，人人喊打。这个办法可以一举两得，既可以给大家提个醒，也可以起到震慑周艳那种自私蛮缠的人的作用。

在朋友的强力劝告下，我将这件事在"战法"的【黑店检举】上公开发表，文章在叙述了事情的全部经过后，同时用手机拍照公布了银行的房补回单。

我接着写道："我已决定放弃这笔房补，在这里公开此事，是真心想给在法国努力生存奋斗的留学生们提个醒，希望大家不要再遇到这样的事情。在异国他乡本身就在吃苦受累，一定要多个心眼以提防这样的小人，一旦遇上了，千万别心软，定要团结起来，共同谴责及杜绝这样的情况再次发生，努力讨回自己的利益，为留学生营造出一个更为美好的留学环境。"

帖子发出后，反应空前热烈。短短的一天时间，就有上百人顶我的帖子，几乎所有的人都唾弃这种缺乏道德、坑害同胞的行为。

顶帖的五花八门：

"大家都是中国人，在外边最需要的就是团结。这种人丢中国人的脸，出卖、欺诈同胞，大家一定要团结起来鄙视这种人。"

"400欧元相当于4000多人民币啊，这在国内比很多人一个月的工资还多。400欧元可以让你看清这个女人的真面目，你也真是赚到了也。"

"他妈的居然有这种狗猪不如的女人，既然知道她在哪里，为什么不去要回来，这么容易就便宜了她，就更放纵了她的胆子，好再去骗人！"

我把发帖子的事告诉了林雅菲，她也来跟帖凑热闹：

"这个女人我认识，我是受害者的同学，那次我过去暂住了几天，就住在这个宿舍，结果从我手里拿走了100欧元才走人，简直就是从原始森林里冲出来的母猩猩，我×！这个泼妇……（没想到林雅菲也会爆粗口）我当时真想抓过来搞死她，要是手上有砖头，当场就想拍死她……"

我极其不想搞坏一个人的名声，特别是女孩子的声誉，可是毕竟在留学生中有这样的人和事，让我亲身遇到了。所以，在名声和道德的天平上，我选择了后者。

平心而论，像我们这些留学生，小小的年纪就离开了父母，来到异国他乡求学，有谁不会遇到困难，不需要他人帮助？而像周艳这样的人，却真的会在同胞最需要帮助时反而落井下石，做出这等令人不齿之事。也难怪遭到大家如此的唾弃了。我真心希望她能好自为之，从此隐姓埋名，隐居山林，不要露脸，最好用牛粪把自己活埋了，免得遗臭万年……

有一次，我请假去办长居手续，在银行办事时，突然见到了周艳，我立马打电话给朋友"请求支援"，打算进行"围捕"工作。结果，这个欠我钱的女人，一看见我拿起手机打电话便落荒而逃，不一会，她像兔子一样眨眼就不见了。

朋友问我为什么她跑了也不去追，因为我不担心，她再躲也还是在土伦，跑得了和尚跑不了庙。没关系，我没了400欧元还能再挣回来，可她失去了人格、做人的良心，是金钱换不来的。

这件事过了很久以后，我得知，周艳结婚了，她嫁给了一个法国老头。这件事还是当时和周艳一起来我家的那个上海朋友王欣告诉我的。

王欣说："肯定没错，她都退学了，跟那个法国老头过日子去了。"

在我的追问下，王欣将所知道的周艳的事告诉了我。

周艳从我的"情侣"房搬出去后，先是去餐馆打工，后来到了酒吧里做侍陪，陪客人喝酒，靠销售出的酒来拿提成。在国外留学，又没有生活费，因此只要能挣到钱，她什么工作都愿意做。据说，在酒吧里遇到了一个法国老头，那个老头是个单身，每天晚上都去喝酒，周艳就去陪酒。一来二往，就这样他们俩就认识了。

我问道："陪酒就陪酒嘛，怎么和那个老头结婚呢？"

王欣："这个老头是一个退休的军人，政府会补给他一笔数目不小的退休金。但是如果有妻子，会双倍补偿。于是周艳和法国老头达成了协议，周艳嫁给了她，一起分享了这笔退休金。"

我不服气地回答："我要去找那个法国老头，告诉他，周艳欠我的钱，欠我的情侣房补。她如果不给钱，就让那个法国老头去揍她！"

"对！对！……"王欣笑着应承道。

第18章
法国教育的强项是创造能力

冰冷的冬天过去了，春天伸出了温暖的双手。太阳暖融融地照在大地上，地中海沿岸的生物又焕发出绿色的生机。

我们IUT预科班每年是在春、秋两季招生。这年3月又一批新生来到学校IUT预科班报到，我们算是高年级学生了。

渐渐地，我们适应了法国的教学。

在法国，课堂教学没有教材，看不到教学大纲，全靠学生自己做笔记，老师还会布置一大堆参考资料让我们课后自己去查。特别在我们预科班，有时候老师一张报纸讲半天课，而且有很多与专业无关的知识。

老师常常是不备课的，很随意，我想连她自己可能都不会知道今天讲什么课。实在想不出教什么的时候就随便找一张报纸，或者翻一页书让我们一人读一句。最让人头痛的是她布置的作业，当第二天你把辛苦准备的作业带去的时候，她却什么也不记得了……

你也许无法想象，如果一个漂亮姑娘从教室门口走过，分散了男同学的注意力，老师会讲很多引人发笑的话语，或者大声对我们说："看着我，别看那边的女孩，不进专业你们得不到她们的。"甚至用法语教我们如何学会"把妹"……

过了好久我们才知道，她根本不是什么专业老师，过去只是学校搞行政的人员。我感觉到，她除了会说法语外，真没有其他特长，更别说具备老师的素质。

但是，法国的教育非常注重实践，在这方面是强项。它不会手把手教你应该怎么做，更多的是为你开启一扇大门，教给你一种方法、一种模式，把很抽象、深奥的东西化解为浅显易懂的内容，给你真切的体会。这种教学方法在国内还是寥寥可数的。

有一次，小贝老师组织我们预科班同学去参加专业课观摩。这堂课是经济管理专业的一次商务谈判课程。它不是老师在课堂上讲该怎么谈判，罗列出1、2、3、4条什么的，从理论到理论，内容空泛，而是像演练一样，把商务谈判整个课程作为一个大的训练过程，注重培养学生解决实际问题的能力。

老师把同学分成若干小组，你自己选择是做买家还是卖家，然后每堂课都进行谈判，再用摄像机摄下来，然后老师回放讲解，极为有趣，学的很适用。

课下，小组之间也可以相约谈判，一轮二轮三轮……直至最后交易成功签合同。

最后老师会分析比较每个合同的优缺点。老师讲解后的结果，可能是赚钱最多的那个合同反而没有得到认同，因为买家和卖家的利润总和并不高，相反赚钱不多的那个合同可能却成了第一或第二，因为利润总和最高，他们讲究的是买卖双方双赢的结果。

还有一次，经济管理专业在结束理论课程后，我们去观摩一节叫"危机管理"的课程。课堂是演习一个仿真的场景，老师把同学分成两个房间，一个房间是公司，每个人分别扮演不同的角色，有经理、董事长、市场经理、人事总监、厂长等等，另一个房间的人则是制造麻烦的人，什么记者、员工、客户……

两个房间有内线电话，也有摄像机。

班里推选了一名同学做了一家食品公司的产品经理。在短短的两个小时里，公司倒了大霉，先是生产流水线坏了要修，因为员工没有工作可干，员工要求放假。接着客户投诉说食品有问题，吃了该公司食品使人中毒拉肚子。后来经过调查，是有人故意搞破坏——生产仿冒产品。就马上通知警察，经过查证原来是过去被开除的员工干的。

紧接着，记者要求采访，公司决定开一个记者招待会，向社会公布，介绍事情经过，等等。

整个过程极为紧张，电话铃声响个不停，一会送进来一份报告，经理必须做出一些决定，然后马上又会有另外的相关问题出现，你根本不知道下一秒会出现什么问题，那两个多小时过得特别快，让你有一种亲临现场的感觉。

还有一次，我们去参加了一堂场景式的法语考试课。

那天，教室里熙熙攘攘围了不少人，有一半以上是中国留学生，来观摩的同学都坐在后排，有的还在后面站立着。我和林雅菲一同去聆听并观摩了这堂课。

讲台上，老师说："今天的考试课我们安排这样一个场景：'一个泼妇受另一家公司的指使，到本公司来讨债。她坐在公司门口，要见老板，不给钱就不走人。你们的任务就是把这位女士打发走，什么手段都可以采用，但就是不给钱，更不能动手推人、拉人。'"

台下学生哄的一声笑了起来。

台上老师说："下面，我们分成3个小组，每组5个同学。你们可以先商量应对方案，扮演不同的角色，每个同学的对话等等。既是考同学们处理问题的能力，又是考法语水平。如果法语水平差的同学，就有可能根本完成不了作业，会面临不及格的。"

台上老师突然发问："这个泼妇的角色由谁来担任？谁报名？"台下一名男生报名："我报名，我来当泼妇。"台下同学们又是一阵哄笑。这名男生是一名法国人，留着长长的头发，一看他的模样，就知道是个调皮的学生。

台上老师瞪了他一眼："不行，必须要选女生，男生不能替代。"台下同学都沉默了，没有一名女生报名。课堂上的气氛一时僵持在那里了。

这名调皮的男生突然举起手，老师点点头问道："什么事？"

调皮的男生："我建议，这个泼妇的角色由Lucie（卢西亚）同学担任，大家说好不好啊？"

顿时，全班同学的目光集中在一名女生身上。我从后面望去，那名女生很肥很壮，爆炸式的头发，大脸盘，相貌好凶恶，恐怕选她是再合适不过了。虽然，调皮男生是故意在出这名女生的洋相，可这位女生却毫无害羞与顾忌，竟然大大方方地答应了下来："好。我来当泼妇……"

课堂上气氛顿时活跃起来。同学们立刻搬桌搬凳，腾出了仿真表演的空间。一名同学在教室门口放了一张凳子，一堆女同学把"泼妇"推到座位上去了。

考试开始，第一组的同学倒是很认真的。

同学A对泼妇："喂，请问你找谁？有什么事吗？"

泼妇："我找你们公司的老板。"

同学A："你找他有什么事？"

泼妇："你们公司欠我们的钱，我是来向他讨债的。"

同学B迎上来了，不客气地对泼妇："我们老板不在，你先回去，下次来之前与我们老板先联系好，免得你空跑一趟。"

泼妇一叉腰："那不行，我是受人之托来收钱，拿不到钱我是不会走人的，快叫你们老板出来见我。"

同学B："老板真的不在公司，我们有什么办法？！"

泼妇："你们这一套把戏我见得多了。叫老板还钱，不还钱我就不客气了。"泼妇边喊边朝公司里面闯。

几个同学慌忙把泼妇挡住。哪知泼妇力气很大，一把便推开这几个同学，一直走到那名调皮的男生面前，用手抓住那名男生的衣服，挑衅性地喊道："你看我像不像泼妇，看你还敢不敢欺负我？"

这一举动，吓得那名男生后退几步："你演得好，演得好。下次再不敢小看你了，再不敢欺负你了！"

一时间，这个小组的几名同学都愣在那里了，束手无策……

老师宣布："第一组同学考试结束，第二组开始。"很明显，第一组的同学难以过关。

第二组演习一开始，与第一组的做法完全不同，显然是吸取了第一组的教训，经过精心策划的。

泼妇推开公司（教室）的门，看见公司里面的员工围在一起正在开会，先是由个人汇报工作，接下来是一个人接一个人地开始讲解。因为是在开会，泼妇打断了一名员工的发言，但言语还是比较礼貌的："请问，你们公司老板在吗？"

那位员工用手指放在嘴唇上，示意小声点，然后小声回答："没有来，根据今天老板的日程安排，他有别的事，恐怕不会来了。"说完就没再搭理她。

　　泼妇见此情景，没有再继续问话，而是自己端了一张凳子在公司门口坐下来，准备继续等下去……等员工们开完会再说。此时，她没有离开的意思。

　　员工们开会，原本就是装装样子，就是为了造成一个假象，如果要债的人稍稍懂一些礼节，可能会自动离开。可偏偏安排的是一名泼妇，是一名不讲道理、油盐不进的女人，这可就麻烦了，不可能那么轻易离开的。况且，她是受人指使，是有人给她付了钱的。

　　员工会议组织者宣布："今天的会议到此结束，大家各自去办自己的事，让目标赶快离开。"

　　一名同学走到自己的座位前，发现凳子不见了，她望了望坐在门口的讨债人，径自走向前去，不客气地提出："噢，对不起，这是我的凳子，请还给我，我要工作。"说完从泼妇屁股底下抽出凳子拿回到自己的坐位前。

　　泼妇只能站在门口旁，像个看门的保安。

　　第二组的同学还真能沉得住气，没有一个人说话，整个房间里静悄悄的，更没有人理会她，似乎她并不存在。

　　泼妇大概站累了，又走进公司里，顺便坐在了一张空凳上。过了一会，另一员工从门口进来，目光看了看四周，又走到讨债人旁边："对不起，这是我的办公桌和凳子，请你离开。"

　　这一次，泼妇忍不住了，她猛地站起来，两手一叉腰："好啊，你们合着伙来整我，赶我走，是吧？没那么容易。"她面朝公司里面，大声喊起来："老板出来，欠债还钱，不还钱休想赶我走。"

　　说着，说着，猛地拍打起桌子来。

　　在后排观摩演习的同学都笑了起来，我和林雅菲不禁为泼妇的表演叫好。我对林雅菲说："好，看他们怎么处理，怎么才能把讨债人赶走。"

　　第二组的同学似乎也被这一情节搞蒙了，这时从座位上走出一名男生，走到泼妇身边，对她悄悄地说："喂，来，跟我来，我给你说一件事。"

　　泼妇跟着这名男生一同来到门口，问男生："有什么事？"男生悄悄地塞给她一张纸条，就走开了。泼妇打开纸条，看了好一会，边看边想，好像在思考该怎么办，而又拿不定主意。

　　老师走过来问："这是怎么回事？为什么停顿下来？"

　　泼妇顺手把纸条递给老师。

　　台下，那名男同学见此情况，用双手抱住头，焦急地说道："完了，完了。阴谋被告发了！"

老师看了看纸条，脸上仍然没有任何表情，又把纸条递还给泼妇："当着全班同学的面，把纸条的内容给大家念念。"

泼妇清了清嗓子，大声念道："卢西亚同学，我们斗不过你，请你马上离开这里，我请你喝咖啡。你在这里继续当'泼妇'，我们都会不及格的。谢谢泼妇！"

这一段精彩的内容，顿时引来全班同学的哄堂大笑。

那名男同学在台下气得大喊大叫："卢西亚同学，你太坏了，你出卖朋友，以后我会让你难堪的。"

老师说："第二组同学考试结束，第三组开始。"第二组同学的考试成绩，是可想而知的了。

接着第三组的实战演习开始了……

知识源自书本，但更是一种能力，一种创造力。这一点西方教育确有所长，是国内的教育无法比拟的。

第19章
三个"小兵张嘎"

海风穿梭在这里的大街小巷，海岸边的港口摇曳着大大小小的游艇，人们在船上喝着酒，钓钓鱼。

这座海滨小城和欧洲的其他城市一样，四处可见各式各样的露天咖啡屋，无论在什么时候，都能看到他们在这里，与三五个好友一起聊天，成天静静地看一份报纸，读一本书。

优雅的他们似乎永远都不会赶时间，有人说这就是欧洲人的懒散，也许这才是生活。

学校安排我们实习课，时间是两个星期。

在实习前的头一周星期五，小贝老师在强调实习注意事项后，特地对我们中国留学生的头发提出了特殊的要求。

临下课前，她目光停留在我们几个留着长发的同学身上，以很不客气的口吻说："你们几个中国留学生，去把头发剪短，你们以这样的发式去实习的地方，被人误认为是女性那就难堪了。"

讲台下，我们几个面面相觑，低下头忍不住偷偷笑起来。

哪知小贝老师又补充了一句："被误认为是夫人、太太，而不是小姐，那不就更冤了啊！"

倒也是，从出国到现在，我从来就没去剪过头发，足足的有近5个月了，头发长得可以扎辫子了。这对国内的朋友来说，可能根本就不相信，甚至不理解，为什么不去剪头发，那么长的头发，舒服吗？

在法国，剪头发要花二三十欧元，相当于二三百元人民币啊。这是其一，其二呢，就是法国男人的发型太难看，统统的都是短发、平头，有的头发剃得短得连青皮都露出来了。

也许是法国男人秃头太多，不宜留长发……

我和吴远文、关畅在土伦市区里转来转去，最后选中了一家理发馆，这间理发馆装修得还算是比较漂亮。

我们三人大大方方地走了进去。

里面有几个理发师闲着，我们站了好一会，懒散的法国人才过来问道："你们剪头发吗？"然后拍拍理发座椅。

吴远文坐在椅子上，用不太熟练的法语表示："头发不要剪得太短了，留长一些。你看……"他用手指在额头旁比画着，拇指和食指之间的距离大约留有半寸。

理发师的眼睛好像没睁开似的，没等吴远文把意思表达完，话还没说完，理发师就直接上电推子了。"吐吐吐"理发推子很快推光了头发，头发短得几乎成秃子了。这太可怕、太夸张了。哪里还有什么发型啊。

我和关畅在一旁狂笑，我赞不绝口地说："不错，一例标准的法式小平头，好漂亮！"

关畅在一旁添油加醋地说："让法国佬剪头，用法语表达说怎么剪，剪什么样的发型，哪里剪短哪里留长还真说不明白，打手势交流也没用。你看，见到头皮了，青皮地里长出头发叉叉了。"

轮到该我剪了。我找了一本发型画册，里面有一些明星照片，我指着一名球星的发型图片，对法国佬说："请你按这样的发型，就照这样剪……"

画册上的足球明星跑动着的照片，发型飘逸潇洒。

理发师看我拿着足球明星的画册，很高兴地拍拍我的肩膀，并竖起了大拇指，连声称道：“好，好，好！”

我以为理发师听懂了我的意思，连连点头。

一颗浮悬的心总算落地了。

理发师开始给我剪头，又是直接上电推子。此时的我，犹如一块案板上的肉，让人随意宰割，容不得半点的解释。我知道，几分钟以后，我的形象一定和吴远文是一样的。

理发师误解了我的意思，他以为我在给他讲足球呢，所以法国佬总是点头，津津乐道的。可见，我同样遭遇的是倒霉的下场——又被剃了一个秃头。

理发师完成了全部动作，我走下座椅。用手摸了摸滚圆滚圆的“西瓜头”，对关畅说：“该你啦，去吧。去被切西瓜吧！”

在关畅剪头的这段时间里，我拉着吴远文走出理发馆，我递给吴远文一支烟，我们俩点着烟，深深地吸着、吐出，仿佛在吐着心里被法国人调戏的那一口恶气。

吴远文发泄：“号称世界上最有艺术成就、最浪漫国家的法国人，可剪头的手法太差劲了，理发师就直接把剪刀一横，‘咔嚓’一下就算完事儿，修都不给修一下的。”

我接着说：“这发型分明像是监狱里的犯人！真他妈的！”

关畅剪完头出来了，指指里面的理发师，心痛地用中文骂道：“这个傻逼，就这水平竟然收了我们60欧元，一个人20欧元，三个人就是相当于600元人民币啊。”

吴远文说：“今天好看了，我们三个就像电影里的“小兵张嘎”！”

我们三个“小兵张嘎”你看看我，我看看你，无奈地摸摸头上的滚圆滚圆的西瓜……

我挥了挥手，比画着说：“他妈的，我们三个和他们拼了……”

和法国著名画家交朋友

我们实习的地点在土伦市政厅的宣传部门。

这里聚集了许多知名画家、摄影师、文艺出版界人士。在设计室里，工作人员三三两两地在一起工作，他们在电脑上下载资料、设计编排宣传品等。在印刷车间，工作人员在印宣传画报，尽管在这种类似工厂的环境里，仍然是安安静静的，没有人大声说话。

我和关畅、吴远文三个人一组，被安排在画家蒂埃里·陆雷的工作室工作，给法国画家当助手。当我们来到画家工作室时，陆雷先生和我们一一握手，用生硬的中文反复说着："欢迎、欢迎、欢迎！"

我仔细打量着眼前这位画家，他个子很高，与我不相上下，有一米八几吧。他长得很壮，头发和胡子已有一些花白，看样子有50多岁了。他为人敦厚、友善，待人热情的性格让我感到非常亲切。

在画室里，有两个法国女孩，年龄不大。她们都是土伦美术学院的学生，一个叫Alina（爱丽娜），另一个叫Mary（玛丽），也是来实习的。

在陆雷工作室。沿着一幅幅画作的旁边，爱丽娜像老师上课似的，边走边向我们讲解：

"蒂埃里·陆雷是一位非常有名气的法国画家，他是葡萄牙人的后裔，从小学起就开始学习绘画，他的画作画面淳厚，色彩浓重，笔法自然，与巴斯奎特和毕加索的画风非常相似，同属抽象派油画。"

我注意到，在陆雷的画室里，同样陈列着一幅幅的画作。遗憾的是我不懂美术，更不会欣赏西方的画派。我完全看不懂这些画作的艺术性，虽然如此，但仍然表情诚恳地听着继续介绍。

爱丽娜说："使他形成这一画风的原因，与他早年结识了毕加索的好友布拉斯科·曼科尔有着密切的联系。曼科尔非常器重陆雷，对他的创作产生了很大的影响，甚至可以说，是曼科尔为陆雷打开了通往'伟大画家'之路的大门。陆雷的一些优秀的作品，至今仍收藏在卢浮宫内。"

在介绍完陆雷画家的情况后，爱丽娜向我们布置工作了。

爱丽娜说："陆雷先生和他的法国朋友一起，在中国苏州这个古城腹地的一所老房子里，成立了'艺术桥画廊'，供人们参观展览。你们的工作就是和我一起，制作网页，准备建立一个'艺术桥画廊'网站，要把法语翻译成中文。这里有几部电脑，开始工作吧。"

我对吴远文和关畅说："你们俩负责文字翻译，我来做网页设计排版。"

这项工作一直进行到实习结束。

也许是陆雷在苏州有画廊，经常去中国，所以对我们中国留学生特别好，我与他交上了朋友。在实习的时候，陆雷和我照了好多相，可相片上的我，一个傻傻的"小兵张嘎"，实在拿不出手，所以这些相片我一直没有公开。

两周时间的实习很快就结束了。为了表示对陆雷的感谢，我邀请陆雷周末来我家吃饭，一听到是吃中国菜，我在家里亲自做菜招待他，他欣然答应了。

到了周末，我很早便爬起来搞卫生，把家里打扫得干干净净，我知道，法国人对就餐是很讲究的，那一套餐桌上复杂的程序，到现在我都没搞明白。

打扫完卫生后，我去"中超"买菜，为接待陆雷做准备。

回到家，就张罗着开始做菜……此时的我应该说是准大厨，烧菜有两手了。

星期天上午10点多钟，陆雷带着他的一对儿女，一同来到我宿舍。他开一部深蓝色的雷诺车。陆雷儿子长得很高、很帅；女儿年纪尚小，大概只有十四五岁，活泼可爱。

我的宿舍虽然不大，可也是一房一厅。在客厅里，我陪着陆雷一家聊天。我们围坐在吃饭桌四周，喝着咖啡，有说有笑，开开心心。

我向陆雷介绍："我家在中国广州。广东有个岭南画派，很有造诣，油画和版画等西方艺术，主要是由岭南画家介绍进中国的。"陆雷点点头："我知道，广州邻近香港，普遍接受西方文化，比较喜欢西方的油画。有机会的话，我想去广州、香港看一看。"

我很高兴地邀请陆雷："在广州，聚集了一批中国的名画家，在二沙岛广东美术馆、广州美术学院、广州博物院等地方都可以办画展，而且档次很高。"

陆雷回答："很好，我希望能和朋友一起，到广州去办画展，开展一些美术方面的交流。"

我说："到广州还可以去吃地道的广东粤菜，粤菜是中国四大菜系之一。在中国有'食在广州'之说。"

一席话，说得大家笑了起来。

然后我去厨房做饭、烧菜。早已做好准备了，不一会桌子上摆放了五六个菜。有可乐烧鸡翅、煎牛排、酸菜鱼、洋葱炒肉片、番茄炒鸡蛋，还有豆腐皮蛋汤等。

桌上还摆放有几瓶啤酒。

我倒上啤酒，举杯对陆雷先生："欢迎陆雷先生一家来我寒舍做客，大家先干一杯！"我想，陆雷先生去过中国，中国人吃饭饮酒的习惯他应该很清楚的。

大家碰杯。我谦让地对三位客人："开始吃吧。"

陆雷一家三人仍然没有动弹，而是相互你看我，我看你。在我吃惊并不解的神色中，陆雷艰难地开始拿起筷子，紧接着他的两个小孩也拿起筷子。

我明白了，他们不会用筷子。

我急忙到厨房里拿出了刀叉，递给他们："对不起，我忘了准备刀叉了。换刀叉用吧！"

陆雷拒绝了我的好意："今天这顿饭，是中国餐，我们一定要用筷子，不用刀叉！"看着他们十根手指都倒腾不过来两根木棍的样子，真的挺逗的。

也许是出于客套吧，吃饭的时候，他们连连称赞我做的饭菜好吃。听到这些赞许的话，我心里却有点酸酸的感觉，这样的饭菜在以前吃的是最平常不过了，而今却都成了难得的佳肴。

包括陆雷的小女儿在内，这餐饭我们很开心，从头笑到结束，好长时间没这么开心、放肆了……

过了一周，陆雷回请我到他家做客，他住在临海的富人区，是一栋漂亮的小别墅。那里很偏僻，没商店和市场，据说在那里，市中心住的都是普通人，有钱人才住在乡下。乡下空气好，房子又大，反正富人都有车。

我第一次去法国人家里吃饭，陆雷为我介绍了一些法国的餐桌礼仪，例如叉放盘子左边，刀放盘子右边，盘子前方有两个玻璃杯，左边大，用来喝水或饮料；右边小，用来喝红酒。先是汤，后主食，再甜点，要吃完，不要发出餐具碰撞的声音。晚餐非常丰富，有蜗牛、牛排、甜点、鹅肝、大明虾等等，那天晚上，享受了一顿真正的法国大餐，度过了一个愉快的周末。

打这以后，陆雷经常和我通电话，询问我的近况。他一再表示，遇到困难就去找他，愿意为我帮忙。其实出门在外，遇到好人也并不像想象的那么困难。

TWENTY-ONE

第21章
教法国美女骂粗口

实习那几天，我和玛丽慢慢地熟悉了，两人时常在一起聊天，有时爱丽娜也过来找我，能跟法国美女在一起聊天，我想只要是正常的男士都不会错过吧？

和两位法国美女在一起聊天，时不时我的话题慢慢转为男女情爱方面的问题了。

她们问："中国男的知道爱人有第三者会吃醋吗？"

"看什么情况。"我回答。

她们又问："如果发现有第三者会不会打架？"

"看谁的错。"我回答。她们完全不懂中国。

我问道："法国的生活很闷呀。"我心里暗自想，哪里赶得上广州好玩呀。

"你可能不知道这里的活动？"她们回答。

我又问："比如呢？"

她们一一给我介绍："打桌球、溜冰、踢足球，还有看电影……"

我说："我知道这些活动，但我不可能自己一个人去电影院看电影、打桌球、踢足球啊……"

她们说："你可以和你这里的朋友一起去呀。"

"这个嘛，在中国，没有两个男的跑去电影院看电影的，真的要看，在电脑上看都行啊，在中国那是给情侣去的地方。"我回答。

两名法国美女面面相觑，似乎对我的解释仍然不明白。

我告诉她们："在中国男女之间熟悉了才拍拖，但是为什么在法国，先拍拖，再培养感情，合不来再分开呢？"

（她们说不回答我，但我听到她们俩在悄悄说：只能说法国女孩很简单。）

她们又提问："在中国有没可能你和一对情侣一起去看电影？"

我笑道："可以，但那是'电灯泡'。"

"什么叫'电灯泡'？"她们不懂。

我打了个比方："当你和你情人晚上在一个房间里会做什么？"

"做爱呀……"她们很直接地回答。

"但是我在旁边开着灯学法语的话，他们会不会讨厌那盏灯？所以叫电灯泡！"我的解释很形象吧。

（她们笑弯了腰……笑了10多分钟。）

我们在一起还聊了更多的话题……

她们又问："你和你女朋友最长在一起多久？"

"3年了。"我回答。

"什么？不可能，3个月吧？"他们不相信我有这么长的恋爱史。

"……那你们呢？"我反问道。

"4个月。"爱丽娜告诉我。玛丽说："我还没有恋爱呢……"

"Merde（妈的）……"我随口而说出来。

"谁教你说粗口的？"她们有些惊讶。

"法国人！"我毫不掩饰，听得多了，可以说遍地都是，都有听说的。

她们好奇地向我提出："能不能教我们说中文粗口？"

"简单的还是难的？"我在想，用什么词语。

"简单的。"总是先易后难嘛。

"我靠！"

"难的呢？"

"屌死你（diao si ni）！"

她们不由自主地问："法语什么意思呢？"

……我想了很久，没有翻译："不便解释啦……"

聊得太多太多了啦。天天聊到下班，哈哈。

太阳悄悄地伸出头来，给大地染上了一层金色。

星期六上午，我一大早就起了床，心里惦记着想给实习时认识的法国美女玛丽打电话。我在房间里走来走去，心里反复默念着想说的那些法语单词，犹豫了很久，终于，我鼓起勇气，拨通了玛丽的电话。

电话铃响了几声后，对方传来一个熟悉的声音。我说："你好！我是张洋……"接着我就停住了，不知道该怎么说了。

玛丽听出了我的声音，能感觉得到她很高兴："你好！"

我向她邀请："今天天气多好啊，下午有空吗？我们见见面，一起出去走走，享受一下阳光的温暖？"电话里我的声音，自己都能感受到是那么紧张。谁知她却愉快地答应了，法国女孩就是这么直爽。

她问道："几点钟，我们去哪？"我想了一下，说道："我们去海边散步，吹吹海风，怎么样？"我向她提议。她问了我住的地址，说："我在下午3点钟找你，下午见。"

就这样，我和法国"妞"有了第一次约会。

我草草地吃过饭后，便开始做约会的准备。我赶紧洗澡更衣，动用了在法国买的所有男式武装，抹脸的、抹身体的，那瓶没用完的Azzaro（男性香水），终于也拿出来狠狠地喷了一身；换上那条最喜欢的Trussadi（意大利品牌）牛仔裤，里面穿一件白色T恤、黑色带条杠的衬衣，外面穿的是那件短腰皮衣。

我照照镜子，看镜里的我：蛮帅的！

期待的时间好像很慢，不到下午3点钟，我就在宿舍边的马路上等着。不一会儿，一辆红色的雷诺停在我身边，终于来了。玛丽伸出头来向我招手。我赶紧上车。

玛丽问道："我们到海边去吗？"

我说："好的。"不到10多分钟的车程，我们到了海边。

海滩上阳光暖暖的，海水湛蓝湛蓝的，与白云蓝天浑然一体，风景真漂亮啊。停了车我们走下来，我才发现她今天穿的高跟鞋，个子竟然跟我差不多高了。裹得紧紧的牛仔裤，更显现出法国女孩的身材曲线，她上身里面是紧身毛衣，外面穿一件休闲背心，腰间还扎了腰带。

我心里直嘀咕："法国女孩好漂亮啊！"来法国这么长时间，我第一次这么近距离地单独和法国女孩接触。

这里的海滩很长，我们沿着蔚蓝色的海岸线散步，东拉西扯地瞎聊。我知道法国人不喜欢互相问家庭等比较私人的问题，所以都是聊聊音乐什么的，可惜我对法国的音乐只限于比较有名的几个歌手而已。

走得有点累了，我看到岸边有酒吧，就对玛丽说："你走累了没有？我们到那边去休息一会吧。"

玛丽点点头："好吧。"

我们到酒吧里，找了一张平台坐下。我点了两杯啤酒，我们边喝边聊。看着海浪时涨时落，来来去去；看着人们在沙滩上玩沙，心里惬意极了。

在和玛丽的聊天中，我得知，她是西法混血，她父亲是法国人，母亲是西班牙人。她父母到过中国，对中国很感兴趣，喜欢中国的文化，喜欢结交中国朋友。

我也向玛丽介绍，我的家在中国的广州。土伦是法国的最南端，面向地中海；广州在中国的最南端，面临着南海，是个现代化城市，很繁华，比土伦这个城市大多了。有时间的话，应该到中国去旅游、去参观。

临近日落，海边的风慢慢大了，渐渐地感到凉飕飕的。

我们一同离开了酒吧。我看到她把双手交叉放在胸前，看来真的有点冷了。于是我把外面的皮衣脱下来给她，她穿起来居然刚刚好。下午过得很愉快，愉快的时光总是感觉过得很快。不知不觉地，我们也该离开了。

我们走到玛丽的车前，一同上了车往回开。回去的路上，我约她下次去郊游或者打篮球，她答应了，说有时间就给我打电话等等。

看来，这个西法混血大美妞对我印象还是不错的。临分手前，玛丽主动过来和我亲脸颊，哇！我那个高兴啊，然后又很紧张。因为我不太习惯这样的礼节，弄得我都不太好意思了！

玛丽又拉着我的手，眼睛里闪烁着异样的目光，动情地对我说："洋，我们继续吧？"我弄不懂玛丽这话是什么意思，想了想，对玛丽说："今天太晚了，我们改天再玩吧！"

　　谁知刚刚还对我含情脉脉的玛丽，突然变了脸，她甩开我的手，独自上车走了。我顿时傻了，不明白玛丽为什么情绪变化会如此大，傻傻地站在那不知所措。

　　以后我不敢再和玛丽联系了。

　　直到我离开土伦去巴黎求学，向她告别时，她才问我，为什么我拒绝与她继续交往……原来如此，我才恍然大悟！

　　我的法语太差了，当时真没明白她的意思。可惜呀，就是因为这句话，得罪了这位法国大美女。

　　可是，那天玩了一下午，天已经很晚了，还说我们继续吧……继续什么呀？

　　我误解了……

TWENTY-TWO

第22章
苛刻的房东

有一天下午，林雅菲提前回到寄宿家庭。

敲门，房东老头打开了房门，一看是林雅菲回来了，似乎好诧异。他好奇地问："今天放学怎么这么早？"

林雅菲大大咧咧地说："下午是体育活动，我参加了打篮球。"说完回到自己的那个房间。

正要换衣服时，听见其他房间电脑里传来"打机"的声音，林雅菲悄悄地走过去一看，声音来自房东孙女的房间，隔着门缝朝里面张望，看见房东孙女在上网玩游戏。林雅菲心想，奇怪！怎么孙女的房间里有网络呢？

几天前，林雅菲发现上不了网，就问过房东老头，老头回答说网络坏了，已经向电信公司申请报修，这段时间就不能上网了。而现在看到的情景却恰恰相反，家里的网络是好好的。无须再问，林雅菲一看心里就明白是怎么回事。

是房东有意掐断了她房间的网线！

她心中的怒火油然而生，但表面上她依然十分镇静。

她找到房东老头，询问此事。

林雅菲："房东先生，请问，你孙女的房间怎么会有网络，而我的房间却没有呢？你知道吗，网络对我们学习有多么重要。"

房东老头："哦，是这样的，你交给我们的房租是不包括网络的费用的，我们申请的网络每月30欧元，如果你要使用，这还会增加使用电脑的电费，那你就每月多交15欧元给我们，这样计算可以吗？"

原来为了这么一点小小的利益，就掐掉网络，林雅菲快气疯了。

林雅菲一口答应："每月我增加15欧元房租给你们，请你们不要再断我的网络了，我需要使用网络来学习，你们这么做太令人失望了。"

房东老头："好，同意你继续使用网络，下月多交15欧元。"说完，双手一摊，无奈地走了。

林雅菲回到自己的房间，拿上换洗衣服，端着盆子，准备去浴室洗澡。在广州，出了汗洗澡是很正常的事，可是在这个寄宿家庭里，白天洗多一次澡，似乎就不正常了。

房间里，房东老头听见浴室里哗哗的流水声，流露出极不舒服的神色，脸上显得阴沉沉的。

林雅菲洗完澡后，回到了自己的房间。拿出电吹风来吹头发。

房东老头随即跟着进到浴室，弓着腰东看西看，他看到地面上、墙面残留着一些水迹，一脸的不高兴。

一转身，来到林雅菲的房间门口。

"嘭、嘭、嘭！"房东老头重重地敲门，林雅菲打开房门，问道："哦，有什么事吗？"

房东老头说："林同学，洗完澡后要把浴室里的水擦干净，不要留有水迹。尽量省着用水。"林雅菲不好意思地应答道："好，好。我一定注意，对不起！"

房东老头看见林雅菲诚恳的态度，并且一再地道歉，就没再说什么，转身回到他自己的房间去了。

洗完澡后，林雅菲把一些脏衣服、需要换洗的床上用品放在盆子里，准备拿到洗漱间去洗。

林雅菲来到洗漱间，正准备把衣物放进洗衣机里去洗。没想到房东老头走过来制止她说："家里洗衣机只能洗轻薄的衣物，像这些床上用品，厚重的衣物应该拿出去洗。"

林雅菲不解地问："为什么？寄宿合同是包括允许洗衣服的呀。"

房东老头说："洗了也没地方晾，我也不想看到你把地板弄湿。一定要洗也可以，你自己拿到洗衣房去洗吧！"

之后又甩了一句："洗完衣服后，要把洗衣机擦干净。"

林雅菲特想问房东老头，你们这不允许那不允许，难道法国人都不洗衣服的吗？真是郁闷啊！

可当时林雅菲没有这样说，因为她不敢得罪房东。

过了一会，房东孙女过来了，她板着脸对林雅菲说："你们中国留学生，要爱干净，不管是房间、厨房，还是厕所、冲凉房，洗完澡要把泡沫冲干净，洗手盆里不能有头发……"

林雅菲惊愕地望着房东孙女。

房东老头在房间转了几圈后，好像想起什么似的，又戴上老花眼镜，走到浴室里，仔细地在找什么东西。突然，他从地上捡起一缕头发，拿起来翻来覆去地看着。

他拿着这缕头发，又来到林雅菲房门。房门开着的，房东老头敲敲门，走了进去，向林雅菲问道："林同学，你洗完澡为什么还有残留的头发，你这样很不卫生啊。"

林雅菲愣了愣，不由自主地说："不会吧，我洗完澡浴室是打扫干净的。"

房东老头有些发火了："如果你这样不接受意见，我们不欢迎你住在这里。"

林雅菲看见房东老头的态度，这段时间心里的积怨似乎再也压不住了，不客气地反驳道："头发是谁的都不知道，凭什么说头发就一定是我的？"房东老头："不是你的是谁的，是你刚刚才洗完澡！"说完气冲冲地出去了。

林雅菲心里窝着一肚子火，用中文大声骂道："变态，欺负人，住在这个鬼地方，时间长了，肯定会崩溃的！"

林雅菲下决心退房，搬出寄宿家庭，可在与房东协商退房一事时，没想到房东竟是那样地百般刁难。

房东老头、孙女和林雅菲坐在客厅交谈。

房东老头说："林同学，当初我们签合同租房是一年时间，现在你提前退房，那600欧元的押金是不能退了。还有你现在提出退房，一个月以后才能搬走，因为合同签的就是这样。如果你现在搬走，要给我们多交一个月的租金，明白吗？"

毫无办法的林雅菲表态："那就多交一个月的租金吧，押金不退就算了。"

林雅菲本想这样解决，经济上吃点亏也就算了，可事情并非那么简单。这个房东，不仅有洁癖这类怪毛病，而且非常计较，随时可以无端地挑起一些事端来。

房东老头突然想起什么似的，对林雅菲说："我们去看看房屋吧。"

三个人来到林雅菲的房间，房东老头和他那孙女像"鬼子排地雷"似的，一点一点地查看地板。孙女眼睛尖，她指着写字桌下面的一团看似油渍的痕迹："你看，这些是什么东西，黑乎乎的，好脏啊。"

房东老头戴着老花镜，眼睛死死地盯着那块油污，好像在搞科研似的，观察得那个仔细呀，整个人脸都快贴在地上了。看了好一阵，才淡淡地冒出一句话来："林同学，必须擦洗干净！"

林雅菲跪在地板上，不停地擦着。时而倒些洗洁精，使劲擦；时而又倒一些酒精，再擦。可地板却是越擦越脏，本来并不是很大的黑斑，越擦越散，真是"越描越黑"。

忙活了一通，仍然没擦干净。毫无办法的林雅菲委屈的眼睛里包着泪水，顺着脸颊流了出来，一滴一滴地洒在地板上。她知道，如果房东较真的话，又要赔一笔数目不小的钱……

房东老头和他孙女阴沉着脸，表现出了十分的不满："林同学，你地板上油渍污秽的地方还是没擦干净。"

林雅菲委屈地说："哦，我仔细察看了，那个污点是地板本身腐烂了，又浸入了油渍，根本就擦不干净。"

房东孙女说："那你刚搬进来住的时候地板是好的，你也看过，现在地板损坏了，那个污秽面是在你住进之后出现的，理应对损坏物品进行赔偿。"

林雅菲无话可说了，反正就是被别人收拾。说实话，当初搬进这间房屋时，根本就没有仔细察看过，谁知道现在是怎么回事！说不定是被房东算计了，可那又怎么样？被房东活活地抓住了把柄！现在，理亏的是自己呀！

当时林雅菲想得很简单，这一块地板也不值几个钱，赔就赔嘛，随口问道："更换这块地板需要多少钱？我一并和你们结算了。"房东老头说："我们找地板修理工来看过了，没有相同颜色的地板，需要更换整套房子的地板，这颜色才能一致、统一。"

就这一句话，把林雅菲吓得头顶冒汗，她试探着问："如果更换整套地板需要多少钱？"房东老头面无表情地回答："地板修理工预算，大概需要花费3000欧元吧！"

林雅菲顿时差点晕了过去。

3000欧元啊！折算人民币不就将近3万元了吗？这不是明目张胆的敲诈还是什么？这和拦路打劫有什么区别？这简直是落井下石！

林雅菲十分干脆地告诉他："就换一块地板，你要我赔那么多钱，非常不合理，你这样做我坚决不接受，我要让学校的老师找你们谈话的。"

一席话，倒把房东老头和孙女镇住了。他们没有想到林雅菲这么厉害，这爷孙两人愣在了那里，呆呆地看着林雅菲。过了一会，竟然悄悄地离开了林雅菲房间。

林雅菲想，一定要从变态房东那里搬出来，早些跳出那个"狼窝"……

林雅菲突然又想起费翔，想起那首唱红中国的歌曲《冬天里的一把火》，她用中文自言自语："把我逼急了，我就一把火把这个屋子给烧了！"

TWENTY-THREE

第23章

一刀下去，我的手血肉不分了

　　刚来法国时，家里给带足了一年的生活费。可这才过了半年多，家里又追加了两次汇款给我。半年多时间了，房补一分钱都没拿到手。现在每个月要独立承担全部房租费用，加上水电费、网费、手机费等，钱已用得所剩无几。即将处于"财政"危机的我，决定利用课余时间去打工挣钱。

　　我思来想去，就去找张晨光大哥帮忙，帮助我找一份工作。

　　晨光大哥是我在土伦市政厅实习时结识的朋友，大我七八岁。他在国内大学毕业后，来土伦大学读硕士，学的专业是计算机应用。因为我读的预科是网络传媒，与计算机专业有相通之处，所以在同一地点实习。晨光兄来土伦已经五六年了，法语相当不错，对这里又熟，我们关系很好，于是我就把想去打工的事拜托给他。

　　法国政府规定，外国留学生从第二年开始，允许在法国打工，并规定雇主支付报酬每小时不得低于7欧元。尽管如此，由于语言、技术以及社会关系等原因，留学第一年是很难找到工作的。

晨光大哥带我来到繁华闹市区的一家超市，接受这家超市经理对我的面试。

经理上下打量我："小伙子身体不错。个子有多高？"

我回答："一米八三。"

经理点点头，接着问的问题是所有中国留学生打工都会遇到的问题："你的法语说得如何？"

我用流利的法语回答（在家早已练好）："能听能说，可以胜任你所要求的工作的。"

经理用超快速度的法语口语与晨光大哥对话，我不能完全听懂他讲的意思。他们讲了一会，我看见晨光大哥很客气地对经理一再表示感谢。我心想，看样子可能搞掂了。

晨光大哥转过身来对我说："刚才经理告诉我，同意你来做工，在商场做搬运工，负责搬运装卸货物，每月收入近2000欧元。"我听说有这么高的收入，非常高兴："好吧，什么时候可以上班？"

晨光大哥说："经理说，要全日制工作，等你下午放了学，恐怕商场也该下班关门了。"

我惋惜地说："可惜可惜，我不能放弃学业，必须去上课，这份工作只能放弃了。"

我面试的第二份工作是餐馆打杂。这家餐馆地点要远一些，在火车站附近，据晨光兄说，他与餐馆老板比较熟，老板毕竟是中国人，起码语言比较容易交流。

餐馆老板是个中年男人，戴个眼镜，我看他那个样子有点像账房先生。我想这个家伙一定很抠，很会算账。哪知对我倒还挺大方，可以后接触中发现他的脾气不好，怪人一个。脸上表情瞬息万变，刚刚还好好说着话，猛然间就会脸色铁青，暴跳如雷。

餐馆老板对我说："在厨房做工，洗碗、洗菜、打扫卫生、倒垃圾等等，所有厨房打杂的事情都得做。时间嘛，从晚上7:30到11:30，每小时5欧元。客人吃饭一般都在晚上8:30到9:30，这也是餐厅里最忙碌的时间。"

我心里默默地计算了一下：4个小时赚20欧元，一个月下来就可以挣500～600欧元，还能混一顿晚饭，这样下来可以应付房租了。我点点头说："同意。"

我只是计算着每天每月可以收入多少，当时完全没有想过打工的辛苦。当我真正开始打工的时候，才明白其中的艰辛，而自己的力量又是那么的渺小，那么的脆弱。

餐馆老板说："那明天就来上班吧，明天晚上7:30。"

我和晨光大哥高高兴兴地离开了餐馆。

第二天下午，好不容易熬到放学。

我肩上斜背着书包，蹬着自行车，从大学直奔约好去打工的餐馆。从早上到现在，只是中午在学校吃了面包，肚子早饿了，盼望着早点去解决"咕咕叫"的肚子问题。

这辆自行车是我花了110欧元买的。因为打工要很晚才回家，算上包括路上的时间，每天至少有五六个小时都在外面。那时公交车已经停开了。

到了餐馆，我停放好自行车，就直奔进去。餐馆老板看见我来了，并没有提出让我吃晚饭，吃饱了再干活的意思，而是立即把我带到厨房，厨房里面只有一个大师傅在忙着。

我换好工衣，餐馆老板把我拉到大师傅面前，向我介绍："大师傅姓黄，你就叫他黄师傅，你给他当助手，厨房里的事就你们两人包了。"

我没听清楚："什么？姓什么？"

餐馆黄师傅普通话说得还不错，他向我解释："老板是广东人，广东人讲话'王'和'黄'从来讲不清楚，我是草头'黄'，而不是三横'王'。"

我心里有些发怵，问道："这么大一个厨房，就我们两人怎么忙得过来呀？我又是新来的，什么都不会做呀。"

餐馆老板俨然变了一个人，很厉害地近乎训斥似的："原来也是两个人，那个厨房做工的现在到前台去做服务生去了。你是顶替他的。快干活，我到前面招呼客人去了。"

说完就出去了。我呢，傻愣愣地站在那，不知道该做什么好。

厨房黄师傅说："傻站在那干什么，赶快洗菜、切菜、刨沙拉、配料，然后洗碗、拖地、倒垃圾，这些杂事都是该你干的。"

我立即把择好的菜拿去洗，然后又拿去切。我不怕大家笑话我，开始时，我连怎么拿刀都不会，要把所有的配菜尽可能地切薄、切细，我只有赔上自己的手指了。

我正小心翼翼地切菜时，不料餐馆老板进来了，他不满意地冲我吼道："你动作太慢，像你这样干活，客人都要放走了。快点快点！"

　　老板的吼叫声，惹得我心慌意乱，本来切菜就很生疏的手指，只能不顾一切地往下切着，被冷水浸泡得发白的双手不时在隐隐作痛，菜案上已经一点一点地渗透着红色，我意识到已经切到手了，可看着透染在菜上的血痕，还必须继续切下去，到最后已经血肉不分了。但这还不敢说，如果告诉老板，那只能是挨骂。

　　老板会说："你太笨了，怎么这么简单的事都做不好？"挨骂还算轻的，弄不好让我马上走人，炒我的鱿鱼，那岂不是得不偿失，干傻事、当傻逼了。

　　洗菜、切菜搞完了，我累得伸了伸腰，还没来得及洗手，厨房黄师傅又给我布置新的任务："去，学穿串烧。用竹签把那些肉串起来，然后摆放好。"

　　我不得不又去忙串烧。用竹签插上许多肉块，这又是一个我见都没见过该怎么做的工作了，其结果不外乎又被臭骂了一顿。

　　这次是厨房黄师傅发火了："这干的什么活呀？你这穿的串烧太差劲了，如果让老板看见，又要骂死你。"黄师傅过来手把手地教我串，我很用心地学，一点都不敢怠慢。

　　哪里知道，老板却偏偏撞了进来，看见我做的串烧，气得大骂："你太笨了！请你这样的人干活，算我倒霉！"随口又骂了一句脏话："妈的！"

　　被骂得狗血淋头的我咬着牙沉默着，因为是自己的能力低，被骂被训也只能是活该。

　　因为，我要挣饭钱哪！

　　我快下班了，那一身工衣已粘着些残羹剩饭。我带着一脸的疲态，拖着一大袋垃圾，到那黑蒙蒙的暗处，去倒垃圾。

　　深夜了，我拖着疲惫不堪的身子，背靠着厨房的门，一屁股坐在了地上，低着头，一脸的委屈，一声不吭。我已经没有力气了！厨房黄师傅看我不高兴的样子，小心地问："怎么啦？张洋。累了吗？"

　　我委屈地告诉黄师傅："我一来就开始忙，到现在都还没吃晚饭呢。我好饿哟。"厨房黄师傅吓了一大跳，慌忙道歉："哦，对不起，对不起，是我不好，老板已经告诉我你来打工是包晚餐的。"黄师傅急忙帮我打来饭菜："快吃吧！还好，饭菜还没冷。"

　　已经饿得饥肠辘辘的我接过饭菜，狼吞虎咽，大口大口的，不一会就把饭菜吃完了。等到我用工衣抹干净嘴，抬头看见黄师傅时，我已是眼泪哗哗了……我看见黄师傅的眼里也是闪着泪光。

我对黄师傅说："今天这顿饭菜真香啊！"

黄师傅不好意思地说："以后来到厨房后先吃饭，再干活……"

从餐馆回宿舍的马路上冷冷清清，已见不到行人了，我骑着自行车飞快地往家赶。偶尔，看见几个在路边打闹的年轻人。我躲开他们，不敢去招惹这些人，恨不得早些回到家里。

第24章
镜中的人还是我自己吗？

　　远远地望去，土伦大学很漂亮，它虽然没有中国大学里的建筑那么工整、整齐划一，但其建筑风格、色彩不拘一格，外形都显得浪漫且和谐、大气，具有法兰西的风格。

　　教室里同学们交头接耳，正在等待老师下课。小贝老师合上书本宣布："今天我们的课就讲到这里，法语动词的变位很复杂，希望同学们回去后好好复习。下课！"

　　早已收拾好书包的我，就等着这句话。我背着书包冲出教室，疯狂地蹬着自行车，奔跑在马路上。

　　到了餐馆门口，我摆放好自行车，走进餐馆向老板报了个到，就进到厨房里干活去。正忙得不可开交的大厨黄师傅指着盆子里一大堆猪大肠："去，快去洗出来。"

　　老板又进来了，他焦急地催促："这么多活堆在这里，就等着你来呢！快干活，快干活。"我还顾不上戴上口罩和塑料围裙，就去干活。

我的手伸进盆子里，一把抓起猪大肠，那腥臭味顿时扑面而来，我用手在鼻尖上扇了扇，可那臭味怎么也赶不去。我的鼻子被熏得忍不住打了几个喷嚏。鸡皮疙瘩沿着手指到手臂，一直起到了脖子根……

大厨黄师傅看见我的模样，忍不住呛了我几句："看你这娇生惯养的样子，像个大少爷，是没干过这样的活吧？"他又提醒我说："要把肠子里黏附着的油脂拔掉，再颠来倒去地将大肠里的污垢、粪便冲洗干净，绝对绝对不允许有一丁点臭味、腥味。你知道吗？洗不干净客人退菜的话，你不被老板骂死才怪的。"

按着大厨黄师傅的指点，我卖力地用手拔掉油脂，用水冲洗着大肠，干着干着，那大肠里的污垢、粪便流淌了一地，把我的裤脚、鞋子都打脏了，那臭味恶心死了。

老板进到厨房，看见这一地的脏水，忍不住气得直跺脚："到水槽里去冲嘛，搞得乱七八糟。这粪便水的臭味都已经飘到餐厅那边去了，你这个同学简直太笨了，害死我了。"

等老板离开后，大厨黄师傅看见我被老板训斥，看见我傻傻的样子，似乎心里又为我难受。他突然想起来："哎哟，忘了，忘了。你还没吃饭吧？饿坏了吧？"他赶紧去为我盛了饭菜，给我端过来："快吃，快吃吧。"

此时，双手还沾着污垢、粪便的我，哪里能吃得下……

我捂着已经快拧成一团的胃，只觉得一股股酸水往上涌，我急忙冲到垃圾桶那儿去吐啊吐，好长时间才喘过气来，那份难受啊，真的……要用许多许多的坚强去克制！

把手洗干净，待胃的蠕动、恶心减轻许多之后，我慢慢地开始吃饭。然而这顿饭是什么味道，我根本吃不出，但是由于肚子的需要，我不得不努力地把饭菜填进胃里……

真的好难受，想喊救命了！

吃完饭后，不等我歇口气，大厨黄师傅一边炒菜，一边用手指了指水槽里："快洗出来。"我一看，又是一堆堆比我还高的碗、碟等着我洗。餐厅的服务生不停地收进来，放在水槽里，这些活都必须由我一个人全干完。

我拼命地洗着、洗着……泪水又顺着我的面颊流下来。

我开始学着忍耐，忙时被热水烫，被热油溅，还得满面笑意，动作稍微慢一点，老板就会跳在跟前瞪眼睛，有时骂得唾沫星子横飞。

有一回我拿着大铁蒸笼去冲洗，地面很滑，我一个跟头栽倒在地，蒸笼底层滚烫的热水全倒在我身上，我疼得惊叫着……老板过来了，他一点都没有同情我的意思，而是冷冰冰地甩出一句话："我早提醒你路滑，怎么就不长记性！"当时我的血直冲脑门，可还是强迫自己忍耐着，好个冷血的老板啊！

那些日子我超想家，想念在中国牵挂我的爸爸妈妈，他们是世界上最好的父母！在这里打工太累了，留学生的生活，真的也太苦了……

不用说在国内小学、初中我是怎么过的，就连上高中三年住校生活里，每星期从家里回学校都会带足够的内裤、袜子，等穿脏了再带回家，一周洗一次。每星期从家里返校整理行李，带吃的、穿的、用的从来都是老妈的事，帮我准备得好好的。哪里吃过这些苦头？

国内那些朋友、同学也许会以为我们在国外很风光，日子过得很潇洒，但事实上呢，只有我们自己清楚并非如此。

一个月下来，昔日还算眉清目秀的帅哥，已经蓄起了长长的头发，清瘦的脸庞上挂着两个硕大的黑眼圈，全身散发着一种腐烂酸臭的味道。我拖着疲惫的身子回到宿舍。点上一支香烟，猛抽了几口，然后灭掉。我拿着浴巾到洗漱间去洗澡，洗完后一边擦着湿漉漉的头发，一边走到大立柜的镜子前。

我在照镜子的时候，真是怀疑镜中的人还是不是我自己。

我的内心充斥着一种力不从心的感觉，有一种想哭的冲动。不是因为辛苦，而是切切实实地感受到，自己也不过是那么的脆弱。以前一直觉得自己很有毅力，凡事都比别人能坚持、能忍耐，可事实却并非这样，我终于还是要承认，自己只是个被宠坏的孩子，什么都不懂！

醉汉一拳打肿我的脸

　　清晨。天已经放亮，淅淅沥沥地下起了小雨。

　　我被闹钟惊醒，赶快洗漱，我用水猛浇着脸，努力让自己清醒过来。我必须赶往学校去上课。

　　我打开冰箱看了看，里面空空如也，什么都没有，我拍了拍肚子，拿杯子接了一杯自来水，喝进肚子里，这就意味着今天早上又要饿肚子了。

　　我背起书包，打着雨伞，冲向雨中，冲往公交车站。

　　公交车里，我坐在靠窗处，双手抱着书包。车子里稀稀拉拉的没几个人。雨水噼里啪啦地冲打着车窗玻璃，车子沿着马路慢慢地、摇摇晃晃地驶向前方。随着摇晃的车身，根本没有睡醒的我，渐渐地双眼模糊了，眼皮打起架来，不一会就睡着了。

　　法国的公交车很豪华、很干净，都是"奔驰"，而且到达车站都很准时。每趟车到达车站的时间都写在站牌上。我买的是学生票年票，都是自动刷卡的，没有人催你买票，自然地有乘车逃票的人。

　　车上自然也没有售票员。

公交车驶过一站又一站，我一直沉浸在香甜的睡梦中。终于，车子到了终点站，梦中的我依然没有醒来。

"嘟嘟嘟……"司机接连按了几声喇叭，仍然没有吵醒我。他就从驾驶台来到我身边，拍打着我的肩膀："喂，同学，该下车了。"

我被拍醒，睁开了迷迷糊糊的眼睛，问道："哦，到哪个站了？"

司机："到终点站了。你应该在哪个站下？"

我回答："到土伦大学。"

司机笑了笑："早过了。你赶快下车，到车站去坐回返的车吧。"

我用手揉了揉眼睛，这下我完全清醒了，朝前后左右一看，果然只剩下我一个人。我赶紧背起书包下车，嘴里连连道歉："对不起，对不起！"

我撑开雨伞，又到对面去坐回返的公交车。

下午放学后，我赶到餐馆，换好工衣，进到厨房里时，眼前堆积如山的活儿，都等着我去干，令人头皮都发麻。

又是一堆堆比我还高的碗、碟等着我去洗，一箱箱的串烧等着我去串，一排排的沙拉等着我去剥，一盒盒的配料等着我去切，一块块肮脏的地板等着我去洗。好在我已经习惯了。这一切没有任何价钱可讲，没有任何理由逃避，只能是拼命地干活……

好辛苦呀！累得我腰都直不起来了……

我刚刚伸了伸腰，就看见老板进来了，跟在他后面同时又来了一个人。老板招呼那个人来到我面前，介绍说："张洋同学，这是新来打工的，也是中国留学生，他叫麦成翰，他先在厨房帮你一起干活。"

我很高兴，老板还不错，找了个帮手。这么多活让我一个人做，确实忙不过来。

我管麦成翰叫麦子，我们在一起干活很开心，也聊得很投机。麦子的家境似乎不算宽裕，自然手头也没什么零花钱，他住在一个月租100多欧元的8人房间，就是睡地铺。每个月法国政府的房补正好够交房租，不用自己掏钱租房，可以省下一笔不小的开支。虽然他来法国的时间不长，但说着一口流利的法语，让我十分钦佩。

正当我庆幸厨房多了一个人干活，又结识一位好伙伴的时候，可事情并非我想的那么乐观。这天，就在厨房堆积如山的活儿快干完的时候，餐馆老板进到厨房里来，对我和麦子说："我告诉你们，厨房只能留一个人干活，从现在开始，张洋到餐厅里去当服务生，小麦留在厨房接替张洋的工作。"

　　刚刚高兴的心情被老板这一盆冷水浇得透心凉。我心里骂道："当老板的都他妈的是黑心肠，为了赚钱什么事都做得出来。"但我还不得不听从老板的安排，因为每周要从老板手里领工钱啊！

　　餐厅里加上我只有两名服务生，平时是可以对付的，可在客人多的时候，也是忙得团团转。老板叫我去前台干活的时候，正好当时客人特别多。我内心有些慌乱。随着老板一张张的单子递进来，我的心跳越来越快，一不留神就出错了。当时我把打包的当成了堂吃的，把糕点装在了盘子里，老板气冲冲跑过来，大吼："你怎么这么笨的呢？"我只好灰溜溜走到水池边，收拾盘子。

　　这时老板做好了一份沙拉，我想将功补过，立刻跑过去帮忙浇汁，谁知道老板眼睛瞪得更大了："我说我做，就是让你不要动，真不知道要怎么教你啊！"

　　接着他用广东话随口骂了一句："废柴（废物）。"他以为我听不懂广东话，可我从小在广州长大，谁不会骂人，接着我回骂了一句："有爷生无娒教（没有修养）！"

　　老板回头看了看我，不但没生气，反而对我笑了笑，大概因为都是广东人，他不好再说什么。以后，见了我都用白话和我交谈了……

　　我被老板安排在餐厅里当服务生，收拾盘子、碗筷、打扫卫生，跑前跑后，不管怎样辛苦，也比在厨房里干活轻松。况且，在与顾客的对话中，还可以锻炼自己的法语口语。

　　有一天晚上，到了10点多钟，顾客渐渐少了。我想找个地方偷偷抽支烟，可刚休息了一会儿，老板又在叫我了："张洋，你去看看那边那个客人，都结账好长时间了，还没离开，是怎么回事？"我过去一看，原来那个顾客趴在桌子上睡着了。我拍拍他的肩膀，想喊醒他："喂，先生。你怎么啦？太晚了，我们都快关门了。"

　　那个顾客是个中年男子，大概三十多岁。他被我拍醒了，抬起了头，那脸部和满身的衣服上都沾着酒气，从他那迷迷瞪瞪的眼睛里，可以断定他是喝醉了，是个酒鬼、醉汉。

　　这个酒鬼东倒西歪地站起来，看他那模样，像要摔倒的样子，为了不影响其他客人用餐，我便打算走过去扶他出去。可当我的手刚碰到他的肩膀时，他突然毫无预警地挥拳打过来，来不及闪开的我重重地挨了一拳，半边脸立马就红肿了。

　　当时我的火"噌"地就上来了，从小到大，从来都是我欺负别人的，哪有被别人莫名其妙揍一顿的道理？正当我撩起衣袖准备打回去的时候，已经举到半空中的拳头忽然定住了，慢慢地我把手放了下来。这一拳不能打下去，打下去就会惹祸。

因为我明白，我是在工作，每一个客人都是我们的上帝。这个社会就是这么现实。

我捂着被打伤的脸，向酒鬼解释："先生，我是来搀扶你的，你不应该打我，你知道吗？"

当时餐馆里吃饭的人，他们都为我打抱不平，都在指责这个酒鬼。酒鬼似乎也感到失了手，向我道歉："对不起，对不起。"

我重新扶着那醉汉到门口，微笑着鞠躬，嘴里说着："没关系，没关系，谢谢光临。"

我硬是生生地吞下了这口气。

还有一次，正是吃晚饭的时候，陆陆续续来了不少客人。

这时，进来几个黑人姑娘。我去招呼她们坐下来，她们点了烤鸭、牛排和青菜，我把菜单交给厨房后，就去忙别的事情去了。过了一会，她们点的菜做好了，我一盘一盘地端到她们的桌子上，随即很客气地说："菜上齐了，请慢用。"

正当我刚想转身离开时，没想到，这几个黑姑娘真不讲道理，其中一个冲到我面前，怒气冲冲地说："我问你，同样都是一份烤鸭，为什么我们的烤鸭那么少，你看看旁边那一桌的分量，为什么那么多？"

我朝旁边那一桌看了看，真看不出烤鸭是多还是少。

一开始，我没理会她。

可那黑姑娘却大声嚷道："服务生！我在问你的话呢。"

我看她死乞白赖的样子，忍不住反问她："我怎么知道呢，我不是切烤鸭的，我只是个服务生，分量多少这个我不负责。"

黑人姑娘像是气得满脸通红："你闭嘴，我不要听你辩解。"接着又开始骂道："t'es con /conne（你这蠢猪）！casse-toi"（给我滚开）！"

我忍不住了，对那个黑姑娘说："请你说话客气点，烤鸭分量少了，你应该去找切鸭的师傅去、找餐馆老板去嘛！"

然后，我又继续用并不熟练的法语说道："小姐，法国是个文明的国家，法国人都是有礼貌的，你说出这样的语言，我感到很遗憾，很失望！"

黑人姑娘听了我的一席话，似乎没有找到反驳的理由，一时语塞。

旁边那一桌的几个中国人也像是留学生，他们听见我反驳黑姑娘的话语，顿时拍起手来："说得好，说得好。"说完一阵嬉笑、议论。接着继续啃着烤鸭，啃得香滋滋的，那是在故意气这几个黑人姑娘。

黑人姑娘听不懂这几个中国人说什么话，她们猜到不是什么好话，便转过身来，骂道："你们给我闭嘴，我不想听！"

大概那几个留学生也不想惹事，闭上了嘴不再吭声了。过了一会，不知谁又在惹事，突然又冒出一句："le con de toi（你的王八蛋）！tu me rends mal au coeur（你真让我恶心）！"

这不得了啦，本来已经停止了叫骂的黑人姑娘又开始骂……

这件事发生后不久，餐馆老板对我很客气，同时也暗示，不愿再留我打工的意思，我没办法，只好离开了这家餐馆，被老板炒了鱿鱼。

在结束这份工作后，我有了这样的领悟：上一个时代的人，怀着最卑微的心态来到这里，只求在这个社会挣扎到一个生存的平台，他们终究得到了一些，但却仍然有许多需要忍气吞声，需要俯首听命。

而我们这一代人不能重复历史，我们的祖国正在强大，我们中国人正在追逐自己的梦想，我们这些海外莘莘学子要努力让自己变大、变强！昂首站立在国际的舞台上，不再让别人觉得黄皮肤、黑头发的人，只能出现在廉价劳动力的工作地方；让那些对中国有偏见的西方人，再也无法看低我们，漠视我们！

TWENTY-SIX

第26章
在"法漂"的日子里

　　有一天，我突然接到李冬明的电话，他说要回土伦来办长居证，问能不能在我的宿舍住几天，我说当然没问题。

　　那天，我一大早就赶到火车站去接他。我站在火车站站台外，目不转睛地盯着出站的人流，盯了好长时间，怎么也不见李冬明的身影。

　　等着等着，等得我好心急。

　　正在这时，一位男士来到我的跟前。只见他蓄着很长很长的头发，戴着一副墨镜，肩上背着大大的行囊。

　　这位男士拍了拍我的肩膀："喂，张洋，是我，还傻站着干什么？"说完摘下墨镜，笑容可掬地看着我。

　　我这才看清楚，这正是我要接的客人："李冬明，我都认不出你了，你打扮得真帅呀，变成'潮人类'了。"我们俩紧紧地拥抱在一起。回想起几个月前，我们被小贝赶出来，分手的那一幕幕场景，不禁触景生情，我们俩都流出了眼泪。

　　我推开李冬明，问道："冬明，你还好吧？这么长时间了都没有你的消息，你都干什么去了？"

李冬明："我这次回来是来办长居证的。我们分别这几个月，真是酸甜苦辣什么滋味都品尝过了，唉，一言难尽啊！"

我们一同来到公交车站等车。几个月前，我们分手时，也是在公交车站，当时是冬天，天还下着雪。现在已经是春暖花开的时节，地处法国南部的土伦，其气候像是初夏了。

由于李冬明没有去上课，拿不到课时证明，所以也没有长居证，其结果可想而知，他面临着随时会被遣送回国的危险。

李冬明无不担心地说："这次回来找小贝，不知道她给不给我写课时证明，如果不给我办，我就没有退路了，只能回国了。刚出国才几个月就回国，让同学们知道多没面子啊。"

我无语了。心里想，当初他李冬明不听我的劝阻，非要出去打工，说去打工既可以学法语，又可以赚到下一年的生活费，现在可知道事情难办了……

但我没有埋怨他，答应他说："别再想烦心的事了。这几天我陪你好好玩一玩，陪你一同去找小贝办课时证明。"

我永远记得当时李冬明和我分开的那一幕，他红着眼眶对我说："即使到处流浪，甚至做乞丐，我也绝不后悔！这一切都是自己的选择，即使错了，我也不痛恨这段自己选择的路！"

那天晚上，在我宿舍，我们借酒浇愁，整整聊了一个夜晚……

李冬明告诉我，我们三人被小贝从"豪宅"赶出去后，他就去过"法漂"的日子了。他随世俊大哥到了巴黎，我们中法班在巴黎有很多同学，他就暂住在同学家里。

他先去一家中国餐馆打工，一开始什么都不会，受了不少气。最后下决心练手艺，就拜大师傅为师，一名中餐大师傅教了他厨艺。由于每天晚上回家很晚，他不忍心影响同学的休息，执意从同学家搬了出来。

他不停地换工作，从打杂工一直干到当大厨掌勺了。

在那一段漂泊的日子里，他居无定所，被逼得平均每个月都在搬家，有时在夜深人静无处去的时候，常常在网吧里倒在凳子上一睡就是一夜。就这样，几个月下来，挣的钱还没有花的钱多，哪里还能攒足第二年的学费呀！

在巴黎打工一段时间后，冬明先后到了奥尔良、里昂、波尔多、梅斯等城市，最后在里昂住了下来，那里有很多我们华海附中的同学，也有不少中国留学生。

聪明的冬明用100元人民币，托朋友在中国做了一个假的厨师证，便应聘做了一家餐馆的厨师。在法国，那些开中餐厅的老板到哪去查呀，一般餐厅只要缺厨师，凭他当时的厨艺水平，一去准会当天就可以上班。

他在里昂打工的那个餐馆，员工很多都是以前因各种理由而来的偷渡客，有中国人也有越南人，他们一干就很长时间。就连餐馆的老板都是这样的，十几岁就出来了，当年花了十几万元才偷渡过来，在这边打拼了几十年，才混到居留开店这样的生活。他算是混得好的了。

在那里工作的时候，李冬明渐渐和老板、同事熟了，和餐馆的大厨成了朋友。大厨快40岁了，他老婆孩子都在国内，他只身来这边闯荡。

大厨告诉他："刚来法国的时候，一句法语都听不懂，更没有居留证，连门都不敢出，只能去打一些'黑工'，每天晚上回到家就一个人躲在房间里哭。那时没有朋友，想回国也不可能了，只有拼命地干活。不让自己再有时间停下来，因为只要一安静下来，那令人窒息的孤独感就会将自己吞没。"

李冬明同情地说道："一个陌生的中国人来到另一个陌生的国度，初来乍到，身上没钱，又没户口（黑户口），语言不通，随时会被警察捉住，那日子够黑暗的了。"

这间餐馆的老板有40多岁了，他对李冬明很好，对中国留学生很亲切。每天早上开车来餐馆上班时，还特地去宿舍接李冬明。有一天早上，李冬明在老板的车上见到老板的妻子和儿子，看着他们一家人幸福地生活在一起，李冬明想起了自己的爸妈。

每次与爸妈通电话时，他心情都很沉重，他不敢把自己的境遇告诉爸妈，相隔万里之遥，让家里知道了，只会给爸妈增添多一些担忧。尽管冬明心里很苦，可每次视频的时候却不得不强装出笑脸，对儿子最了解的母亲，哪能看不出这些呢？

有一次，在与家人视频聊天时，李冬明依旧强颜欢笑，但始终都逃不过妈妈的眼睛。妈妈从冬明的眼神里，似乎明白了儿子的一切。在家里的追问之下，冬明才把自己打工以来的遭遇原原本本地告诉了他们……

等冬明讲完后，电脑两边都安静了很长时间！

他看见妈妈哭了，看见了最不想看见的那一幕。妈妈在冬明心中是一个最坚强的人，是他最爱的人啊！……妈妈说后悔不该把冬明送出去。爸爸说，回来吧，回到家里来。为什么在法国做乞丐也不肯回来呢？冬明强忍着眼泪，抿着嘴开玩笑说，我在这里做乞丐没人认识我啊！

在老板的车上，想着想着，眼前的视野又迷糊了。冬明把头靠在车窗上，侧脸贴在玻璃窗上，隔着透明的物体瞭望着眼前的一切，他莫名其妙地陷入了沉思。望着车窗外，渐渐地已看不见窗外的景物和行人了，而他自己在中国的那个温暖的家，浮现在眼前……

李冬明不禁心里问自己，离上一次因为想家而掉泪已经有多久了？回到那个温暖的家我还习惯吗？那张床我还睡得惯吗？

回想第一天踏足这块土地到现在，千言万语无处吐，唯有独自穿肠肚！

老板还告诉李冬明，从初来乍到时的一无所有，到现在所获得的成功，靠的就是勇气和毅力。来到这里就是要自信，只有你能自信地面对他们，面对一切，别人才看得起你，才有你说话的权利！

李冬明心里在感叹，他们离开中国太久了，已无法感受到现在中国的变化。他们哪里知道，其实拿出他们在法国奋斗、打拼的精神，也许在国内可以过上更富裕的生活。中国强大了，在海外的中国人应该感觉到，你们应该回去看一看现在的中国！再不必去过这些被人看不起，凡事都要委曲求全，忍耐沉默的日子了……

李冬明在我宿舍住了几天后，又离开了土伦，他又要去巴黎。冬明告诉我，他要去参加中国留学生学联组织的一些活动。临别前我问他："课时证明解决了没有？长居证什么时候拿到手？"

"快了，可能过一段就能拿到手。课时证明容易解决，你也知道，法国人办事是很拖拉的。"李冬明告诉我。

我依依不舍地说："你一个人在外，要多多保重，有事来电话。"

我去送李冬明那天，他接过我手中的行李，拍了拍我的肩膀，然后登上了去巴黎的火车。站台上，我凝视着渐渐远去的火车，心里空荡荡的。

我们经历了太多的困难，这留学生的路走得多么艰辛啊！

第27章
到海滨浴场要戴上墨镜

　　我得知，晨光大哥住在海边度假村，在旅游旺季，要从度假村里临时搬出来，房子用于接待游客。于是我鼓起勇气，打电话告诉他，说我的房子正想找人合租，希望他来看看房。如果能和晨光大哥合租的话，可以为我省下部分房租，同时也为他提供了方便。

　　晨光兄来到我家，仔仔细细地察看了我这一房一厅的房间，点点头，赞赏地说："这房子不错嘛，你一个人住吗？"

　　我点头回答："是啊。"

　　很快地，晨光兄就作出决定，同意和我合租。

　　在晨光大哥搬家过来住的那天，不仅如我所愿，可以为我减轻点经济负担，而且更使我兴奋的是，晨光大哥还有一部车。尽管这部车很破旧，但我是从小就喜欢车的人，自然格外高兴。

　　晨光大哥过来后就睡我的床，我要开始过睡沙发的日子了。即便艰苦一些，但可以增加一笔收入，这点苦不算什么。

和所有留学生一样，我也不例外，每个人都把自己的钱包盯得紧紧的，精打细算地过日子，因为学费和生活费基本上都是靠家里寄来。也许在国内生活比较宽裕，特别是和哥们在一起时花钱大手大脚，也没分过你我。但这里是法国，欧元与人民币汇率1∶10的国家，父母在国内辛苦赚的10块钱在这里才等于1块。

土伦初夏的阳光已经很强烈，蓝蓝的天空飘着几丝如涟漪一般的白云，偶尔还有隆隆飞过的飞机。金色的沙滩、泛着银光的大海，真是消热避暑的好去处。

在一个周末，晨光大哥提出，我们到海边去游玩。那里有美丽的沙滩，一望无际的大海，那里是法国南部漂亮的海滨天然浴汤。于是我约了好朋友吴远文、关畅，我们一同乘着晨光大哥的"座驾"去到海边。

一路上，我们看到好多到土伦来休假的车子，一部部开往海边。这些车都是来海边度假的，因为车顶上都摆放着遮阳伞、渔具，甚至还有帐篷等度假用的物品。

法国人每周工作35个小时，一年有5周法定的带薪休假。大部分人休假会选择在夏天到海边度假晒太阳。度假时，总能看见许多父母带着小孩，或是情侣、朋友结伴去海边晒太阳、游泳，沙滩上到处都是晒太阳的人群。

法国人喜欢把自己的皮肤晒得黑黑的，这样他们觉得很健康。西方人认为能把自己皮肤晒成小麦色的人才是富有的人，因为只有富有的人才有时间和经费去度假，贫穷的人只能整天待在空调房、写字楼里，晒不到太阳。

我们的车子停在海滩停车场，在车子上换好游泳裤，我们四个人就顺着海边沙滩散步，边走边聊天，一路上有说有笑。

晨光大哥一副神秘的表情对我们说："你们听说过法国天体全裸海滩吗？想不想知道是怎么回事？"

我们三个新生不约而同地齐声回答："想啊，是怎么回事？"

晨光大哥说："好，我告诉你们。据说法国天体全裸海滩分三类，在'脱穿自由海滩'，你想穿就穿，想不穿就脱掉，没有任何规定约束；而在'无上装海滩'，你必须得脱掉上装，至于下面那件脱不脱，就随您的便了；最后一种当然是全裸海滩，那才是一丝不挂的地方，只要你进去就得脱得光光的，而穿衣服的人则根本不让进去。"

一席话，逗得大家哄堂大笑。我好奇地问道："那我们这个海滩属于哪一类呢？不会是全裸海滩，必须得脱光才能进去吧？"

晨光大哥笑了笑："不知道，你们自己去看吧。"

　　吴远文摆出一副自信的样子："那怕什么，脱光就脱光，法国是个浪漫的国家，这是一种文化，是一种人体美学，没什么可笑的。"

　　关畅随声附和："对对对。在这方面，东方人与西方人观念不一样。再说，女人都敢脱，我们爷们怕什么？"

　　我接着说："那我们先去文身，画上一条美丽的龙，我们是龙的传人嘛，到时候再去脱，那岂不是更爽？"

　　大家又是一阵哄笑。

　　在一个偏僻、海滩平坦的地方，我们四人慢慢地涉水走进海里。尽管当时已近正午，阳光很充足，但碰到海水还是能感觉到阵阵凉意。我们用凉冰冰的海水泼身子，向深水处走去。

　　我们的身子扑进大海里，一会儿蛙泳，一会儿仰泳，一会儿自由泳，尽情地畅游。

　　游了一会儿，我们游到了人群比较集中的那方，那里的沙滩真舒服。我游回沙滩处，准备休息一会。当我抬起头来，用手抹干眼睛和脸上的水珠时，眼前沙滩上的"靓丽风景"让我傻了眼。

　　我看见，沙滩上躺着很多女人，噢，不对！是很多很多不穿衣服的女人！虽然早已听闻西方人到了夏季衣着都会比较开放，也不是没有见过只穿着bra（胸罩）就上街晃悠的"洋妞"，但到了法国那么久，还是头一回见到那么多几乎没穿衣服的女人。

　　她们好像若无其事，并不在乎男人们那热辣辣的眼睛。可是有一件东西却是不可少的，那就是——墨镜。

　　外国妞本来就爱"真空上阵"，根本不在乎什么"凸点"不"凸点"的，舒服就行，这第一；第二，海边根本不需要设什么更衣室，那些女孩们一坐下，"哗啦"把衣服一掀，直接在太阳底下换比基尼，还悠然自得地互相抹太阳油，如此"健康"的心态让人哭笑不得。

　　渐渐地，身临其境，在这种场面我们也习惯了。我们四个人在沙滩上来回"巡逻"了好几遍，我们希望多看到一些法国美女，倒是瞄到有几个长得不错，可刚想走近点儿就给熏回来了，别误会，不是香水，是把她们塞进香水瓶儿也能闻到的那股与生俱来的味道。

我们在离海更近的地方租了几把躺椅，打算享受日光浴。

这时，一个小伙子跑到我们面前，他手上拎着一个篮子，里面是些零食、汽水、毛巾等小东西。他凑到我跟前："嘿，买副太阳镜吧！"我摇头，可他一点也不急着走，而是嘴角挂着一丝坏笑来了一句："在这里东张西望可不好噢！"

我一下子明白了，太阳镜除了遮太阳外，还有一个功能，就是掩饰你四处张望、想大饱眼福的眼神。于是我们立马买了4副。

那个小伙子只穿一条泳裤，赤裸着上身，我小声对晨光大哥说（用中文）："你看，那老外胸毛好性感！"没想到，这小伙子眼睛直愣愣地看着我，嘴动了好一会，突然冒出一句话来："谢谢！"

顿时，我听傻了，没想到他竟然懂几句中文……

我们在海边瞻望了大概3个多小时，一直到暮色渐起，海边开始起风。我们身上都起了鸡皮疙瘩，确实是又累又饿了，于是我们穿上衣服，在海边照了一些照片，才依依不舍地回去。

在返回宿舍的车上，晨光大哥一边开车，一边问我们："你们说，今天的海滩算是第几类啊？"

吴远文想了想，回答说："充其量只能算作第二类，叫作'无上装海滩'，离全裸海滩还差得多呢！"

我示意晨光大哥："下次带我们去法国全裸天体海滩，体验一下穿衣服比全裸更尴尬的异国风情。"

关畅拍手道："赞成！我举双手赞成！"

车子里传出我们一阵开心的笑声。

第28章

"血口喷人" 成语怎样解释？

　　快到期末了，同学们互相联络得多了。有一天，董玉莹打电话给我，说我们中法班的女同学张雪怡要从波尔多到土伦来玩，让我到火车站去接张雪怡，然后一起去她家。

　　那天，在土伦火车站，随着出站的人流，张雪怡走了出来。她手上拎着包，像是很沉很沉的样子。一出站，张雪怡就看见了我，迅速向我奔跑过来。

　　我们一同上了出租车。张雪怡坐在前排司机旁，我坐在后排。

　　张雪怡沿途观赏着风景，一路上感叹："蔚蓝色海岸线风景真漂亮啊！相比起来波尔多完全像农村，种葡萄的地方嘛，地主庄园，都是一帮果农、酒农。"

　　"你看，法国南部阿拉伯人多，你们波尔多都是原装的法国帅哥，都是'正品'货。"我开玩笑说道。

　　言谈之中，不一会，车子到了董玉莹家门口。

　　我先下了车，张雪怡争着付出租车费。

　　她给了司机10欧元，就站在那里不走了。她伸出手来，想说什么似的，但是

"哎哎哎"，连"哎"了好几声也没说出来。我明白，她大概是问出租司机要钱，想问10欧元还剩多少钱，退还给她。

我问司机："应该退我们多少车费？"

司机指指计费表："没有了，10欧元刚刚够。"

张雪怡："太贵了，这么近一点车程就相当于人民币100元了。太斩人了！"

我推着张雪怡："走吧，走吧。两个人坐公车也要好几欧元了。"

等出租车开走后，我一阵狂笑。我说："张雪怡，你的法语怎么也没什么长进呀。哎了半天也没哎出那几个法语单词来。"

张雪怡不好意思地扶了扶眼镜。

我们两人走进董玉莹、何国华的宿舍时，我仍然在不停地笑张雪怡，在学着"哎哎哎"的动作。

进到宿舍里后，张雪怡放下行李，亲切地和董玉莹、林雅菲拥抱。三个女生刚刚还在兴奋之中，过了一会又开始擦眼泪了，不知是高兴呢还是难过。

董玉莹对张雪怡说："这几天你就住我这里。只能搭地铺了。"

"好，没事。"张雪怡回答。

张雪怡从提包里拿出了几瓶酒，对我们男生说道："来，带了几瓶红酒，从酒窖里直接买的，今天我们对饮！"

董玉莹和何国华去准备做饭了。

我们几个在陪张雪怡聊天。

我开玩笑说："你们几个女生来法国后，好像人变漂亮了，皮肤白里透红。"

我又问张雪怡："法国的空气滋润啊，周围都是金发帅哥。有没有法国帅哥追求你呀？"我知道在法国，法国男生追求中国女生的多，而亚洲的男性得到欧洲女性青睐的却很少。

正抱着一瓶饮料咕嘟咕嘟在喝的张雪怡，"扑哧"一下差点从嘴里喷出一口水："法国男人秃顶，谁说是金发帅哥？"

林雅菲添油加醋地描述："可也有优点，力气特大。上次房东家搬沙发，好重好重，那法国人一个人就可以扛着走。"林雅菲边说边学着扛沙发的动作。

我们几个笑得前仰后合。

疯笑了一会后，张雪怡问："喂，说正经的，土伦这边的学校教学怎么样？我们波尔多那边太差了，上课极不正规，课程好无聊，完全是在浪费时间。"

我奇怪地问："怎么回事？在那边我们不是还有好多同学吗？"

张雪怡说："课堂教学没有教材，看不到教学大纲，全靠学生自己做笔记。课堂上老师、同学都太随便，上课上到一半老师可以出去接手机，学生不用举手，就可以大大方方地走出课堂去上厕所。这在中国的课堂上是绝对不允许发生的。"

张雪怡接着说："可学习倒很轻松，老师一个星期只会布置一到两次作业，而且还是隔一个星期才需要交。有的中国留学生晚上上网玩游戏，白天睡大觉，甚至外出旅游。出去玩一两个月后回到学校，也不会有人管，老师见了面仍笑嘻嘻的，没有半点责怪的意思。这哪像正规学校啊？"

张雪怡的话道出了大家埋藏在心里的忧虑。刚来法国时的那种激情和梦想渐渐为现实所替代。

我也有同感地说："我们IUT预科班进专业也很难，虽然不参加TCF考试，可对法语的要求更高，涉及的专业法语词汇更多。每年进专业的不到三分之一，法语基础不好，即便是进了专业也听不懂，不知道以后该怎么办？何时才能熬出头，才能毕业回国呀？"

林雅菲抱怨说："语言学一年，大学三年，再加上硕士两年，等完成学业，我已经成了个二十六七岁的老姑娘了。这还算顺利的，弄不好，如果再留上一两级，那不就成了嫁不出去的'剩女'了！"

聊天的话题又转到法国的寄宿家庭了。

林雅菲向张雪怡一一陈述了变态房东是如何"虐待"她的事情，关心地问张雪怡寄宿家庭的老太太好不好？

张雪怡在波尔多的寄宿家庭，是一个六十多岁的单身老太太。当初张雪怡考虑，吃住全包，花钱不多，可日子一长，总算体会到那个老太太的难缠了。

张雪怡说："那个老太太话那个多呀！天天都问我，什么时候上学，什么时候放学，中午吃的什么，在做什么作业，晚上一定要回家和她一起吃饭，等等。这些我都可以忍受，但我给我妈、同学、朋友打电话，老太太都要问，都聊了什么，只要我不愿意回答，她就不高兴，你们说这是不是有点过分？"

林雅菲说："你这个耳朵进，那个耳朵出，装听不懂，老太太多碰几次钉子就不会来烦你了嘛！"

"我猜测，那老太太可能精神上有问题！"张雪怡若有所思地告诉我们，接着给我们举例，"我在房间里看书，她站在门口偷听，我上网聊天，她在厨房里面偷看，有什么可看的！明明知道我在睡觉，她还隔着个客厅给我打电话，这不是有病就是有钱烧得慌！"

我开玩笑地说："你家里是不是经常有法国帅哥来哟？她不放心嘛！"

张雪怡气愤地说："难道有男人拿着电钻钻墙进来啊？我不喜欢被人紧盯着的感觉！"

林雅菲也趁机骂房东："我家里那个变态房东，硬说我房间里地板上那一点污秽是我弄的，硬是要我赔3000欧元，真是'血口喷人'，气得我吐血！"

我突然想起，不久前在网上看到的一个成语。便不怀好意地问两个女同学："你们知道'血口喷人'这句成语应该怎样解释？"

林雅菲不假思索地说："就是说，用恶毒的话污蔑或辱骂别人嘛。还有什么解释？"

我神秘地小声回答："还有一种新的解释！"

两个女同学齐声问："什么解释！"

我一字一字地点拨："'血口喷人'嘛——就是女人生孩子！"

两个女同学愣了好一会才反应过去。顿时，惹来一阵叫骂声："张洋，你不地道……太下流了！"

饭桌上，饭菜做好了。我们五个同学围坐在一起，边吃边聊。不一会，张雪怡带来的那3瓶红酒都见了底，何国华又拿出一大瓶威士忌。不知什么时候锻炼的，几个女生不是一般的猛，个个都是女中豪杰，太能喝了，到最后的时候就开始胡言乱语了。

什么"我们为什么要活着呀？""我们为什么要来法国呀？我们回国吧！""我们不如集体自杀吧"等等，说了好多诸如此类的弱智话。

到了最后，我们的女中豪杰终于忍不住了，开始哗啦哗啦地吐了。倒也是，不吐不快啊！

可我倒霉了，几个女中豪杰把矛头对着我，骂我刚才那个解释。整整数落了我两个多小时……我靠，我开句玩笑，哪里惹你们了！

那天晚上，我开始喝得有点发热的时候，就坚决不喝了。我可不想买醉，那是件很痛苦的事情！

　　何国华也没醉。第二天我们与几个女中豪杰再见面时，我笑她们昨晚的醉酒丑态，她们竟然都不记得了。早知她们如此健忘，当时用手机拍下来，留个证据，看她们还敢不敢抵赖。

　　当然，这样的事，我也不能对外宣扬。

TWENTY-NINE

面对父母，我的坚强终于被瓦解

　　临近暑假前考试的这段时间，学校学生宿舍腾出了不少房间，因为有不少学生要转学或离校。饱受变态房东刁难的林雅菲，终于从寄宿家庭里搬了出来，至于说与房东那一大串问题是怎么解决的，我不清楚，也没有过问。

　　那天，林雅菲很高兴，她邀请我去看她新的住宿点。这里离学校不远，有好几幢房子，楼层不高，基本上住的都是各国的留学生。我随林雅菲一直上到7楼，她住的是单人宿舍，虽然面积不大，可家具、厨房、厕所等设施配置很齐全。

　　是下午的时间了，窗外风景如画。落日的余晖洒落在远处的大海、山峦，太美太美了。

　　如果晨光大哥在暑假后从我现在的宿舍搬走，那套宿舍的租金我是无法承受的。趁现在学生宿舍有空置的房子，在林雅菲的陪同下，我也在7楼租下了一间单人宿舍，就在林雅菲宿舍的对面。我当即下了定金，并约定在暑假后9月初住进去，租金从住进去开始起算。

　　那边的房子暂时我还承担着全部房租，现在又租下了学生宿舍，尽管只是交了定金，可也是好几百欧元啊，交钱的时候，我的心那个疼啊，又要让家里寄钱了。

雅菲把住房的事搞好后，准备提前回国过暑假。临走前她把房间钥匙留给了我。我的房间和晨光兄合租后，万一睡地铺不太舒服时，我就到雅菲房间去暂住一段时间。

李冬明回国了，家里不让他在国外过"漂"的日子了，他结束了留学生生活。林雅菲他们放假比较早，她提前回中国过暑假去了。董玉莹、何国华考试完后马上回国，而留在土伦的同学中快剩下我一个人了。

当初在出国前，家里对我要求相当严格，规定如果不进专业就不让我回国休假，老爸让我在暑假期间再去打工，去挣下一年的生活费。

我打过工，深知其中之艰辛，法语又不算太好，如果不是因为不打工就无法生活的话，最好真的就别去。

看着身边的朋友、同学，一个个高高兴兴地整理行李，准备返回中国，他们喜悦的心情，深深感染和刺激了我……

晚上和爸妈在网上视频的时候，我的泪水终于夺眶而出，是一种什么样的心情迫使我掉眼泪呢？我曾经对自己发过誓，再苦再难我也绝对不能哭，可是我输了。面对朝思暮想的父母，我的坚强最终还是没有坚持住，终于被瓦解了。

我把这些日子经历的辛酸，一件件都对他们说了。老爸听完后只问了我一句话："想家吗？"

我不假思索地回答："想啊！"我相信，哪怕我不说，最了解我内心世界的人就是老爸。也许他对儿子也特别想念。

当即他就说订票吧。而那天，已经是7月10日，该回国的同学大部分都离开了。老爸查阅了南方航空公司的订票网站，可以在广州订巴黎返程机票，7月12日的航班还有机位。仅仅只有一天多时间准备。

老爸问："时间太紧了，来不及吧。"

那时我听说同意回国，恨不得立即乘机，一分钟都不想再耽误了："也没什么更多准备的了，马上就可以走。"

老爸让我立即去火车站买土伦到巴黎的火车票，要12日凌晨的火车，也就是说我必须在当天上午10点前赶到巴黎，才能赶上中午12点多的飞机。我立即冲出家门去火车站买票，买到火车票后，老爸同时在广州反向预订了巴黎至广州的电子机票。

可当我12日凌晨到土伦站准备搭乘火车时，却发现买的车票竟是11日的。肯定是在匆忙之中，忘记了看时间。旧票已作废，只能重新买票，在自动购票机台又买了票，出票一看，哇，竟然花了100多欧元。

唉，一粗心又吃亏了。

当火车按时到达巴黎时，谁知，一下车我就傻眼了。火车终点停在了GaredeLyon（里昂车站）。原来啊，是在巴黎的里昂车站。这个站距戴高乐机场很远，虽然离起飞还有2～3个小时，但须换乘好几次地铁。巴黎古老的地铁四通八达，如果稍有不慎，搞错了方向，肯定会延误航班。幸好，早有准备的我已事先将要经过的地名、地铁等法语单词写在本子上。

这一路上沿路请教法国人指点，匆匆赶往机场。

人们都说，没来过埃菲尔铁塔就等于没来过巴黎；没喝过红酒，没吃过鹅肝奶酪，没到路边咖啡馆小坐一下就等于没来过法国。

我要强烈补充一点：没踩过狗屎就等于没来过巴黎。

尽管巴黎的街道很干净，但是狗屎还真不少，不过，有人说左脚踩到狗屎会有好运，但愿这次回国不会遇上狗屎运气吧！

也许，算是遇到好运了。到达机场时，距起飞只剩下30多分钟了。我抓住了一个工作人员（法国人）说："××××航班快起飞了，快帮我插个队。"

开始时他并不打算搭理我，摊开双手，无奈地对我摇摇头："对不起，这是不可以的。"

人不要脸是无敌的。我灵机一动，故意做出要看他"工作证"的样子，很严厉地对这位法国佬说："我再提醒你一次，我乘坐的××××航班快要起飞了，如果延误了我乘机，你将要负全部的责任。"

这个法国工作人员看我一脸的不满意，好像被我唬住了，赶紧拉着我拨开待机的人群往前赶，结果带着我插到了乘客队伍的最前面。

我终于顺利登机，飞机亦按时起飞，再过12个小时，我将回到那离开了10个多月的广州，再见那些我深深挂念的亲人和朋友。

第30章
爱情似乎永远战胜不了距离

飞机降落在广州白云机场时，已是13日早上5点多钟。当时，广州的天还没有亮呢。

当我推着行李车走出安检后，我的视线仍然是灰蒙蒙的，等了好一会，早已来到机场的爸妈才找到了我。然而，在那些熟悉的面孔中，唯独不见我已经交往了3年的女朋友——廖晓颖（大家不要笑）的身影。

在从机场回家的的士车上，我忍不住问："老妈，怎么廖晓颖不来接我呢？你们告诉她了吗？"

老妈回答："告诉她了。可她让我带话给你，她说在生病发烧，不能来接你。"其实，在我确定回国后，已经给她留了言。按理说，分别了那么长时间，她是应该来接我的。

天空渐渐地明亮了，这一路上，我的心却是沉甸甸的。

我和廖晓颖是怎么认识的呢？

那是在我上高二的时候，有一次我们军区大院的兄弟们在一起聚餐，一位朋友把她带了过来，当时看到她时，她是绝对的不起眼，后来也不知道怎么就好上了，而且关系一直保持。开始的很长一段时间，家里人对她不是很接受，但我仍一直坚持。

那时毕竟年少气盛，不懂得怎么去珍惜一个对自己好的女孩，只要她做了点和我想法不一致的事情，无论什么地点、有多少人在，我也直接对着她发火、摆脸色，我仗着高中时还比较受女孩子的青睐，虽然还不到移情别恋的地步，但总会有些见异思迁的现象，没少让她难过，只是她总是一次又一次坚定地选择和我继续走下去。我不知道那时候的感觉算不算爱情，但内心的感动和对她的在乎，都是真真切切的。

我对自己承诺，无论发生任何事，遇到什么诱惑，一定要好好待她。出国前，在老妈的允许下，我去周大福买了戒指给她，算是我做过的唯一一件浪漫的事吧。那时看着她开心的样子，我真的很满足了。所以哪怕我去了法国，我们的感情依然很好。

三年了，你迁就着我大男人的脾气，你原谅了我一切的坏习惯。你责怪我抽烟多了，你劝我晚上玩游戏别太晚，你嫌弃我的臭袜子，你提醒我不要咬手指，说那会带来坏运，你跟我斗嘴，和我生气……那时，我们是多么的单纯啊！

我答应你，好好完成学业，我会骄傲地回来。7小时的时差，不会把我们分开！

可这次我真的错了！

当我怀着满心的期待，想尽快让她见到成熟不少的我的那一刻，她却带给我一个让我震惊不已的消息。

就在我回到家的第二天，廖晓颖来到我家，和每次分别后的重逢一样，她死死地抱着我，又哭又笑，然后在彼此的身体上寻找那最熟悉的温度和快感。在第三次见面时，万万没有想到，她向我提出了分手。晓颖平静地说："你在法国读书，从预科、大学毕业到读研，起码要6年时间，让我6年宝贵的青春就这样默默地流逝，我做不到，我们分手吧！"

她把我出国前送给她的戒指、信用卡，统统都还给了我，就这样离开了我。这就是我那时最在乎的女孩子，在我回到中国后送给我的唯一的一份礼物。

她做的这一切，击碎了我日思夜想回到中国的喜悦……

恋爱三年，我绝对没有想到，她竟然提出分手。在我的记忆里，她还一直是那个眼里装满泪水，紧紧拉着我的手，直到登机前都不愿放开的女孩。而如今，她却只留给我那句平静的"分手"两个字，和毫不留恋的背影。

这样的结局，是大多异地恋的结局。我身边的许多同学，都曾经经历过。差别，只在于时间，是三年，还是五年。爱情似乎永远战胜不了时间，战胜不了距离，跨越不了两人之间的那片海……

在法国，我的那些兄长们，也是因为留学的缘故，多少男女朋友隔着一个欧洲大陆，最后还是因为距离不得不说分手，那疼得撕心裂肺的情景，我历历在目。他们想诉苦却找不到对象，痛苦、压抑，午夜梦回，不得不咬着被子一角，任泪水肆意倾泻。

终于，我也亲身经历了这一幕……

就在廖晓颖向我提出分手的那天，老妈发现我独自在房间伤心落泪。老妈狐疑地问我："张洋，你怎么了？发生了什么事？"

"廖晓颖和我分手了，她不愿和我好了！"我告诉老妈。

老妈问道："怎么回事？你们俩闹矛盾了？是因为什么事啊？"

我不耐烦地说："不是……哎呀，跟你说不清楚，你就别问了。"说完我再也忍不住了，冲出家门，给我那些哥们打电话，将这一消息告诉了他们。

王琪是我最要好的哥们，很快地，在他的召集下，我那一大帮从小玩到大的哥们聚集在一起，聚集在我们附近的食街"绿岛"餐馆。我一出门，老妈就发短信给他们，要他们看着我，怕我喝多了。

兄弟们陪着我，听我倾诉，听我发泄，陪着我一杯又一杯地饮酒。他们个个都为我打抱不平。

我不能在家里哭出来，更没办法向爸妈倾诉我心里的痛，只有在我那帮铁哥们面前，我才有胆量、才可以放声大哭，忍受不住的痛苦倾泻而出。我不明白，出国留学有什么错，只不过是为了我，为了我们去争取一个更好的未来。为了这个目标，寂寞我不怕，生活再苦再累我也不怕，可为什么我还坚守着，你却放弃了？在国外这10个多月，生活已经使我够辛苦的了，为什么还要给我伤口上撒盐，让眼泪来冲刷我那伤痕累累的心……

男生之间，不像女孩们那样可以抱在一起，说些煽情的话。我的弟兄们，为了眼前这个脆弱的我，一个个都用笨拙的语言宽慰我。

"张洋，我说你就别再惦记那女的了，我告诉你，现在的女的都太精了，在还没有找到'下家'之前，是绝对不会提出分手的，她这会儿说不定就肯定有新的男朋友了，都对你那样薄情了，你还想着她！忘掉吧！"

"现在的女孩子都变了，变得复杂，变得现实了。你五六年都不在她身边，不会有人愿意这样陪你耗时间的，我和我女朋友还不是因为我出国留学，和我也吹了么！"

"行了行了，不就是一女的嘛，旧的不去新的不来，我敢打赌，你肯定找一个比她更好的，让她后悔死吧！"

"就是，你个大帅哥，初中的时候好歹还收到过好多封情书，级长、老师不是还为了这事把你爸妈都给请去了，别担心，以你的魅力我不信还泡不到比她棒的妞！"

好事不出门，坏事传千里。就在这短短的时间里，我与廖晓颖分手的消息竟然传到了尚未回国的李伟的耳朵里。远在加拿大的李伟打来电话，他一再劝我："张洋，廖晓颖与你分手，这些事早在预料之中，也是情理之中的事，不必太伤心了。晚点回法国，等着我回来，我们弟兄们好好聚一聚。"

听着弟兄们的那些话，我心里舒服了不少。

那天晚上，我喝了很多酒，醉了就吐，吐完又接着喝。兄弟们也陪着我一杯一杯地灌自己，和我一起在义愤中醉倒。到现在为止，都不知道是谁买的单，是怎么离开的……

兄弟们把我送回家时，我已醉得不省人事……

也许有人认为我们这一代"80后"、"90后"的小留学生，能出国留学都是幸运儿。仗着家里条件好，拿着钱到国外去潇洒，或者在国内考不上好学校，才到国外去混张"洋文凭"，其实屁本事都没有。可我认为，这样的人群是存在，但并不是多数。在国外，那些莘莘学子，包括我们这些小留学生，所面临的困难，所经历的孤独，所作出的牺牲，又有多少人真正地去体验过。他们克服了许许多多困难，仍然像固守阵地那样坚持着，以不完成学业不回国的誓言在异国他乡求知求学。

在这里，我要再一次告诉国内的朋友，我们不是贪图享乐、丧失理想、吃喝玩乐的一代，更不是垮掉的一代。我还要奉告那些有志远涉重洋、到海外求学的朋友，出国留学，可能会面临着牺牲爱情、亲情，还有原先优越的生活环境等等。

对于这一切，你准备好了吗？

一个偶然的机会，也许是朋友们的安排，我见到了杨柳。其实我和她3年前就"认识"了，那是在QQ上、手机短信里，但两人没有见过面。那次，和朋友去"钱柜"唱K，经介绍我才知道是她。我告诉她，我失恋了……

之后，我和她有了约会，我脸上开始有了新的笑容，新的喜悦，我们在一起相处很融洽。心情慢慢平复，开心点以后，也不再对失去的感情耿耿于怀。

那时的我们，开始发现，爱并不是像想象中那么单纯，那么纯粹，它开始带有目的，带有功利；我们厌恶这样的转变，却偏偏没有人能拒绝它的来临。也许为了打发时间，我们爱了；也许为了给自己撑面子，我们爱了；也许为了能得到他／她的钱、他／她的权，我们爱了。但是等我们长大，爱情还会像小说里、电影中看到的那么美好吗？它会变得脆弱，抵不过时间，抵不过距离，抵不过现实。不相爱的人会因为现实走到一起，相爱的人会因为现实而分开……

哪一天，我也会变成那样？变得和他们一样，学不会爱？

从法国返回广州时，我买的是经济舱特价机票，规定必须在一个月之内往返，并且不能更改时间，这就意味着8月12日之前必须返回巴黎。法国学校一般在9月中下旬才开学，等于到法国后将有一个多月的时间无所事事。老爸征求我意见，看机票是否延期，我没有回答，没有坚持按时返程。老爸明白我的意思，知道我想多待一段时间，但又担心延期机票要花钱。于是老爸就主动更改了返程机票的时间，延迟到8月26日。这么一改，又多花了3000多元人民币。

延长了在广州10多天的时间，表面上我没说什么，其实心里都快乐疯了，只有出过国的孩子才知道，能待在父母身边是件多么幸福的事情，我真的很不想走啊！

李伟在我离开广州的前一天，才从加拿大回到广州。那晚聚会，我们的人到得最齐，有李伟、鱼头、赖子、王琪等等，还有那些去美国、英国、澳洲的同学，整整20多个朋友。我顶着回去被老爸骂的心理准备，把第二天将乘飞机回法国的事抛到脑后，短短相聚了4个小时，和兄弟们喝个一醉方休。

我们的聚会在荔湾区那边的一个酒吧里。

一开始，我喝了6杯"深水炸弹"，居然没事。李伟喝醉了又吐，吐了又喝，最后倒在厕所里睡着了。鱼头喝得分不清方向，出门时一头撞上了玻璃门，他以为那里是空的，没有门呢。王琪在回家的路上，路过军区幼儿园，一拳头打碎了窗子上的玻璃，被保安抓住，记下了他妈的名字和家的地址，第二天要叫他赔。张宸跑到马路外一部轿车轮胎旁撒尿，正好车主在发动车辆，被车主臭骂了一通，幸好车主是男的，如果是女的，那不说他要流氓才怪呢！

因为我是那天晚上的主角，幸好还有几个半清醒的哥们，他们把我抬回家，在我家客厅里，将要分别的几个大男生、几个大小伙子竟然拥抱在一起痛哭。当晚我们整整玩了一个通宵。

当时的我们是多么的单纯啊？谁能体会到当时我们再一次分别的心情呢？

第二天晚上，我将乘××××次航班从广州飞往巴黎。临登机那天，来送我的朋友很多。光是送我的兄弟们就来了5部车，浩浩荡荡送我到机场。送行队伍之壮大，就差没有导航警车在前面开路了。

黑夜似乎从来不会降临在广州这个不夜的城市，它永远都是灯火辉煌，繁灯弥漫。车水马龙的街道，灯火通明的商场、食市，夜生活、大排档，喧闹的酒吧、夜店，在这个不夜城能找到无尽的乐趣。不知不觉一个半月的暑假，就这样过去了……

因为时间太晚，杨柳未送我到机场，只是在家门口和我送别。

在机场登机口，爸妈见到来的人那么齐，便招手叫我们来照合影相，平时都照不出什么正经照片的哥们儿，在这张照片里，显得尤为严肃。都在牵强着上扬的嘴角，似乎已经在预示着，从此以后我们将各奔东西，再也无法像今天一样聚在一起，互相嬉笑打闹，我们终究会长大。

快进登机口时，老爸把我拉到身边，我心里嘀咕，是什么事啊？谁知老爸叮嘱我说："国外的物价高，别不舍得买吃的，别不舍得花钱，一定要吃饱，家里会按时给你寄钱的。"

一句话，让我当时差点落泪……

我拥抱了每一个兄弟，然后一步一回头地走进安检的闸门，大概我已是最后一个进去的旅客了。我是真的不舍，真的不愿离开！只是赖在这里，得不到我想要的未来，飞机降落的那座城池，又有着全新的开始和通往成功必经的挑战……

岸的这边是生活，海的那边，是梦想！远方，浪花拍打着青春，催促着，是该出发的时候了……

这一别，又是将近一年时间，谁也没想到，以后我们再也没有像那天晚上那样，到得这么整齐，玩得那么疯狂了，我们毕竟都已经长大了。

我整理好情绪，带着最轻松的心情，迈入了候机室……

第31章

退租"情侣房"遇到麻烦

　　一切都很顺利，到达土伦时，已经是下午5点钟左右。

　　我先去学生宿舍看房，那是在暑假前林雅菲陪我去预订的。我找到宿舍管理人员，很有礼貌地问道："你好，我在暑假前预订了一间单人房，现在我要落实房间，今天要住进去。"

　　那个管学生宿舍的法国人正巧在和别人聊天，他既不去查我当时预订的手续和定金，也不告诉我房间安排在哪里，而是叫我等一会儿。我拎着一大堆行李在旁边等了20多分钟，他才扭头告诉我："你明天再来拿钥匙吧。"

　　我差点火了，妈的！为了这句话还好意思让我等那么久。真想直接把他推下楼去，但我忍了。我只好带着行李，先在林雅菲宿舍暂住一晚（她还没回法国），我身上有一把她宿舍的钥匙。

　　第二天，宿舍管理人员带我去看预订的房间，新租的房子在7楼，宿舍管理员打开房间，推门进去，对我说："你看看，这间宿舍怎么样？好不好？"

　　我将屋子里仔细打量了一遍，房间不错。尽管房间不大，可家私基本齐全，生活设施也很好。厨房里的冰箱、烤箱都是新的，房间里有两个大大的壁橱，可以把我的行李轻轻松松地装进去。尤其是窗外，能看到四周的风景，能看到蓝色的大海和起伏的山峦，这样的房间在单人间里算最好的了。

我十分满意，应该说比林雅菲的宿舍还要好。我急忙点头回答："谢谢你，我就要这间屋子。"

宿舍管理人员说："你预订房间的时间比较早嘛，就给你留好的房间。好吧，跟我到楼下去办入住手续。"他招呼我跟他一起下楼。

这套房子每月租金413欧元，租下时好在只交一个月押金、一个月租金。据介绍，如果顺利的话，每月房补可拿到165欧元，差不多可以省下一小半的房租，房租实际上每月只需承担248欧元。但加上电费、网络费等，每月怎么样也要花300多欧元！尽管如此，还是比原先一个人租住的所谓"情侣房"便宜，况且家里一再希望我住集体宿舍，和同学们住在一起，以便有个照应。

待拿到钥匙后，我回到了新租的家，开始收拾房间。我拆行李、叠衣服，安装好从中国带去的电磁炉、锅。还有法国没有的切菜刀、酸菜鱼、罗宋汤调料等，都一一拿出来放好，又是一个新的家。

几天旅途的劳累，我早早地钻进了被窝，痛痛快快地睡了一个好觉。第二天睁开眼时，阳光已经洒满整个房间，我推开窗户，远处的山峦围绕着这座海滨小城，楼房、街道都隐藏在片片绿色当中，马路的两旁摆满了汽车，一辆辆就那么安静地待着。

这里一切的一切，都涂满了大自然的颜色。

新的宿舍搞好了，但却在退租"情侣房"时遇到了麻烦。

因为回中国时走得很匆忙，当时晨光兄还住在那个家里，那个宿舍8月底租期就到了。等我8月27日回到土伦，第二天再约见房东办理退房手续时，他满脸不高兴。

房东不停地埋怨我："你为什么这么晚才回来，影响到很多租客看不到房，影响到我这套房子9月份的出租。你没有事先告诉我，让其他人住进这个房子，现在房子弄得这么脏，必须要扣你的押金。"

我一听就急了，一个月押金450欧元，我交了两个月一共900欧元押金！这绝对不是一笔小数目。第一次住"豪宅"被小贝赶了出来时，莫名其妙地就被没收了900多欧元的押金，这一次绝不能又在房子上吃亏了。

于是我据理力争："房东先生，你不能这样做。现在才8月28日，我可以帮助你，争取尽快把房子租出去，不会影响你的租金收入的。另外，我们之间签订的租房合同条款，没有规定我不能找人合租啊。你扣我的押金会犯法的！"

我故意把话说得很重。房东大概没想到我会表达这样的语言，他傻傻地站在那想了想，最后作了让步："那这样吧，你8月底之前帮我找到新的租客，只要不影响房租收入，我可以考虑退还你的押金。"

我连连点头同意。

我连忙找朋友帮忙，让他们在网上发帖子、打电话给新生，想了很多办法。幸运的是，一天之内竟找到6个需要租房的中国留学生。我把房子转让给了我们预科班的另一位女同学，她不久前才从其他城市转到土伦，她人很不错，但就是法语相当差，真不知道她签证那一关是怎么通过的。

我把房间彻底做了打扫，提前让她搬了进来，以便既成事实，让房东无可挑剔。

这个女生搬进房间后，我马上约房东，让他来与这位女同学签租房合同。整个转租过程都是我和房东交谈协商，那位女同学就像当初的我，站在旁边看周艳和房东用火箭般语速交谈一样，只有听的份，却一点都听不懂，傻傻地看着我们对话。

我拿着租房合同对这个女生："谈好了，签字吧。"这个女生毫不犹豫地在合同上签上了自己的名字。

办完房屋转租事情后，我开始和房东算账，要求退还我的押金。我向房东提出："房东先生，我已帮助你把房子租了出去，我的押金该退还我了吧？"

房东无话可说，可又提出另外一件事情："两个月前，我为你更换了厕所马桶，花了200欧元，这个费用应该由你承担。"

"好，这200欧元我承担，那你应退我700欧元。"我回答。那时的我是不能和他计较的，是不能算小账的，否则，会因小失大。

房东这才点点头，尽管如此，他仍然待租房女同学的支票入账后，见到了钱，又拖了2天，才给我开出700欧元的支票。

我比较高兴的是，预想收回的钱大多都收回了。加上这次从家里带来的，暂时可以过一段"小康"生活，过上几天"潇洒"的日子了。

房子转租虽然解决了，可事情并没有结束，还有一大堆麻烦的事情需要我来处理，好在学校还没正式开学。

变更房补地址，到银行更改我新的住址，转租出去的房间用电户主更改为这位女同学，并将网络迁移到我新租的学生宿舍。

总之，还有好多好多事⋯⋯

不出我所料，转银行时麻烦事又来了。

我刚到法国时，在LCL银行开了账号。每个月家里寄的钱就进入这个账号。可银行经常不明不白地乱扣钱，到银行去问呢，也问不出什么所以然来。就那么一个老头做事，办事慢吞吞的。家里寄的钱到账也慢，要四五天时间。上个月家里给寄来的钱到账后一查，不明不白地少了13欧元。

在开LCL银行账户时，银行送了一年的房屋保险费，现在算是第二年，银行直接就扣了97欧元房屋保险费，去找银行问，他们说第二年这笔钱该扣，扣得我没脾气，一点办法都没有。

我搬到新的学生宿舍后，考虑到离宿舍近一些，我又开了第二家银行，即BNP银行的账号，办了信用卡。这家银行的服务态度好多了，有专门的客户经理服务，每一项扣款说得清清楚楚，办事效率也高，从广州汇款电汇一天就可以到账。

在BNP银行刚开户时，自己也不太懂，又申请了房屋保险费，开户后不久，BNP银行也扣了我一年的房屋保险费。两个银行双重扣钱，让我白白地损失了900多元人民币。

怎么办呢，就找BNP银行索还。我写了一封投诉信，直接寄到BNP银行巴黎总部。信中说自己的房屋保险费应该按入住满一年时间扣钱，我刚入住学生宿舍，而现在不到一年时间，就扣了一年的费用。这笔保险费扣得不合理，应该取消保险合同，把银行扣的钱还给我，等等。

银行保险是有条款的，怎么解释你也没办法，不还钱再投诉都没用。本来我是随便写了一下，但是还真有效，信寄出去不久，很快收到了退还给我的97欧元房屋保险费，银行业务人员还耐心给我解释。不管怎么样，挽回了不必要的损失。

我关掉了LCL银行账户，把账上的钱转到了BNP银行的账户上。谁知LCL银行三弄两弄，乱七八糟地又扣了一些费用，我账上的800多欧元只剩下不到一半了。这一转账又是七八天没有到账，我跑去LCL银行问过两次，得到的回答只有一个字：等。

真是气死人了，刚刚到手的钱又损失不少，以后花钱又得节省了。

第32章

"公主"与"贵妃"

　　没过多久，董玉莹、何国华、林雅菲他们过完暑假，也都从广州回到了土伦。跟我比起来，他们的日子总是过得很潇洒，特别是这两个女生，谈论的话题不是时装就是香水，好像从来都没有什么烦心的事。也许是因为太清闲，她们会时不时地给自己添些麻烦。

　　法国人的生活里不能没有狗的。狗对于法国人与其说是宠物不如说是朋友或者家人。在商场里，为狗准备的日用品占了很大的一部分，吃喝拉撒玩一应俱全，种类繁多。

　　走在法国的街头，总能看到各种各样的狗，品种不一、毛色各异且多为大型犬。法国人喜欢养狗，就像中国的某些爱狗之人一样，他们把狗当作自己的家庭成员一般。

　　董玉莹和何国华住的地方是靠学校附近的民房，那里有许多法国人都养了狗，但前提是必须符合法国的养狗条件。这次回土伦后，董玉莹买了一条白色的小狗，给它取了个特别矫情的名字，叫"公主"。

不久，住学生宿舍的林雅菲跟着瞎掺和，也买了一条金色的小狗，取了一个能让人起鸡皮疙瘩的名字叫"贵妃"。

我和林雅菲同住学生宿舍7楼，算是斜对面的邻居。

有一天，我在家里上网，欢天喜地的林雅菲抱着她的"贵妃"闯进我的房门，对我说："张洋，来看看，我刚买回来的'小狗'。"

我起身看了看："好可爱哟，取了个什么名字？"

林雅菲："叫'贵妃'。是只小母狗。"

我们俩来到走廊，林雅菲准备去开她的房门，就把"贵妃"放在地上，兴许是看见自己的"寝宫"太兴奋，"贵妃"一下地就在地上拉了一泡屎，又"汪汪汪"地叫了几声。

林雅菲告诉我她刚来法国时的关于狗的故事。

那还是在寄宿家里住的时候。有一次，房东孙女陪她去逛街购物，她们来到离房东家最近的大超市——"家乐福"。林雅菲买了牛肉干、干鱼片、牛奶、饼干、橙汁等熟食，还买了洗头水、沐浴露、洗面奶等日常用品。

林雅菲走在前面，拎着装有食品的塑料袋一前一后地晃动着。这时，一只小狗从后面跑上来，用嘴叼住塑料袋，使劲往下扯。她感觉到了异样，回头一看，竟被吓了一跳。大概是这只小狗看到、闻到有好吃的了，死死地咬住她的塑料袋不放。

林雅菲立即把东西拿到胸前，本能地用脚朝那小狗踢去，嘴里喊着："去——"

不料，后面的一个法国妇女，大概是小狗的主人，顿时就喊叫起来。很明显是冲着林雅菲在发火。

可惜的是林雅菲根本就听不懂法国人发火骂人的话。

房东孙女告诉她："法国人喜欢狗，狗是人类的朋友，你不能这样用脚去踢它，你这样做是很不好的。"

林雅菲被训斥得涨红了脸。房东孙女嗔怪地说道："记住，这是法国！"

林雅菲讲的故事逗得我哈哈大笑……

"贵妃"也许是仗着它是皇亲国戚，组织纪律性特别差，每天从早到晚，那"汪汪汪"的狗叫声，惹得楼上楼下的邻居都来投诉。那一旦叫起来，压都压不住。

这下，可惊动了宿舍管理人员，瞄到了"贵妃"这条大"辫子"，被宿舍管理人员紧紧拽在了手里。

有一天，宿舍管理人员来到林雅菲房间，不客气地告诉林雅菲："对不起，同学，我们学生宿舍是不允许养狗的。"

林雅菲一时愣在那里了。

学生宿舍本来就规定不能养狗。理亏的林雅菲顶不住强大的舆论压力，在一个星期后，决定将她花了600欧元买的"贵妃""逐出宫门"。

那是一个夜深人静的夜晚，怕自己意志不坚定的林雅菲拉上我一起去放狗。一路上我们跟做贼似的，偷偷摸摸地往前挪，专挑没人的道儿走，生怕我们的行为被非常喜欢和尊重狗的法国人看见。

一开始我们只是把狗狗放下来，让它自己走，去寻找外面的世界，可无论我们怎么赶，"贵妃"就是毅然决然地跟着我们，甚至死命地咬着林雅菲的裤腿，怕被我们甩掉。我看这样下去林雅菲会不忍心的，说不定到时她会跟"贵妃"一起去流浪了……

实在没办法，我只好一把抱起"贵妃"，将它拴在一辆消防车的底盘下，然后拉着林雅菲拔腿就跑，我们一直跑、一直跑，耳边一直回响着"贵妃"那凄厉的叫声。本来就舍不得"贵妃"的林雅菲更是边跑边哭。

放走"贵妃"以后的很长一段时间，林雅菲都是闷闷不乐，愁容满面，晚上也不烧菜煮饭，饿了就吃方便面，啃块面包。

我实在看不下去了，问她："还在惦记你的'爱妃'吗？哎呀，不至于吧，它那么倾国倾城，还怕找不到下一个'驸马'？"这时雅菲才悠悠地转过身来，气若游丝地来了一句："我哪还有心情惦记它呀，我是在惦记我那600欧元啊！你没看见我天天啃面包，都饿成这样了么？"我听完笑得差点没抽过去……

过了一个多月后，快瘦成影子的林雅菲熬过了她的财政危机，盼来了家里寄来的生活费。

有一天，我和林雅菲在那天停着消防车的附近，看见一个法国老太太牵着吃得滚圆滚圆的"贵妃"，我指着"贵妃"对林雅菲说："快看，你的'贵妃'！"谁知林雅菲拔腿就跑，生怕又被狗狗缠住而触景生情。

我一把抓住刚想逃跑的林雅菲，开玩笑地问："如果你现在过去，我打个比方，'贵妃'会是跟你走还是会跟新主人走？"

林雅菲非常自信地说："那肯定是会跟我走！"

我不相信这样的推断："那不一定。万一两个狗狗的主人都抢着要'贵妃'，双方都不让步，又怎么办？"

林雅菲不假思索地说："很简单，找警察断案！看狗狗跟谁走就归谁。"林雅菲接着说："到时，我手里拿根骨头，把狗引过来？"

我开玩笑说："那法国老太拿块肉，你咋办？"

林雅菲一时无语，想不出应答的话。

我凑在林雅菲耳朵旁，很神秘地说："我教你个办法，你手里捧一包大粪，保准狗狗会跟你，狗是改不了吃屎的。"

一句话，气得林雅菲挥拳向我打来。她愤愤地说："你才改不了吃屎呢！狗嘴里吐不出象牙！"

第33章
选专业是件很头痛的事

　　生活上的事情终于处理得差不多了，可学习方面的问题又接踵而来。我心里没有一丝的轻松。

　　在广州过暑假的时候，就听同学说，我们IUT预科班的小贝老师被大学"炒"了。她涉及我们学生生活、升学的很多问题，如果被炒了，那将有很多麻烦的事情。当时的我，在同学中有些号召力，法语水平也算最好的了，完全可以很轻松和法国人对话。所以大家都催我早些回土伦处理此事。

　　我依稀记得，上学期结束前，小贝和另一位法国老师让我们学生签了一份什么类似协议之类的文件。我翻出来仔细一看，原来协议的内容是让中国学生对下一年继续在这里学习作出保证，如果转学校或到其他班学习，所交的学费将不予退还。

　　还有就是，如果转学或转班的话，选择离开IUT预科班，那么住房要重新找，学生中途退房押金也就没有了（都是小贝帮助租的房子）。还好，我去年10月交了一年的学费，学到暑假放假正好一年时间，我没有吃亏。

我们几名法语比较好的中国留学生作为代表，去找学校教学部门谈判，通过各种渠道了解情况，才知道这个IUT预科班，是两个法国老师个人承包的，与土伦大学根本无关，她们只需定期交管理费以借用大学的教室。用我们习惯的说法就是"挂靠"。过去学校领导是睁一只眼、闭一只眼，没人管。但从这学期开始，大学校长换了，加上之前拖欠的管理费也并没有交给学校，所以新校长决定，大学的教室不再继续免费借给她们用。

事到如今，我们才恍然大悟，原来我们被两个法国女人蒙了整整一年，原以为是交给土伦大学的学费，可结果全部都装进了这两个"洋大婶"的腰包里！她们赚肥了！

为了能早进专业，学生们个个都怕得罪这两个"洋大婶"，平时少不了要巴结讨好她们。可想而知，他们在中国留学生身上不知道赚了多少昧心钱，留学生们喂肥了这"两个鬼婆"。

我现在读的预科班，是为进入法国IUT类技术大学所报读的。与普通大学不同，IUT类学校学习的内容偏重于实践，实际动手能力方面的内容会多一些，类似国内大学的职业技术学院。通过学习，掌握一门技术技能，比较容易就业。在读预科期间就会开始接触这些专业方面的词汇，而能否进入专业学习完全看预科成绩而定。

进入IUT类技术大学学习两年以后，就可以找工作，也可以继续深造，继续读工程师课程，读到硕士为最高学历。法国大学"宽进严出"，对于那时的我来说，报读IUT是比较合适的，是不错的选择。

现在小贝那个班是不能再读了，如果我要坚持继续读IUT预科班的话，就必须转到别的城市去，这显然是不现实的。

经过权衡利弊，我决定改为读DEUG普通大学。普通大学的预科主要是针对TCF考试（法国语言考试）而设置的学习内容。考生通过预科学习后参加TCF考试，根据成绩状况来申请学校及专业。而大学课程里则偏重于理论方面的内容。

我立即去联系DEUG普通大学预科班的老师，向他们说明了自己的想法，并要求补录进预科班学习。

在与老师的交谈过程中，老师非常惊讶，对我说："同学，你的法语口语水平已经相当不错了，再读一年预科已经没有必要，很多法语水平比你差很多的中国学生都申请进了专业学习。你为什么不选择进专业呢？"

我回答："以现在的法语水平，我担心上课会听不懂，学了一年后又当留级生！"一句话，逗得DEUG预科班的老师笑起来："当然你来我们预科班学习我们是欢迎的。我们预科班分为好、中、差三个班，如果你进预科班，可以分到最好的那个班。如果你愿意进专业学习，我们可以向学校推荐。"

算了，不能再犹豫了，我下决心申请补录进专业学习。

在中国留学生中，有一种观点叫作"不管专业，只管毕业"，什么专业容易学就学什么，早学完就可以早毕业，早毕业就可以回国就业。不管国内是否需要，只要能混个文凭回国。难怪现在有的留学生回国后找不到工作，"海龟（归）"变成了"海带（待）"了。

由于法语的难度等原因，很大一部分中国留学生都选择攻读经济管理、商业贸易等这类文科、相对来说容易毕业的专业，而读这些专业的留学生在法国一般很难找到工作。许多学生回到中国后，专业基本用不上，倒是学的法语比较有用。

可这样完全没有竞争优势，更不可能挤进"金领"一族，拿到高薪。即便你是硕士毕业，要顺利进入大学教书，也必须是在法国读语言方面专业的科班出身。

选什么专业？在当时真是令人头痛。我几乎每天都上网，找爸妈商量。有好几次，已是中国的半夜了，我和家里还在讨论此事。家里不太愿意我报经济管理专业，给我的建议是，报应用外语，其理由是语言这门知识永远不会过时，而且可以终身受用，以后可以当老师，也可以做其他，就业路子较宽。但家里告诉我，最终还是尊重我个人的选择。

而我呢，对这个专业兴趣不大，况且我并不愿意以后当个老师。根据我的兴趣爱好，以及与IUT"网络传媒"专业相近来考虑，我最终选择了计算机应用专业。

选择这个专业也让我面临着两大难题：一是法语水平不够，这个专业会涉及很多专业法语词汇，法语基础差的话，没办法听得懂课；第二个难题，就是这个专业在前两年将要学习高等数学、逻辑学、统计学、机械学等等，这些课程用中文学都很难，何况是法语授课。然而这些课程如果过不了，就无法进入大三以后的专业课程学习。

在办理了申请报读注册手续后我才知道，当时选择读计算机应用专业的中国留学生就我一个。

　　负责办理注册的老师奇怪地问我："同学，我要告诉你，计算机应用专业是很难的，这几年来，没有几个中国留学生可以顺利毕业的。中国学生很多都是在国内计算机专业大学毕业后，来法国读硕士研究生的。"

　　我回答："可我对文科确实没兴趣。我想先读一年计算机专业试试看，如果确实跟不上课程，就再转读经济管理专业。"

　　老师点点头："这样也好，学你喜欢的专业，才能有兴趣，才能学好。"他们显然对我的想法很赞赏。

　　林雅菲和董玉莹已分别进入经济管理专业大一和大二的学习。

第34章
上专业课受到冷落

没想到，走进课堂的第一天，我就遭遇到冷落。

当我上午赶到学校时，正好上第一节课。大阶梯教室里，恐怕有上百名学生，计算机专业和数学专业的学生一起听大课。我刚刚跨进教室的门，就被老师叫住了。

老师是个老头，他严肃地问我："这位同学，你找谁？"大概他看我是个留学生，接着又补充了一句："我的话你听懂了吗？"

我尴尬地站在那里："噢，我是来上课的。对不起，我刚才找教室耽误了一点时间，来晚了。"

老师又审视我一下："你学的是什么专业呀？我们上的是数学课。"

我肯定地回答："我就是学的计算机专业，今天我第一天来上课。"

听到我的回答后，老师又用一种奇怪的神色看着我："你是中国留学生，还是……"他没说出来后面的词，可我心里明白，他肯定是想问是不是日本人。

我立即回答："我是中国留学生。"

老师似乎不太友好地指着教室最后一排："好，到后排去坐，先听课吧。"课堂上学生们七嘴八舌，窃窃私语。

我到了最后一排坐下，那里孤零零地坐了我一个人。

与中国大学教学方法所不同的是，法国老师上课是没有讲义的，只有板书，没办法，我只有拼命地做笔记。黑板离得又远，上面密密麻麻地写满了数学公式，因为法国大学一些课程的分类和表达方式的差异，许多数学符号都不一样，法语书写的符号，过去我连见都没见过，想猜都猜不出是什么，更看不懂是什么意思了。

一个上午的课，手都写酸了，再加上下午的课，一天下来笔记起码有20多页。上课听得累倒没什么，可苦闷的是听不懂，老师讲完课就离开教室，课堂上讲授的内容全靠自己课后消化。老师也往往不会告诉大家说下节课讲什么内容，所以也没办法预习。

尽管每年同一个专业同一个课程的老师讲义差不多，但因为这个专业几届都没有一个中国学生，也没有办法去找上一届的前辈来看看笔记。这哪里是学什么计算机专业，简直是在读"天书"。

几天下来，我就感到课程有些跟不上了。

家里为了让我尽快跟上进度，寄来了法英汉电子词典、中国大学计算机基础、C语言程序设计实用教材、大学数学手册、数学符号理解手册等书籍。课堂上带电子词典，边听边查阅，边做笔记；课堂上先记下内容，听不懂回到家看着笔记再慢慢复习；课余时间上网查资料，看中文教科书。可能课堂上讲一个小时的内容，我在课外要花五六个小时才能搞懂。

我住的地方公用网络在宿舍的一楼，网速很慢，动不动就掉线。可没有电脑就无法复习功课，新的宿舍申请的网线迁移已经快两个月了，仍没有音讯。我跑了三次去询问，让他们快点，可每次去催办，他们总是让我等，等等等，漫长的等待。

急死我了，法国人办事效率真是慢得出奇，这么长的时间，夸张地说，恐怕我从中国拉条网线过来都行了。

可能全班就只有一名中国学生的缘故，老师特别重视我、关照我。时不时地会给我出一些题目（并非刁难），让我锻炼锻炼。

有一次上计算机专业课，我屁股刚碰到凳子上就被老师叫了起来，"张洋，请你回答一下……（是计算机基础方面的内容）"，老师的语速快得只让我听清了自己的名字，我傻站在那好一会儿，也没挤出半个字，详细内容我听不懂，只能很窘迫地向老师摇摇头，在同学们的哄笑声中我坐了下来。

当时尴尬的我，真想就地把自己给埋了，或者钻进地里面去……

中午下课后，我憋着一肚子气找到了晨光兄，请教他这道题到底该怎么回答，晨光兄用中文解答，结果不到10分钟，就把这道题连同这几节课的重点一下子都给我讲清楚了。没办法，专业法语词汇掌握得太少，当然就会听不懂课，哪怕是很努力地在自学。很多专业名词和问题，连百度搜索都很难找得到。

那段时间，似乎整个身心都沉浸在学习里。真的，在国内读书时，哪怕是高三临考大学前，也没有这么努力，也没有课堂上听不懂的课。每天早上起来，脑子里塞满了一大堆数学符号，连做梦都是在翻译课堂笔记。

上专业课确实让人很压抑，自己像个傻瓜一样地坐在教室里，那种感觉很难受，很难受。每天的课程很慢，最头痛的是，有些内容老师一讲，其他同学似乎都明白，好像只有我，显得特别笨，总是反应不过来。

难道老天在和我开玩笑了？上课、复习、作业……周而复始！前面的路还有很长、很长，我感到总是跟不上，没救了。

过了几天，我发现听大课，两个班的同学在一起，并没有固定座位。我第一天去上课时，那个老师干吗那么讨厌，让我坐到最后一排，这纯粹是看不起人。既然没有固定座位，我又干吗那么傻，每天一到教室，就往最后一排座位走去。打那以后，我一到课堂，就挤到前面的座位去听课。

可就是这样，我仍然是被众人忽略的"独行侠"。

那些法国学生三三两两地坐在一起，有说有笑。而我呢，旁边的座位是空空的，没有人坐在旁边，也没有人跟我说话。班上只有我一个中国留学生，平时不知道能和别人聊什么，这与在国内我与同学之间的友好关系形成极大的落差，让我心里特别不是滋味。

偶尔课堂上，我并没听懂老师讲的什么内容，同学们却哄堂大笑，我也跟着一起笑，目的是让法国同学知道，老师讲的这些内容我也听懂了，可他们哪里知道我是在装懂！有时，课堂上老师、同学突然离开教室，我根本没听懂老师说些什么，也不知道是什么原因提前下课，或者临时因为有什么事情离开。

还有最糟糕的就是：不是落下课就是学校换了课表，同学们都知道，就我自己不知道。他们在干什么，什么原因换了课表，一切都不知道，我和法国同学之间好像隔了一堵墙。

有时自己起个大早跑去上课，可课程改变了，问法国同学，碰到客气的给你讲讲，碰到不客气的都懒得跟你说，法语基础不好，很难融入法国同学的社交圈子里。每天学习的进展那么一点点，还要遭受有些同学和老师的冷嘲热讽。

那段时间，我几乎过着与世隔绝的生活。上学、放学、回家三点一线都是一个人。有时候好多天都没有开口讲话，没有人与我讲话呀。

真是难啊，都快晕死了。

开学一个多月了，虽然才刚刚进入秋天，但寒冷似乎已经提前报到。一连下了几天的雨，咸涩海风拍打在脸上、身上，感觉冷飕飕的。特别是清晨，站在公交车站等车，冻得瑟瑟发抖，真有些冬天的感觉了。

每天天没亮，我就要爬起来，常常是顾不上吃早餐就要出门，赶到学校上课。中午在学校吃完午餐后，就在教室走廊楼梯处坐着打瞌睡，运气好的话，可以在图书馆找到个位子，趴着睡个午觉，通常回到宿舍已经是下午6点多钟了。一天下来，连续十几个小时的高强度学习，手酸、眼胀、头疼，时不时肚子还要发出饥饿的抗议。

慢慢地，我掌握到一些"笨鸟先飞"的方法了。课堂上拼命地记笔记，课后先弄明白中文是什么意思，然后再去看法语是如何表达的。这些知识法国学生可能只要学一遍，而我可能要学好几遍。

老师讲课我听不懂的时候，就听一半猜一半。在课堂上注意听老师语言表达的关键词，重要单词听明白了，再把内容连贯起来猜测，大体上也能悟出一些意思了。一有空就在家翻翻从中国寄来的中文教科书，试图解决一些问题，这种最不灵活的学习方法会花掉很多时间，效果也不算太理想。

大概我的努力和坚持引起了老师的注意，那个生硬的偏老头有一天主动把我找到他办公室，问道："同学，你现在能听懂我讲课的内容吗？如果有不明白的问题，你可以随时来找我询问，我愿意为你补课。"

我回答："嗯。谢谢老师。我还要学习更多的法语，才能听懂课。"

语言，语言，还是语言，这一关一天不过，学习的效率就一天提不上来。

唉，做"海龟"不是这么简单的。在获得一张薄薄的"洋文凭"后，有谁知道我们付出了多少心血，承载了多少压力，流下了多少眼泪？在出国留学的路上，开弓没有回头箭，已经走上了这条路，就不可能在中途喊停的，事实上是没有退路的。

我唯一能做的就是咬着牙坚持，逃避是懦夫的专利，不应该是我的选择。于是我把全部课余休息连同上厕所拉屎睡觉做梦的时间都放在了学习上，我就不信抱着打算在"学海"里淹死的拼劲，还过不了这个难关！

是不是人都是这样，总在未经历的时候对未来充满期待，而在经历后却不停地怀念过去，总觉得逝去的东西才是美好的。就像我高中的时候觉得初中好，大学的时候觉得高中好，出国以后又一直在怀念国内那曾经无忧无虑的生活。

在国内的人想出国，出了国的人想回去，在哪里其实都一样，都有大把大把的困难与挑战等着你，永远不要奢望会有一步登天的捷径和信手拈来的成功。这是对所有手捧着签证的喜悦，即将赴异国他乡的学子们的逆耳忠言。

在留学的道路上，我已摔倒了很多次，又一次次地爬起来，前面的路依旧荆棘满途，但我的身后，早已没有退路。让苦涩伴随着希望一道前行吧！

寂寞、孤独的日子没过多久，班上转来了一个新同学，是从法国东部城市格勒诺布尔转来的中国留学生。这个同学叫刘新。在我们计算机专业，终于有了中国同学了，终于有了个伴……

刘新对我很好，经常帮我打饭，请我吃午饭。他法语比我差很多，上课总是打岔，不停地问我老师讲的什么，尽管有时也很烦，可我尽量给他作解释，希望他对计算机课程感兴趣，别因为听不懂课又不来上课了，那我就又惨了。

我告诉刘新，不参加听课是不会有课时证明的，考试得零分也不能逃课。我吓唬他，逃课要被遣送回国的。刘新说，我知道，我会去坚持上课的。那段时间，我和刘新天天都在一起玩。

慢慢地，我心情也好了很多。

小贝将课时证明双手递到我面前

又该办第二年的长居证了。我必须又要去求助小贝老师，让她帮我开出上一年在IUT预科班学习的课时证明。

就在我暑假后刚刚回到土伦不久，曾经去拜访过她，当时我正是在为进专业之事犹豫不决的时候。

那天一见面，小贝"唰"的一下就把我的手握住了，然后开始说了一大段像预先背好的台词一样的场面话，什么"我们都很重视你"，"希望你继续留在IUT预科班学习"，"你参加这个班学网络传媒专业的愿望一定能实现"等等。当然了，作为预科班仅有的几名全勤生之一，她还真找不到什么理由要给我脸色看。

可现在，我却没有听从小贝的许诺，而直接进入了大学计算机专业课的学习。如果不是对小贝有所求，我完全可以不理她，不与之来往，因为她"黑"我住房押金的事让我耿耿于怀。然而，办长居证又不得不找她，需要她为我开出上一年的课时证明，才能向办长居证的部门递交材料。

我先给小贝写了一封信，告诉她我已申请进入了专业学习，并感谢她一年来给予我的关照和帮助，然后说了一大堆恭维她的话，才提出了请她帮助为我办长居证开课时证明的事。我特意在信的末尾写上："我在中国的母校国际部的中法班，每年都有学生赴法求学，我可以介绍他们来读IUT预科班"，等等。很显然，我要求她办事，就不妨给她先画个饼，目的是让她别找麻烦。反复看了几次信的内容后，我按下了"send"的按键，发到了小贝邮箱里。

几天后，我试着给小贝打了个电话，听她的口气好像没刁难我的意思，我们约好在她的办公室见面。当她见到我时，她已经把课时证明写好，殷勤地用双手递到我面前。

小贝讨好地对我说："恭喜你，张洋同学，顺利进入专业课的学习，你是一名优秀的学生。"

看着她那副讨好的样子，看那架势，我当然不舍得破坏了这么"好"的气氛："谢谢，谢谢小贝老师一年来的关照和帮助。"

我嘴上这样说着，心里暗自好笑，也很庆幸，终于逃出了她们的魔掌。

办长居证单有学校的课时证明还不够，还需要银行开具存款证明。也就是说，个人银行账户上必须有4000欧元存款，才能办理长居证。去年我和李冬明是靠互相借钱，才凑够这个数的。今年本打算把家里带来的和收回的钱，合在一起就够了，可现在乱七八糟花了不少，怎么也凑不够这个数的。

家里同意给我寄一部分钱，让我再找同学借一点，开出银行存款证后就还掉。尽管我很不情愿这样做，可也没办法，想来想去，只好硬着头皮向刘新开口了。

当我向刘新提出借钱时，他爽快地答应了。

我问刘新："你现在有多少钱？能借给我多少？"

刘新回答："我现在还有3000欧元，我自个儿暂时留500欧元，其他的2500欧元全都可以借给你。"

"谢谢你，我开出银行存款证明后马上还给你，最多一个星期时间。"对刘新的慷慨大方我好感动。

刘新无所谓地说："好，没关系。"

刘新是山东青岛人，山东人豪爽侠义的性格我很喜欢。以后和刘新慢慢熟了，我了解到，他家在青岛是开餐馆的。家里送他学了两年跆拳道，原本要送到日本留学，后来经朋友介绍，说到法国留学费用低，去年就和其他一些同学来到法国。

我向老师请了一天假，填表和复印了所有资料，以及课时证明、银行存款证明等，都递交到办理长居证的部门。完成这些手续后，我即刻开出支票，把刘新的钱还给了他。

在此期间，去年IUT老班的同学有的找到我，要我帮忙办理此事。因为这些同学好多都各奔东西，离开了土伦。在他们眼里，小贝和我关系不错，希望我帮忙办理。对朋友的委托，我都一一照办，好在小贝都给了我面子。因为他们都坚持上课，所以办得很顺利。

可唯独为陈世俊大哥开具"课时证明"时遇到麻烦。

一天晚上，世俊大哥从巴黎打电话来找我，让我想办法，找小贝开出学校语言学习课时证明，并委托我给小贝买些礼物，过几天再把钱寄给我，我无法拒绝世俊大哥的要求，答应找小贝谈谈试试看。

我给小贝打电话，约她出来见见面。见面那天，我特地带上了一些礼物。

我先将陈世俊大哥要求开具"课时证明"的事告诉小贝。一开始，小贝坚决不同意，她拨浪鼓似的摇着头表示："陈世俊同学没怎么上课，我们不能写证明啊！"

我早料到原则性很强但又如此死板的法国人会有这样的反应，便把早就想好的方法不紧不慢地说道："您可以这样表达：×××学生×年×月在我校预科班注册，参加预科班的学习，××时间参加考试，语言考试成绩××分，特此证明……"

这样的课时证明，回避了参加学习的具体课时，他没怎么上课，上述这样的表达也没有错。在表达没有错的基础上，又起到了证明的作用。

然后我趁机将这些礼物递给她，对小贝说："你看陈世俊同学挺难办的，没有长居证，他在巴黎将无法完成学习，会被遣送回中国，希望你能帮助他。"

小贝望着我愣了半天，估计她根本没想过我能想出这样的表达方式。犹豫了一会儿，大概也因为找不出理由反驳我，便和我一起到了办公室，将我的"馊点子"付诸实施，按照以上言辞写出了证明。办法都是人想出来的，玩这些文字游戏，任凭法国人再聪明也比不上中国人吧。

3个月以后，我拿到了第二年的长居证。这就意味着可以补回3个月的房补了！而我为陈世俊大哥他们开出的"课时证明"，也在几个月后办到了长居手续，倒不是"课时证明"有什么问题，而是法国人的工作效率太慢、太拖拉……

THIRTY-SIX
第36章
意大利自驾游

　　"万圣节"学校有10多天假期，晨光大哥约我去意大利旅游，说要带我"见鬼去"。"万圣节"被俗称为西方鬼节，是欧洲的一个很大的节日，在欧洲的各个国家都很流行。

　　法国是一个有着独特假日文化的国家。

　　除了元旦、国际劳动节、国庆节外，还有第一、第二次世界大战和停战纪念日等。此外，一些宗教性的节日也会有假期，像复活节、圣灵降临节、圣母升天节，还有圣诞节等等。

　　有报告统计过，一年365天，法国人大概只需工作240天，剩下的时间，周末加上各种假期，法国人一年约有4个月的时间是在休假。这也使得法国成为世界节假日的冠军国家。

　　因为晨光兄有车，我们商量自己开车去。开车自驾游，这样既节省了费用，也不需要签证，大约一个星期左右时间。车子能坐五个人，一同去的有晨光兄女朋友，和另外一对情侣，还有我。他们四人都是在中国大学毕业后去读研的，有学心理学的，有读计算机或者是学媒体的。原本林雅菲想跟我一起去，可车坐不下，就没去成。

出发那天，早上不到6点钟，晨光兄的车就开到我楼下。我带好护照、信用卡、长居证和钱就出发了。晨光兄虽然是开车新手，可从土伦到尼斯，再到意大利，这一路上时速没下过140千米，限速好像是110千米吧，晨光兄的"雷诺"车，小排量、才1.4升的，他买的二手车，已经跑了10多万千米了，在高速公路途中能有这样的速度，可以说是狂飙了。

可这算什么？高速公路上都是好车，一部接一部地超过我们，看来欧洲的车相当不错，很漂亮。

一部"法拉利"，最低时速320千米，瞬间就秒掉了我们。这就算了，就连一部MINISMART（迷你智能小车）从看见到消失也没用上10秒的时间。

这是在平坦宽阔的路面上，可旅行的全程弯路、隧道也不少。

在一个弯道的时候，晨光女友被吓得哭了，速度真的太快了，女性接受不了。换上了晨光的朋友李博来开，想开得稳一点，结果一踩油门就上了160千米。

中途大家不时地打个盹，坐车累了睡上一觉。

意大利人开车很疯狂，我虽然去年放暑假在国内学了开车，可这次出行没敢再开。我们的车在跑高速的时候，离右边的白线太近了，结果反光镜被碰掉了。在进罗马的时候，一辆高于我们"雷诺"三倍的大卡车擦身而过，撞掉了"雷诺"左边的反光镜。结果，我们的车两边的耳朵都没了！

这就是意大利人。相当危险地开车，不讲任何的交通规则，人家国家出那么多的赛车高手，也不是没有原因的。

有一天上午，我们的车行进在高速公路上，后面不断地有车超我们的小"雷诺"，还时前时后挤对我们，我们只好不停地躲让，这在高速公路上是很可怕的。

不知什么时候，冒出一部警察的车停在我们车前，拦住我们的"雷诺"，一名警察在车上伸出头来，问道："怎么回事？你们怎么开车的？"

明明是那些不讲交通规则的司机捣乱，警察竟然还在指责我们，大家一肚子气正没地方发泄，晨光摇下车窗，指着刚刚超我们车的一部卡车，对警察说："前面那部车抢车道，那部车上有毒品，你们赶快去追！"

警察一愣，也顾不上我们了，不停地用对讲机呼叫，赶紧去追前面那部车去了……

我们几个在车内哈哈大笑，李博猛地踩下油门，冲向前去！

李博边开边叨叨："赶快跑……"

我们从土伦到摩纳哥，到佛罗伦萨，再到罗马、梵蒂冈。从罗马坐了7个小时的车，再到威尼斯。

佛罗伦萨是一个充满活力的城市，有着世界名牌专卖店，晚上男女老少都在广场上喝啤酒，唱歌跳舞。在离开佛罗伦萨的时候，我们不记得去火车站的路了，我看到一位金发、卷毛、扎着辫子的小伙子，便跑过去，先用意大利语打了招呼："晚上好！"接着又用英语问道："可以告诉我去火车站的路吗？"没想到这位小伙子英语更差，基本听不懂他说些什么，但我还是礼貌地说了句"谢谢！"

第二天下起了大雨，起了雾。我们到了威尼斯，威尼斯真是人间仙境啊！

11月1日万圣节那天，我们正在威尼斯。晚上，街上美女都穿着化装服，戴上千奇百怪的面具，提着一盏"杰克灯"跑出去玩，在大街上快乐地说笑。其实"杰克灯"就是南瓜灯，把它挖空，外面刻上笑眯眯的眼睛和大嘴巴，然后插一支蜡烛，把它点燃就可以了。万圣节的晚上，我们虽然没有化装，但总是遇上一些打扮得很诡异吓人的人热情地朝我们微笑。毕竟是鬼节，"鬼"这个字眼在人们眼里还是忌讳的。

传说当年死去的人，灵魂会在万圣节的前夜造访人世。人们应该让造访的鬼魂看到圆满的收成并对鬼魂呈现出丰盛的款待，所有篝火及灯火，一来为了吓走鬼魂，同时也为鬼魂照亮路线，引导其回归。万圣节是儿童们纵情玩乐的好时候。身临其境，置身于这"鬼"的阴界里，充满了神秘的色彩。

在威尼斯广场中央，由于下着雨加上涨潮，我们都脱了鞋子光脚在水里行走，还在许愿桥许了愿，买了很多纪念品，特别是面具。

天黑了，我们住在威尼斯附近的家庭旅店，有5张上下床，每间房可以睡10个人，有早餐吃，一个半韩国半东北血统的大妈帮我们做饭。

身临其境，我感觉到意大利是一个神秘的国家。意大利有着百年的雪糕，欧洲最漂亮的美女，还有像梦境一样的威尼斯，在傍晚的时候，落日好像黄金似的笼罩了整个岛屿，就像让你到了世界上最浪漫、最让人陶醉的世界。

在首都罗马和梵蒂冈，用一个字来形容吧，就是"累"。

每天都在"暴走"，不能开车，只能步行。

一路上我们是AA制，安排一人统一管账，包括统一支付汽油费。旅游近10天，几乎走遍了整个意大利，分摊到每人只花了600多欧元。

回到土伦后第二天吃午饭，我感到肚子不好，可能前几天旅游吃韩国泡菜吃的，有些拉肚子了……

第37章
鄙视一次法国佬

万圣节刚刚放完假，回到学校就是连续几天考试。

考试的第一天，考的是机械课，这门课很难懂。听课时，可以说完全是听"天书"，遇上这门课考试，我不得不想办法，略施小计。

那天一进考场，我像选"美女"一样，找到了一个戴眼镜、超斯文的法国男生，急忙坐在他旁边，而且离得很近。考卷一发，他拿笔就往上写，我心想，哇，这下我有福了，找到好拍档了。我睁大眼睛看过去，看啊看啊，这位老兄"哗哗哗"很快写了一行。

原来他只是抄题！

那我就先慢慢答题吧。过了差不多一个小时，我的目光再一次斜视，投向我那信任的法国佬，哇靠，还是那一行题目。不过他在下面打草稿。

不错，有希望！我很兴奋，继续我的答题。

在考试只剩最后半小时的时候，我希望这位斯文而貌似很有学问的法国男生，会对我的答题验证有所帮助，当我睁大眼睛再一次斜视看过去……

你们猜？别提了，考试卷上一开始仅写了一行字（只是抄题），可现在，连那一行字也用涂改液擦掉了！

我以为法国人很厉害，结果把我骗了，想抄都抄不到，还真是够蠢的。我心里想道：不管在法国还是在中国，人都一样，千万不要看外表，人心难测啊。没文化别装斯文！害得老子上了当。下次考试还是要靠自己才OK的。

人啊，不管什么时候，都要靠自己。

就在这堂考试课快结束时，老师宣布："同学们，时间到了，开始交卷了。"

刘新坐在我旁边，他正聚精会神地答题，听到老师的宣布后突然冒出一句话，而且是地地道道的山东话："咋搞的，时间咋过得这么快呢？"

全班的同学都扭过头来，用疑惑的眼光看着他。这句硬邦邦的山东棒子话，逗得我"扑哧"一声笑出来。老师不知道发生了什么事情，走过来问道："同学，你笑什么？"指着刘新又问我："你旁边这位同学是不是不高兴？"

我急忙摆手："没有什么，没有什么，这位同学说时间到了，他刚好想上厕所！"

老师和周围同学都笑了起来！

走出教室，刘新一把扭住我的脖子："张洋，你坏老子名声，你才想上厕所呢！"我们一路打闹着往家回。

过了几天，考试分数公布了。就我来说，英语考得不错，但还不是最好的发挥，在班里名列前茅，法国人的英语是很烂的。其他几门科目，由于专业法语的单词量不够，考试审题法语连贯起来看，有些内容看不懂，好多题没答好。尽管没有达到过关标准，但比预期要好得多，自己感到很满足了，才第一学期开始嘛！

考试后老师讲评试卷，我才弄明白意思，其实考试内容并不难。

就在这次考试几天后，有一次刚上完数学课，在走廊上，老师把我叫住，问道："张洋同学，上次课堂向你提问，你说听不懂，现在上课能听懂了吗？"我不明白老师这么问我是什么意思，就顺着老师的话语回答："还是听不太懂啊，英语课好一些。"

我心里想，如果我说能听懂一部分，那么下次在课堂上又向我提问，我答不出，该多没面子啊！

我想离开，谁知老师并不放我走，又问我："我看到考试的成绩，你不是太差呀，你又说听不懂课，这是怎么回事？"我正考虑怎么回答老师，稍停顿了一会，没想到老师接着说："那你是不是考试抄了其他同学的考卷了？"

晕啊，居然这样怀疑我。

我把握不了老师这么问是什么意思，于是十分肯定地告诉老师，语句里显示出极不高兴："老师，如果我考得不好下学期我会再努力，考得好你应该向我祝贺，你没有理由这么怀疑我，你这样的提问我无法回答你！"

我心想：老子就是想抄法国佬的试卷，结果选错了对象！

老师听了我的话语，立刻改变了态度，接连说道："法语讲得不错，讲得不错，现在上课能听得懂的嘛，以后课堂上有什么不懂的问题向我提问！"

我猛然意识到，老师是在试探我的法语，糟了！我被"抄底"了。老师好狡猾，以后上课时要打起精神，不能打瞌睡，防止老师再一次突然向我发难……

我又上当了，被老师下套给套牢了。

有一天清早，天下着雨，我6点多钟就起了床，还没来得及吃早餐，就赶往学校。到了学校全身都淋湿了。大冷的天，冻得我直打哆嗦，好在教室里很暖和。我脱掉了外衣，用身体渐渐地烘干了淋湿的内衣。

又是上数学课。法国老师讲课一节课就是两个小时，中途是没有休息时间的。数学老师是一个老头，他讲的法语声音又小（课室音响时好时坏），听课很费劲。课室很大，黑板上画着密密麻麻的数学符号，看都看不清，也看不懂。

渐渐地课堂上有的同学开始打瞌睡。我的眼皮子也开始打架，睁也睁不开，不一会儿就趴在课桌上了。

就在这时，学校里突然响起一阵喇叭声，把我惊醒，吸引了我们全班同学的注意力。

一个男生在喇叭里反复高喊："同学们，罢课，罢课，我们要罢课！"紧接着，打鼓的打鼓，吹喇叭的吹喇叭，不知道罢课者从哪里搬来了大音箱，在学校的走廊大放音乐。学校每个角落都能听到嘈杂的声音，根本无法上课。

老师暂停了讲课，课堂上乱哄哄的，同学们三三两两地在聊天。令人不解的是，罢课者队伍冲进课室，一间教室一间教室地宣传，直到教师和学生全部被迫离开。领头罢课者是法国人，他们还排着队，打出标语，在学校里游行。

看这情景是不能再上课了，我们的数学老师无奈地宣布：停课。就这样，这堂数学课上了一半老师就走了，学习被中断了。

我问身边的法国同学，为什么会罢课？

法国同学告诉我："听说，政府要求学校作改革，可能以后上大学不再免费了，还要实行有能力的老师领工资，没能力的老师下岗。"

我明白，用在国内的话说，就是能者上庸者下，竞争上岗。

我们只好提前离开学校，回家去了。

什么时候复课，我们不知道。

每天，我都上学校的网站，希望能看到复课的通知。

偶尔，老师会给我们发邮件通知我们上课的时间。就这样，我天天打开邮箱看，老师有时通知什么时间、到哪个教室、上什么课，像搞地下工作似的。

有一次，有一封相同内容的邮件，连续发了四次，通知我们回学校上课，可我们到了学校，看到的却是这样的景象：学校教室的正门和侧门，都被堆积如山的桌子凳子封住，完全进不去，教室里乱七八糟的，课室中间堆满了桌椅板凳……

又白跑一趟，这叫上的什么课啊？

过了半个多月，学校通知我们学生回校开会，当我和刘新赶到学校后，才得知是全校讨论是否复课的问题。

大会会场在学校广场，广场上挤满了人，有坐在地上的，有站着的，广场上放了几个大音箱，现场广播直播会议情况。会上很多人不断发言，都可以自由发言，有支持罢课的，也有不支持的。发言讨论完后，就开始集中投票，那场面好乱。

到中午11点投票结果还没出来，我和刘新就提前走了，到晚上我打电话问法国同学投票宣布是什么结果，他们的回答很简单：继续"罢课"！

经济管理专业大多是中国留学生，他们上课很正常。

董玉莹已升大二了，我挺羡慕他们的。可董玉莹告诉我，好几个经济管理班的学生，进教室一看，全是中国留学生，只有几个法国人，好像法国人倒成了老外了。

在法国的一家网站上登了一条新闻，说中国留学生越来越多，来到法国以后什么都听不懂，学校高估了学生的语言水平，以后会有一套方案控制住中国学生的数量，提高门槛。法国老师也说，在校中国学生语言过不了关的，就不会让其顺利升级的。

听朋友说了这样一个笑话，有一次上课，法国老师向一位中国学生提问题，这位中国学生什么都听不懂，只是一个劲地摇头，法国老师气得说："你滚出去，别来上课了。"这位学生仍然没听懂，问旁边的中国同学，老师在说什么？竟然连老师发火了都听不懂，这课还怎么听，惹得大家哄堂大笑起来。

法国老师不理解中国学生，盲目地、一窝蜂地来留学，目的是什么？很多中国留学生也很郁闷、很彷徨。就连我自己来法国已经一年多了，都说不清楚当时为什么那么坚决地、一定要出国，现在面临的状况应该怎么办，留学的路下一步应该怎么走下去？

家里每月给寄来的一笔生活费，就这样无声无息地打了水漂，什么都学不到。当我们每一次拿出钱包往外付钱时，心里都在隐隐地作痛，那可都是父母们平时节俭，从一口饭、一件衣服，甚至每一次乘公交车不敢搭的士，这样一点一滴地省下来的。如果学业没完成回到国内，被旁人笑话，被不知情的人指指点点，试想是一种什么样的心情？什么样的感受……

宽厚的父母或亲人，看到自己孩子的进步，他们会说孩子出国了懂事了，懂得省钱了，懂得生活了，懂得怎样去爱父母了，懂得学习用功了，花了这些钱也值得。这些钱可能就是父母们大半辈子的积蓄。中国的父母就是这样的"无私"！这样的伟大！

THIRTY-EIGHT

第38章
我与开车有"缘"

　　晨光大哥从我"情侣房"搬出去不久，就回国内实习去了。

　　走之前，他把他的座驾"雷诺"车暂时存放在同学谢佳华那里。可正巧谢佳华是个"车盲"，有车也不会开，在我的死缠硬磨下，我经常借来开着玩。这部车渐渐地就为我所用，条件是如果佳华大哥要用车，我必须无条件地充当司机，并且由我掏钱加油。

　　在法国，开车是成人的必修课，是一个必须通过的考试。法国人几乎人人都会开车。开车太有必要了。

　　上课可以不赶时间，法国公交车按时间发车，若延误了是赶不上上课的，自己开车可以晚一些去学校，只要卡准钟点，能省很多时间。课余时间可以参加很多活动，同学之间互相走动，打篮球、看演出、交朋友，活动完了自己开车回家。自己有了车的话，购物方便，可以一次买足几天的食品。现在外出晚了一些就没有公交车了。

　　刘新和我一样，也是个"车迷"。他和我商量，我们俩以后可以合买一部车，有了车可考虑租靠海边漂亮的、大一些的房子，那里交通不方便，房子租金不高，只要有车，是很值的。租下大的套房后，可以单间分租出去，又能挣点外块，等等。

想法都是非常好的，可我们当时都忘记了一件事：让我们难以实现上述理想的不可逾越的一个障碍，那就是我和刘新都没有驾驶执照，实现愿望的概率其实等于零……

罢课在继续，我们因为没有事干，我和刘新就商量偷偷地去玩车。

我们开车不敢上公路，悄悄地把车开到海边，或者开到山上那些没有人去的地方，直到天黑才敢开回来。如果违反交通规则，被警察抓住那就惨了，上了黑名单，有了不良记录就麻烦了。

这部车本来就破旧，在我们两个新手手里就显得更不听话了。

有一次我们开车上山，天刚下过雨，路面上湿湿的，我开着车，车慢慢地往山上爬。正爬到陡峭的坡道时，不料后面来车了，那辆车不停地按着喇叭，我从倒车镜里看到，来的车还不止一部，一连串地跟在后面，而且都是好车。

喇叭声响得我一阵阵心慌，我急忙踩油门，想尽快爬上山坡到平坦处，可这部破车偏偏不听使唤，竟突然熄火了。我靠！我又把车发动了，挂挡前进，车朝前开动了一点点，慌乱之中车子又熄火了，而且在往后滑，眼看就要撞在后面的车上了……后面车子的喇叭声越来越紧促，急得我满头大汗，吓得死死地踩住刹车。

这时从后面那部车里走下来一位姑娘，是一个非常漂亮的法国女子。她来到我的驾驶座旁边，挥挥手，示意我下车。我关掉车油门，灰溜溜地走下车来。那位法国姑娘不等我们说话就上了我们的车，她用非常熟练的动作，发动车子、挂挡、踩油门，车子猛地就冲上了山坡，待我和刘新跟着追上去时，车子已稳稳当当地停在了一处平坦的地方。

那些在旁边围观的、等着我们的车让路的司机们在一旁拍手叫好。

那位法国姑娘下了车，来到我面前，我以为她会说我几句难听的话，可没想到她竟用一副玩世不恭的样子，像吹口哨似的在我的脸上轻轻地吹了一口气，然后在不停的笑声中，回到了她自己的那部车里，发动车子后，飞快地开车走了。

我摸了摸被那个法国姑娘吹气的脸庞，好像还残留着一丝香香的热气。从我面前开过的那一部部车里，司机们都用嘲笑的眼光看着我，羞得我满面通红。

　　我和刘新在山上练车，我们互相轮换着开着玩，玩了好长时间，准备下山回家了。

　　下山回家是刘新在开车。

　　当我们的车子快接近公路时，突然，一阵口哨声乱响，接着来了很多警察。我们远远望去，看见警察聚集在公路边的一座建筑物旁边，像是在搜查什么东西似的。也有的警察在查车、查驾照。我和刘新被吓坏了，不知发生了什么事情，赶紧把车开到隐蔽处，远远看着乱糟糟的人群，不敢去打探消息。

　　一直到晚上，天渐渐黑了，人群慢慢散去，交通像是恢复正常了，我和刘新才敢开车下山。到公路边我们向路人打听刚才发生了什么事情，路人告诉我们，有人报警说，附近藏有炸弹，警察来搜查，结果什么也没查到，是一场恶作剧。

　　已经晚上8点多钟了，在山上被困了好几个小时后，我们都感到饿了，刘新说："赶快回去做饭！"他把车开得很快，可能是他肚子饿极了，当然我也一样。

　　正当我示意他开慢一些的时候，过来一名法国警察，把我们的车给拦住了。糟了，被抓住罚款还是小事，车被没收了是要赔的。

　　刘新把车开到路边停了下来，走出车门，法国警察走过来，对我们说："为什么开车那么快？超速了！"接着叫我们出示证件，谁知，刘新向警察深深地鞠了一躬，用日语回答："思米妈塞（对不起），多左，哟路西苦哦呢嘎一系马斯（请多关照）！"

　　再行一次鞠躬。法国警察一愣，问道："你是日本人？"

　　刘新装得还很像："嗨（是）！"

　　我用法语赶紧回答："对不起，对不起，他走得匆忙，忘记带驾驶证件了！"法国警察想了一会，大概相信了我们的解释，摆摆手，对我们说，下次开慢一些，超速了会被开罚单的，你们走吧！

　　哇，居然放行，让我们走了。

　　刘新又鞠躬："阿利嘎多（谢谢）！"

　　警察离开后，我问刘新："怎么想出这么个怪招、损招，装日本人？"刘新说："我学过一段时间日语，没想到还用上了，就忽悠忽悠他！"

　　刘新很搞笑，他说："已经不记得多少次，遇到那些老外，张口就对我说'考逆西挖（你好）''考逆西挖（你好）'了，我就搞不懂了，我哪根毛长得像日本人了？日本'鬼子'有我这么帅、这么高、这么有魅力吗？以后再遇到有人这样问我，我就直接告诉他，我是中国人！再给他说'考逆妈'是'你好'的意思，你以后见到黄种人可以这么说！"

　　这几句话把我给笑翻了。我骂刘新："你个坏家伙，出了问题就扮装日本人，有损我们中国留学生的形象。被法国警察认出来那就更丢人了。"

　　可刘新说："法国警察他们分不出来的，我们只要躲过处罚，就不管那么多了。"

　　倒也是！

THIRTY-NINE

第39章
警察不容解释把我铐走了

　　这次侥幸蒙混过了关。尽管我没有驾照，可在法国开车，只要遵守交通规则，一般警察是不会查的。就这样，我们的胆子是越来越大，越玩越疯。

　　在一个周六的晚上，我和刘新约好开车去打桌球。在停车场倒车的时候，由于天比较黑，尾后有一部黑色的敞篷车，是部跑车，车身底盘很低，加上车内起雾，后视镜完全看不清楚，我倒着倒着，只听到"咚"的一声，把那部车的前包围撞到脱臼了，我下车一看，哇，吓死人了，那是一部奥迪R8……

　　还算走运，在娱乐场所，车主人不知道到哪里潇洒去了，赶快跑。不然的话，R8值几百万元人民币啊，修一次说不定就会搞光我一年的所有的开销！

　　又一次溜走了。可是常走夜路的人，哪有不撞到鬼的呢？也是因为玩车，遇到了大麻烦……

　　有一天，谢佳华和另一位法国同事（他们是同一个计算机公司的），去给一家客户修电脑，让我开车送他们去。反正学校还在罢课，闲着没事，给他们当一次司机肯定要请我吃一顿饭，不会吃亏的。

我们下午两点钟去，不到五点钟客户的电脑就修好了。返回到我宿舍附近时，我们三人坐在车里聊天，大家吸着烟，正商量着晚上到哪个餐馆去吃饭（这两个家伙说，修电脑时敲了客户一把）。这时一名警察走了过来，见了我们时，笑着向我们打招呼，我们没有在意。正准备离开的警察，突然转过身来，用手指着我，让我出示证件，说要检查驾驶执照。

顿时，我和佳华大哥都傻眼了。

一开始，我们装傻。假装听不懂法语，听不懂警察在说什么，只是一个劲地对着警察摇头、摆手打手势。可伪装终究是会被揭穿的。很遗憾，车里就坐着一个法国人，怎么能听不懂法语呢！

又来了两名警察，他们看见我坐在驾驶座，又拿不出驾照，也许把我当作是偷车贼了，不容我解释，就用手铐把我铐住了。我、佳华大哥和那位法国同事一并都被带进了警察局。这是我生平第一次犯晕、犯傻、犯迷，确实被吓住了。

因为按照法国的法律，无驾照开车是犯法的，是要坐牢的。在警察局里，开始了"警察与犯人的对话"。

警察问："你是做什么的？"（可能把我们当成恐怖分子了）

我回答："学生，土伦大学的学生。"

警察提出："请出示证件！"

我无可奈何地拿出学生证、长居证给警察看。

警察看了看，没看出什么问题，接着又问："你的护照呢？"

我犹豫了，看其他证件都可以，万一警察把护照给我收了，或者登记在案，那麻烦就大了。

沉默了一会，我从身上拿出了一本护照递给警察，观察警察有什么反应。那是一张什么护照呢？是一张作废的护照！去年暑假回广州时，打算今年暑假不回中国，准备到欧洲其他国家去旅游，就提前更换了护照。旧的护照时间虽然没有过期，可是，护照被截去了一个角。

我考虑，如果不能蒙混过关，被警察登记在案，上了黑名单，那也没关系，新旧护照号码是不一样的，在中国同名同姓的多得很，何况法国人并不认识中文，看拼音相同名字的人更多。

看来法国警察国籍方面的专业知识并不太好，翻来覆去看了半天，也没看出什么问题。谢佳华大哥和那个法国同事在一边帮腔说："你看看嘛，护照的有效期还很长的……"

警察把护照还给了我，又提出："你有驾驶执照吗？为什么无照开车？"

我回答说："有哇，只是在中国还没寄来。"

警察说："你用什么来证明你有驾驶执照，开车是合法的呢？"

是啊，没有证据是没法脱身的。我突然想出一个办法，一个脱身的绝妙点子……

我告诉警察："在我的手提电脑里存有驾驶执照的扫描件，可以作为证明。"然后我让佳华大哥迅速回我宿舍，去把电脑搬到警察局来，顺便把我家里没开封的两罐"铁观音"茶叶也一并带来。

佳华大哥二话没说，赶快拿东西去了。

几个月前，我曾经让王琪在国内给我搞了一个假驾照，花了300元人民币，很逼真的，甚至还有防伪标志，完全可以以假乱真。王琪扫描后，发到了我的邮箱里，问我是不是把假驾照给我寄到法国。后来家里爸妈怕我开车出事，不准王琪寄给我，可假驾照扫描件已留存在我的邮箱里了。

等到佳华大哥搬来电脑，我打开邮箱给他们看，都是中文字，可第一行机动车驾驶证字下面有一行英文，足以让法国人相信，这就是中国的驾驶执照。上面有我的相片，警察们看了看，大概没发现什么破绽，就点了点头。

我把一名男警察拉到屋子外面，看样子是管事的，就把两罐"铁观音"茶叶送给他，说了一些多多关照，大家交个朋友之类的客气话。

佳华大哥在一旁也不停地道歉、致谢。

办事死板的法国人在我们这些灵活的中国人面前，他们开始客气了。看来不仅是中国，全世界都一样，讲究人情世故，礼尚往来。

法国警察说，你有合法的证明、合理的理由，我们给你写一份证明，今后一段时间你有这个证明就可以开车了。好啊，收了礼物是要替人办事的，看来法国人还是讲信誉的。

从警察局出来，我们溜得很快，想跑但又不敢跑，那样太狼狈了。不料，在我们刚出来不久，后面警察又追了上来。我吓坏了，不知又要找什么麻烦。警察追上来，手里拿着一张纸，对我们说，你们的证明忘记带走了。

晕啊！吓死我了……

过了几天，我又去了一次警察局。那是警察要求我再去复述一次个人的基本情况，可能这期间警察会做一些调查，那也没关系。这次佳华大哥陪我到了警察局，几个警察反而对我相当客气，像老朋友似的，可能他们已经查实了我的身份没问题，我知道没事了。我邀请这几个警察周末吃饭，他们竟高兴地答应了。

不过，以后开车要在车箱里放几罐"铁观音"茶叶，遇到麻烦事就能解决，观音菩萨保佑嘛！

FORTY

好莱坞女明星看真人比剧照漂亮

　　有一次，一个相当出名的演出剧团来土伦演出。谢佳华大哥得知后，问我和刘新愿不愿意去看，我想了想，问佳华大哥："门票多少钱一张？贵不贵呀？"佳华大哥回答："不贵，门票20欧元一张。演出就在露天广场！"

　　"那我们去。"我和刘新不约而同地一口就答应了。

　　佳华大哥还补充了一句："那是正规的、大型公开场合的演出，全欧洲都要直播呢。"

　　晚上8点多钟，我开着那辆破旧的"座驾"，到了土伦露天剧场。

　　我们算到得比较早的了，演出还没开始。我们一进剧场门口，两名迎宾女士弓腰欢迎，全身着粉红色服装，穿着打扮像英国航空公司的空姐，很漂亮，个子几乎和我一样高。

　　从她们身边走过，顿时那浓浓的香水味直刺我的鼻子。

　　刘新好搞笑，进门就用中文甩了一句："你看，老子'一拖二'，有福气吧！……"

　　我们三人窜到了演员们聚集在一起的地方。那是一个休息大厅，里面的人已经满满的，那些已经化妆好的演员被观众团团围住，相互交谈着。好多观众、演员，大家照相、合影、签名。

　　参加演出的有好几名好莱坞明星（当然都是女的），看那些明星真人，比相片好看多了。这些好莱坞明星很大方，穿着很随意，和男性观众在一起，主动地上前来搂肩搭背，那些姿态和动作，近似于在向男人调情。有穿吊带的、有穿三角裤的，尽管服饰怪异，可有一个共同之处，那就是全身上下比比基尼还比基尼，搭在身上的遮羞布（布条）是少得不能再少了。

　　和她们照相很容易，只要你摆出一个姿态，那她们与你贴身时，一定会有很风骚的动作。可以说是很不雅观，因为她们陪你照一张相片，你一定要从口袋里掏出20欧元给她！这种场合千万不能带女朋友一起去。我当然也不会错过这样的机会，以20欧元的代价，换取了和这些明星演员的一些照片，还拿到了她们的签名。

　　全场唯独仅有我们三个亚洲人。我们所在之处，这些法国人都在问我们是哪个国家的人，我们不停地解释：我们是中国人！中国人！在这群欧洲人中，我们的黑头发、黄皮肤更加显得帅气。

　　演出开始了，一个偌大的露天舞台，后台好深好深。全场灯光暗暗的，一束束射灯照在舞台上，有多种色彩，不停地交叉晃动。配着刺激、现代的电声音乐，场景很热烈。演出的节目大都是"走秀"，伴随着音乐声，四个、六个或八个女性在台上走动，摆动着舞姿，穿着很暴露、很性感，时而释放出一阵阵烟雾，烘托出场内热烈的气氛。主持人穿插在节目里，解说着什么，与场下观众进行着情感的交流。

　　台下很多记者、观众都在拍照片、拍录像，电视台的实况要向全社会转播。我和刘新用手机偷拍演出的剧照。

　　整场演出几乎都是女性在舞台上表演，随着灯光、音乐的变化，他们的穿着、装束也在改变。一开始穿的是，像我们说的吊带背心、超短裙，后来是"三点式"，超暴露，仅仅能遮住一点点。热辣辣的！

　　也许这就是西方艺术和东方艺术的不同吧！

　　第一次观看这种欧洲的、西方式的演出，直到演出结束，我还没弄明白，这是一场什么演出，算不算是歌舞晚会呢？

回到宿舍后，我将用手机拍摄的这些剧照上传到我的博客，没想到立刻招来一阵阵议论。有的朋友问："你们看的什么演出呀？我怀疑是不是去看跳'脱衣舞'了！"对于这些评论，我没有搭理他们。

可唯独对我朋友王琪，我好好地对他调戏了一番。

王琪正在国内恶补英语，准备去加拿大留学，看到我的这些照片后，他回应我说："法国太好了，我愿意去那里，那里适合我。可以看到很多好莱坞明星、美女明星呀！"已经先去加拿大的王琪的女朋友急了，警告道："王琪，你想找死啊！你吃着碗里的，看着锅里的，小心鸡飞蛋打……"

至今，那些照片还挂在我的博客上，不过已无声无息，没有读者光顾了，恐怕那照片上已经"落灰"了。

第41章
老外也是很八卦的

在我们一群中国留学生中，作为班里比较吸引眼球的女生，林雅菲算是最漂亮了。为此，她也常常会遇到一些小麻烦。

有一天下课，课间休息的时候，林雅菲班上一大堆女生围在一起，叽叽喳喳的，个个都那么兴高采烈。她们在议论什么呢？——讨论的题目是班上哪个男生最帅？

她们还提议，每个女生都要说出一个自己喜欢的男生的名字。有一名女生，平时和林雅菲很要好，她逼着林雅菲回答这个问题，林雅菲无奈，只好想了一会儿，便回答道："我看，班里男生长得都不咋地！"

对这样不伦不类、似乎应付推托的回答，班里那些女生哪里能放过她，大家你一言我一语，硬是要林雅菲说出一个男生的名字。毫无办法的她随便说了一个男生的名字，大家才肯罢休。其实这个男生真的长得很一般的。

哪知道，没过几天，不知是谁把林雅菲的话传到了这个男生的耳朵里，这个男生就来找林雅菲，说希望和林雅菲一起做作业，还提出放学后要送林雅菲回家等等。吓得林雅菲见到这个男生就躲得远远的，后悔当初就说了那么一句话，便惹出了一大堆的麻烦来。

这件事还算是个小麻烦，由于一次相邀到一名法国男同学家里做客，给林雅菲惹了一身的大麻烦，像影子似的甩都甩不掉……

一天上午，天空蓝得像被洗过一样，没有一丝云彩。

两部小车在郊外马路上行驶。

林雅菲和五六名同学坐在车上，一路嬉笑打闹。车子穿过乡村，停在一幢漂亮的房子前。

这是一幢老房子，有阁楼、地窖和一个五彩缤纷的花园。花园里种了很多果树，李子、桃子、无花果、覆盆子……还种了一些时令蔬菜和叫不上名字的鲜花。一丛丛、一簇簇，姹紫嫣红，展露着无尽的生机。

同学们下了车，进到法国同学的家里。这位法国男同学，已经在土伦大学读大二了。他以主人的身份从家里走出来，满面春风地迎接同学们的到来。

法国同学的家里十分整洁，房间的陈设，显示这家人充满了浪漫的情调。房间里有很多花卉和温馨的小饰件装饰着房间，吸引着同学们的好奇心。

午餐是在花园里一棵苹果树下用餐的。第一道是鱼子酱，第二道是火腿配蜜瓜，里面淋着一种很淡的水果酒。第三道是主菜了，葡萄鹌鹑，配的新鲜番茄，还有几道中国菜，豆芽、水晶蒸饺等等。接下来，还有奶酪、冰淇淋和意大利咖啡。

看得出，这餐饭是主人精心准备的。

大家从中午1点开始用餐，边吃边聊一直到下午3点半。

聊天的时候，林雅菲在这种热闹的场面，是不会放弃表现自己的。她不停地、不厌其烦地教在座的法国同学写他们的中文名字。

看着活跃、大方的林雅菲，坐在旁边的一个女同学问："林同学，你要什么样的'派对'男伴？"林雅菲一愣，感到很有趣，居然回答说："我不懂，没什么要求啊。"

别看林雅菲平时会咋呼，但突然听到这样的提问，毫无思想准备的她却不知道怎么回答，怎么应酬了。

很快，东道主男同学来到了林雅菲的身边，向她表白："我愿意做你的'派对'男伴！"

顿时林雅菲满脸通红，一开始她不免有些害怕，心想法国这个一向是开放的国度，难道"派对"的含义不一样？"派对"不就是聚会吗？又不是男女单身"派对"，更不是来相亲的！法国即使再开放，再浪漫，也不可能抢亲吧！想到此，她心里坦然多了，便镇静地点点头，欣然同意接受了这位法国同学的邀请。

两人在一起，谈得很兴奋。不仅如此，同学们男男女女在一起玩得都很开心……

交谈时，这位法国男同学向林雅菲要了电话号码。

太阳不断西斜，阳光透过树冠斑斑驳驳地洒在林雅菲身上，这位法国男同学——林雅菲的男伴似乎很善解人意，几次与林雅菲调整位子，怕太阳晒在林雅菲的身上。

法国男同学告诉林雅菲："欧洲人喜欢晒太阳，法国人拼命想把自己晒成古铜色、深色的皮肤，那样显得更漂亮！所以，我喜欢把太阳留给我。在法国是买不到美白产品的，只有加深肤色的产品。呵呵！"

林雅菲说："我们中国女孩不一样，在太阳下喜欢撑着把伞，怕把皮肤晒黑了。这就是我们的审美眼光不同了。"

法国男同学学过一点中文，那天的"派对"之后，他不停地向林雅菲送花求爱，对林雅菲穷追不放。后来发生了一件事，几乎把林雅菲吓了个半死。

有一天下午放学后，林雅菲突然给我打来电话，听说话口气像是挺急的："张洋，你在哪？快来帮帮我。"

我回答："在宿舍呀，有什么事？"

雅菲着急地说："我放学后，有一个法国男生一直跟着我走，你赶快过来。"

我慌忙问："你现在在哪里？"

雅菲说："我在家乐福商店里，在二楼卖女装的地方。你快来吧。"接到电话后，我立刻拉着刘新一起，往家乐福商店赶去。

到了家乐福商店二楼，我左看右看，怎么不见林雅菲的人影呢？急忙打电话找她，过了一会，才看到浑身打哆嗦的林雅菲从女生试衣间里钻出来。

林雅菲指着二楼电梯口："你看，就是那个男生。"

我和刘新问清楚情况后，就到二楼电梯口找到了那个法国佬。那人一口标准的法语，看样子似乎不像坏人。

我和刘新上前严厉地问他："为什么跟着中国女孩？你认识她吗？"谁知那个法国佬说："我认识啊，是林同学嘛！你们要干什么？"

我又问那个法国佬："你想干什么？"那人回答："我想向她求爱呀！"一听这话，我就好笑，有这么求爱的吗。雅菲的法语不太好，面对这样的纠缠，她是难以应付的。

我警告那个法国佬："不准你跟着林同学，不准你向她求爱，再让我们看见，就对你不客气了。"谁知那法国佬毫不示弱："那是我和林同学之间的事，你们想做什么？谁怕你呀！"他似乎想跟我们打架，上前推了我一把。

刘新法语不好，可山东人是很讲义气的，刘新用中文向我说："老子去揍他一顿。"法国佬好像听懂了刘新的中文语言，看见刘新摆出一副要打架的姿势。

这时只听那个法国佬说，而且是用地道的中文向我们解释："哥们，误会、误会，不要动粗，好说，好说……"

我和刘新一愣，他居然会说中文，撞到鬼了。接着那个法国佬又用中文朝我们说："你们是我朋友！"

……顿时我和刘新有点蒙了。

这时林雅菲走过来劝架，说："算了、算了，我们走吧。"然后又对那个法国佬说："以后不许你再跟着我了……"谁知那个法国佬又甩了另外一句："你是我姐妹！"

这一句词不达意的表达，让我和刘新就更蒙了。

那件事以后，我以为林雅菲和那个法国"派对"男的事情结束了，其实并没有！那个"派对"男依然频频地向林雅菲献殷勤。

刘新经常来我宿舍玩，有一次他告诉我说，最近林雅菲仍然总是从房间里往外扔鲜花，扔在垃圾桶里，扎得一束一束的，有的花束还很漂亮，新鲜动人。

我问道："是什么花？"

刘新大大咧咧地说："那还用说吗？肯定是玫瑰花啰！"

我用十分肯定的口气："我看还是那个法国傻逼在追求她，向她献殷勤呢。"

刘新回答："是啊，送些时尚的东西有什么不好？像苹果手机、电脑之类的，还能给我们用用。可他竟用那么多欧元买一束花？够我们一个多星期的生活费了！"

我们俩都笑了起来！可笑得并不由衷！我们不知道中国女生遇到这样的事情，会是一种什么样的心情！

第42章

糟糕，我的书包丢在车上了

复课了，罢课终于停止了。

一段时间没上课，这脑子里空空的。现在虽然复课了，但仍然没有转入正规上课。照正常的学习进度，本学期的课程是难以完成的。在这学期后续的时间里，要补上前面课程的内容，一点都不轻松。

在复习了一个多星期后，又增加了新的课程：线性代数。枯燥无味的课程，又没有专业老师为我们讲解，我感觉好压抑，完全睡不好觉。没想到课程这么难。

可校方有校方的办法，他们把近几年学期考试的试卷发给大家，说考试的题目就在这些试卷里面摘选，让同学自己拿回去复习。面前一大堆试卷，考试该怎么应付？我自己都担心，没什么信心考试能过关。

没办法，只能找谢佳华大哥帮忙了。

我和刘新商量，这段时间刘新搬过来和我住在一起。我和刘新一起去找谢佳华补课，希望佳华大哥在公司下班后，利用晚上时间帮助我们复习，帮助我们讲解试卷。

佳华大哥答应了我们的要求，可是附加了条件。条件是我们负责做好晚饭，供他吃喝。已经具有准大厨水平的我，当然完全可以满足佳华大哥的要求，帮助他解决晚上的肚子问题并不难。

就这样达成了协议，双利互惠，同时解决了学习考试复习与填饱肚子两大问题。

白天我和刘新照常上课，下午放学后我们轮流去买菜，回到家立即动手开始做饭。为了让临时辅导老师谢佳华大哥吃好喝好，我们够卖力的了。

过了不久，我们迎来了大一第一学期的考试。

考试后讲评试卷那几天，同学们上课到得很整齐，都不敢逃课，毕竟期中考也非常重要。

可是，老天喜欢和我开玩笑，越是重视，就越是不顺……

清晨天色刚刚亮，睡眼惺忪的我从床上爬起，揉揉干涩的眼睛，赫然发现距离上课的时间只剩下20分钟了，坏了，昨晚睡得太晚，忘记调闹钟了。今天迟到了可不得了。

我顾不上吃早餐了，拧开水龙头，喝了一杯自来水，背上书包，直奔公交车站，赶上了那班其实已经铁定迟到的公车。

开学后，我们封存了晨光大哥的"座驾"，如果去上课都开车的话，那我肯定得当司机了，当了司机，一个个同学都会提出一同搭车上学，特别是女生提出，我怎么好意思拒绝呢？

到学校后，迟到了15分钟。正准备冲进教室时，我突然意识到自己缺了点什么。糟糕！人下车了，书包却遗忘在车上。我每天在公交车上都要打个盹，可能是迷迷糊糊地就把书包挂在了座椅上，下车忘记拿了。

书包里有我所有的课本，有乘车证、学生卡，还有几张银行卡等。这些东西对我来讲很重要，即使谁捡到也不能卖钱，拿去没有用。想到这里，我心里稍微踏实了一些。

我好不容易地，心里忐忑不安地听完了上午的讲评课，待中午放学后，便心急火燎地赶到公交总站查询我书包的下落。

接待我的是一位40多岁的中年法国男人，我仔细地向他讲述了我丢失书包的经过。这位男子态度不错，面带笑容地向我点点头，然后就进到办公室里去了，当时，我的心里那一块石头似乎就要落地了。

我满怀信心地等结果，等待着他把书包给我拎出来。谁知他磨蹭了半天，却递过来一张小卡片，他让我下午再打上面的电话来查询。我内心咯噔一声，不安的情绪瞬间充满全身。很显然，书包真的丢失了，在公交车总站想拿回书包的希望，似乎已经破灭了。

我接过这个男人递给我的一张小卡片，下意识地去摸我的手机，糟糕，手机没带。早上急匆匆地出门时把手机忘在家里了，真是不巧！在法国一年多还没丢过这种丑。好在学生证里夹着有我住的地址和手机号码，但愿有奇迹出现。

我再也没心情上下午的课了。于是，我乘车回到了宿舍。

到了下午，我照小卡片上的电话号码拨过去，接电话的是我乘坐那班车的司机，我反复向他讲述了丢失书包的情况，可得到的回答却是：不知道……没看见……最后对方的回答是"你或许该到警察局去备案"，电话就此结束，对方再也不搭理我了。

正当我心烦意乱，盘算着到警察局报案的时候，我的手机"嘟"地响了一声，发来一条短信。我急忙战战兢兢地打开手机，哇！有短信留言。短信告诉我，捡到一个书包，里面有学生证，叫什么什么，问是不是我丢失的。还说稍后再跟我联系！

我顿时兴奋了！并"嘟嘟嘟"地发去一连串的短信留言。

等待，漫长的等待！其实也只有10多分钟时间，一阵阵清脆的电话铃响了，电话终于打来了。一个年轻有活力的女声，以听着就舒服的语调说着标准的法语，向我叙述了捡到书包的经过，并约我在我家附近的麦当劳见面。

放下电话，笼罩在我心中的阴霾顷刻间一扫而空。

麦当劳门前，来了两个女生，朝我这个方向走来。我猜想就是要找我的人，因为当时行人已寥寥无几。

我迎面迎了上去。

不等我先开口，其中一名法国女生很有礼貌地向我点点头："你好！"我也跟着说："你好！"

女生问："你叫什么名字？"我回答："我叫张洋。"女生又问："是你丢失了书包？"我点点头："对！今天早上我去上课，书包不慎忘在公交车上了！"

我下意识地看了看白人女生的肩上，挎着的正是我为此着急了一整天以为再也找不回来的那个书包！

女生大大方方地把书包从肩上取下来，递给我："你看看，这个书包是不是你的？"我急忙把书包接了过来："是我的！太感谢你们了！"

我仔细查验了书包，里面东西都在，就很礼貌地顺口说道："谢谢！没有丢失。"交谈了一会，我问她们会不会英语，她们说会一点，但是说得不好。接着那个女生又说，我叫Jeanne（珍妮），你已有我的电话了，以后我们做朋友！

我连连赞同地应道："好，好！"

在法国这个富有浪漫元素的国度，法国人大都爽快、直接地把要说的讲出来，不会太过羞涩。

临分手时，我高高地扬起手，向她们告辞："再见！"

人倒起霉来，放屁都砸脚后跟，喝凉水还塞牙。考试评卷那几天，我算体会到"屋漏偏逢连夜雨，破船再遭打头风"这句话的含义了。真是倒霉的事一件接着一件。

法国的交通比较方便，公车单张票的价格是2欧元，月票是每个月30欧元，我们留学生一般都办学生票年票，法国政府对青年学生办年票还有优惠，年票一般300欧元。

公交车是无人售票，每次乘车都必须刷票，刷不刷票都没有人监督，只是偶尔会有人查票，由于查票的几率较低，如果不是天天坐车，买月票年票的话，偶尔也会有人逃票。

有一天放学回家，公交车站的人相当多，上车的时候，一大群老头、大妈及阿拉伯人一齐往车上挤，我当时在车门口，把票掏出来还没来得及刷，拥挤的人群猛地把我推上了车，我看见后面一堆黑人和一个妇女发生争吵，大概是那个妇女被踩住脚了，他们在车上争吵，车厢里乱哄哄的。

我愣了愣神，正看他们吵得热闹的时候，一个老头从后面拍了拍我的肩，我扭头一看，衣服挺眼熟，再看看胸前的标签"ＲＡＰＴ"（公交系统的简称），脑袋"嗡"的一声，我当场有点慌了，真他妈的像个幽灵！只见老头铁青着一张脸，严厉地对我说："请您出示车票……"我靠！没那么不走运吧。

　　我赶忙赔笑地跟老头说："对不起，先生，我还没来得及刷票呢。"老头二话不说，夺过我的票，翻来覆去地看，又说："请您出示证件。"

　　我忙解释，我买了学生票年票，每天坐公交车上学放学，都有刷票。因此我没必要逃票……

　　可那老头怎么也不听我的解释，真的是铁面无私。我无奈地拿出学生证双手递交了过去，老头看了看，又要我出示身份证、银行卡和支票什么的，遗憾的是那天我都没有带。

　　公交车到站了，那位铁面无私的老头对我说："你跟我一起下车。"下了车，那老头就去开票，开罚单。我心里很不爽。如果不是有人挡着我，我早就刷票了，如果我坐下班车，就不会有今天这桩事了。

　　可许多的如果都已晚了！

第43章
用法语和老外吵架

　　有一天下午，我在厨房剁肉，突然"嘭嘭嘭，嘭嘭嘭"有人敲门，我开门一看，来人是刚搬来的新邻居。这位新邻居也是土伦大学的学生，是个摩纳哥人，一个多星期前搬到我的隔壁居住。

　　这位新邻居从来没和我打过招呼，干吗突然来敲我的门？我有些迷惑地问道："同学，有什么事？"新邻居满脸不快地对我说："你在厨房剁肉，我的电脑屏幕会一起摇动，请你停下来。"

　　哦，原来是这样，我急忙道歉："对不起！我可以轻一点。这房子隔音不好。"我的动作自然就轻了。

　　原以为事情就这样过去了。没想到，过了一会儿，这位新邻居又来了。当时我正在厨房炒菜，新邻居一进门，就指着我骂："你是怎么搞的，炒菜那么多油烟，整个楼层都是油烟味、辣椒味了，弄得我嗓子里痒痒的，呛着我了！"

　　对他的指责，我没理会，中国人做饭本来就是这味道，我不能因为他的投诉而不吃饭吧。于是，我在他面前，故意朝锅里又多放了一把辣椒，一股浓浓的辣味，直扑鼻子。呛得他不由自主地往后退，然后捂着鼻子不停地打喷嚏。这下，好像激怒了他，他用法语大叫着说："你个蠢猪。你懂不懂法语呀，听见没有吗！"他用法语骂人，以为我听不懂，他哪里知道，法语那几句骂人的粗口我早就学会了。

我用法语回答他："你才蠢猪呢！"接着用中文狠狠地回骂了他一句："滚你妈的蛋！"他听不懂，不知道我说什么，我向他笑一笑，竟然他也跟着我笑呢……

吃晚饭的时候，我把这一段故事讲给刘新和佳华大哥听，大家笑成一团。佳华大哥伸出大拇指，对我说："张洋，你好厉害。能用法语和老外吵架了，有进步！"

这件事情后，他虽然没有再来敲门烦我，可我们之间的"战斗"仍在继续……

周末早上本来想睡个懒觉，可隔壁的摩纳哥同学不到早晨8点，就打开音响听音乐，声音越搞越大，吵得就像打雷一样。

8点半，我被吵醒。终于，我一怒之下，冲到隔壁，按响了门铃。摩纳哥同学打开房门时，我强忍了忍，很礼貌地告诉他，请将音响音乐开小一些，不要一早就吵着我睡觉，结果他说："好吧，我开小声点。"我说了声"谢谢"，又回去继续睡觉。

谁知20分钟以后，他的音响又开大声了。

老子也不是好惹的。一气之下，我悄悄地去把他的电闸给关了。过了一会，这个新邻居就吵了起来。他估计是我干的，猛砸我的房门，我打开房门，他气呼呼地对我吼叫："你为什么关我电闸，我正在用洗衣机（边洗衣服边听音乐），你的行为很不好。"

我反驳说："你凭什么说是我关的电闸，是你影响到我们大家了。"

他竟然说："我要叫警察！"

我说："你叫吧，我才不怕呢！"

大不了我就搬走，跟这种不讲道理的人住在一起真是倒霉。下次再吵我，我不但要关电闸，而且还要去剪断他的电线！

还有一次，我正在做晚饭，谁知新邻居又来找麻烦，他来到我宿舍大声喊叫："请你剁肉小声点小声点，影响到我上网了，跟你做邻居算我倒霉。"

当场我就来火气了，不由自主地用中文骂道："你说什么，你个傻帽，不愿和我做邻居就给我滚蛋。"说完我一凶，拿把菜刀追出来，用法语骂他，我说："你是谁啊？难道你不吃肉？难道你要我为你不吃肉？"可能他看我个子大，怕我揍他，赶快就走了，嘴里还念念有词地说："你等着，你等着……"

我说："要我等着你，你就别跑！"

过了一会儿，他回来道歉了，说他刚才脾气太大了什么的。看来人善被人欺，马善被人骑。我不对他凶他就不怕我。

不久，这个摩纳哥人又开始找事了。

有一天我发现，在我宿舍门上贴了一张字条，上面写着："里面的人请小声点，不要影响其他人休息！"

我立即找来宿舍管理人员，问这张字条是谁贴的，虽然明知是那个混蛋邻居干的，但我必须明知故问。看到我气愤的模样，大概宿舍管理人员也怕惹事，便如实地告诉了我贴字条的人，结果不出所料，就是那个傻帽干的。

于是我拉着宿舍管理人员砸开了这个摩纳哥人的门，将撕下来的字条扔在他身上，我愤怒地说："你凭什么说我影响了其他人休息！你可以指名道姓，凭什么写字条贴在门上，坏我的名声？"

摩纳哥人见我凶狠的样子，顿时愣住了，他哑口无言，没有和我争吵。

当时的我连指带骂："是你——"我指着摩纳哥人："你早上故意打开音响，不让我休息，影响到其他邻居，凭什么往我身上扣屎盆子。"

我得理不饶人，骂声滔滔不绝。摩纳哥人一定想不到我的法语竟然如此好，那些法语脏话，我已经背得流利自如。当时看热闹的人越来越多，而且这层楼住了不少中国的留学生，他们都来帮腔，你一句我一句，整个场面都在帮助我。

摩纳哥人见自己的处境很被动，便开始软下来，向我连连道歉："对不起，对不起！"

那天我狠狠地出了一口恶气！从那次事件之后，摩纳哥人再没有找我的麻烦。我们之间的"战斗"大概结束了，偶尔见了面还打打招呼。

我们之间的"战斗"结束了。但是，新的矛盾又来了。

大概是我们这个宿舍的管理人员看我不顺眼，存心找我的"碴子"，使我难堪……

有一天，宿舍管理人员通知我，说我没交电费，要我赶快补交，否则就要断电。

真是奇怪了，怎么会没交电费呢？

　　我想起来了，也是在两个多月前，有个电费公司的人上门推荐，说交电费转到他们公司去办理，每个月可以便宜4欧元，4欧元为40元人民币，一年下来也可省下不少钱，好几百元人民币啊。于是我就和这家公司签了合同，把原来电费公司的账单给了他，让新公司去处理老公司的事情，去衔接好就可以了。

　　谁知道，两个多月过去了，事情还没搞掂。

　　我赶紧抽时间到新的电费公司去查，可新的公司查不到我新的合同，回答说可能还没有从公司总部转下来。我又到银行去查询，这两个月扣了我的电费没有，结果是没有划扣，老的电费公司停止了扣划，新的公司又没有扣电费，我的电费不知道该怎么办？

　　不出我所料，由于这两个月没有按时交纳电费，一向对我比较温和的宿舍管理员突然变了脸，训斥我为什么会如此。我没法解释，也说不清楚到底问题出在哪里？我只好用沉默的态度，任他怎么喊、怎么叫都不理他，不回应他。

　　管理人员把我逼急了，我就大声告诉他，你去找电费公司呀，是他们没有扣啊。我拿出新的合同给他看，关我什么事啊？房东看了一会，气冲冲地离开了。

　　过了两天，宿舍断电了。我只好过"原始社会"的生活了，没有电脑，没有网络。任凭我对宿舍管理人员怎么解释，也没有用，不等我补齐电费是不会给我拉上电闸的。

　　我只好又数次跑新的电费公司，向办事人员说明情况，请求公司尽快帮我补交电费。这件事折腾了好几天，大概过了一个星期，我接到新的电费公司的通知，我宿舍的电费已经正常划扣了。

　　那个恶魔一样的宿舍管理人员才给我拉上电闸。

FORTY-FOUR

第44章

球场上最终击败野蛮对手

　　一天晚上，我莫名其妙地接到一个电话，我一按下接听键，对方的语句里没有了那种"喂、喂、喂"的中国人的习惯用语，很显然不是中国留学生打来的。那带有法国南部浓浓的地方法语发音习惯的话语传到我的耳朵里，我当即判断出是法国人打来的。

　　对方听到我迟疑了一会儿没有答话，就急忙介绍："你好，我是同学Xavier（赛维尔）。"

　　我想起来了，班里有位同学叫赛维尔，是个男生，在班里很活跃，老师经常把一些学校安排的活动交给他组织。赛维尔懂一点中文，在学校时不时和我搭讪几句，是个对我很友好的同学。

　　赛维尔在电话里告诉我，学校组织篮球赛，星期六安排我们计算机系与数学系比赛，他问我愿不愿意参加——大概他看我个头高，试探我有没有这方面的兴趣和特长。

　　不知道是不是因为心里太兴奋还是什么别的原因，我一口就答应了下来，甚至忘记了做饭时手上不小心被菜刀切到的伤口还在痛着。因为在中国读高中的时候，我的篮球水平已经打入校队了。

星期六的早上，我饭也没顾上吃，就开车赶到比赛的地点，那是一个靠海边的体育场。那天天气很冷，那里的场馆很大，分好几个球场同时进行比赛，球场四周围满了观看的人群，他们大部分是土伦大学的学生，是为自己的球队呐喊助威而来的。

上午9点多钟，我们一个队里的球员彼此连样子都还没看清，就换上队服，开始了与数学系球队的交锋。这天总共要打两场。第一场球输得很彻底，上去没一会儿就败下阵来。对手几乎是把我们队还没搞清楚状况的五个人"按在地下打"，比赛的过程中甚至出现了整节都没有一个进球的状况！

虽然我的打球水平还不差，可体力不行。法国学生技术都很一般，可身体壮。有好几次我去撞他们，结果自己却被撞飞了一米多远。

真是撞得实在，一下就撞到了我的腰上，疼得我站都站不起来。

我心想，那家伙还真野蛮，我哪里是他们的对手啊！

这样的"惨状"似乎把我们从"游戏"的心情瞬间转换为"战斗"的状态，同时也激发了我们的斗志。对方依旧保持着他们傲慢的心态，殊不知中国人都是用脑打球，对于那些四肢发达、头脑简单的家伙，我开始避开他们的锋芒，再灭掉他们的威风。

第二场，我们的队员从陌生到熟悉，不断地用身体去"体会"队友下一步的行动，精彩的进球越来越多，我们的表现也越来越好，这一场球，我们赢得很漂亮，对于一支互不相熟的队伍，能呈现出这样的一场比赛，已经很不错了。

打完这次比赛，全身酸痛了一个星期。来到法国还从没在篮球场上真正潇洒过，这次比赛找到了一点高中时的感觉。

比赛结束后，队友们彼此祝贺，都称赞我篮球打得不错，问我为什么平时没在球场上出现过？我笑了笑，没有回答。因为只有我知道，一个放学后还要回家自己烧菜做饭洗衣服的留学生，时间是不允许他出现在球场上的。

最后走的时候，那个撞我的球员和我握握手，还说："朋友，打得挺好的。"我用手护着腰，心里骂道："好什么好，我的小蛮腰痛的啊！哎哟！"

我以为那个撞我的球员看到我的护腰动作，会有愧疚感，也许还会说一些解释或者安慰我的话。谁知他向我伸出右手，竟大大咧咧地说："朋友，借我电话用用。"

我心里想，这个家伙，真是不要脸，连句道歉的话都没有，还好意思向我借电话。尽管心里不舒服，但我还是从包里拿出手机递给了他……

留学生在国外，有点特长还是好，至少会被同学们高看一眼。

慢慢地和同学们熟悉了，我们之间多了一些交往。

有一天晚上，我吃过晚饭后，正准备复习功课，楼下叮叮咚咚地传来一阵阵的喧哗声。我强迫自己静下心来好好看书，完成今天预定的学习计划。

突然，"咚咚咚，咚咚咚"，有人在敲我的房门，而且声音很急促。我心里有一丝的不爽，开门一看，是两个外国留学生，而且两个人都穿着黑色外套。他们是在上次篮球比赛认识的朋友，也和我同住在一栋宿舍。

我心里一惊，是不是来找我麻烦的。

谁知，那两个哥们非常有礼貌，他们问："同学，你在干吗？你现在有时间吗？"我很奇怪，我干什么关你们什么事？可看他们友好的态度，我也有礼貌地回答："我嘛，在看书啊。你们有什么事？"

其中一位同学说："我们楼下附近的露天小酒吧组织了一个派对活动，想邀请你参加。那有好多同学。"

什么？派对活动？我搞不懂他们葫芦里卖的什么药。拒绝吧，不礼貌！那怎么办？我灵机一动说，我还有两个朋友，现在也在这个楼里，我可不可以叫他们一起去？因为这栋楼里还住着一些中国留学生。

那两个留学生点头同意。随即我去叫了两个中国留学生一起，去酒吧活动。我们随两个外国同学刚走到酒吧门口，就听到许多人在大喊："欢迎！"我们一看，吓了一跳，原来酒吧里男男女女已经聚集了不少人。

我们互相问候后，才知道这是一次留学生自发组织的男女生派对。目的是大家互相认识，热闹热闹。

不一会儿，聚集的人越来越多。

这个小酒吧的老板跟我很熟，我们经常互相开玩笑。有好几次我去酒吧玩，他总是欺负我，还找人来灌我的酒喝。但每次都免费请我吃饭。

酒吧老板看见我去了，十分高兴，大概是今天他的生意那么好的缘故吧！他硬拉着我，向我一一介绍酒吧里的女生……

然后他把我拉进吧台，要我融入她们之中，一起跳舞喝酒。我开始特别的尴尬，不知道说什么，也不知道用什么语言表达，更不知道我应该干什么。

看着我傻傻地在吧台中央，被老板戏谑的样子，逗得那些周围的朋友一阵哄笑，时而还夹杂着口哨声。

老板问我："会跳舞吗？"我说："不会。"

老板又问："那就喝酒？"我知道如果我什么都不答应的话，可能下不了场的。就应承道："喝酒吧！"

不一会，老板端来一杯调好的鸡尾酒，当着所有人的面对我说："洋，你敢不敢喝我们最有特色的鸡尾酒？"

我看着身边众多的美女，壮着胆子，毫不犹豫地答应了。

老板对着我解释道："这是我们酒吧最烈的酒。"然后又起哄："我们要'洋'喝下去怎么样？"旁边的人一起拍手鼓掌。

这杯酒，在酒杯里也就拇指那么多点，难道比中国的60度二锅头还厉害，我就不信了。一咬牙，拿起酒杯直接就干了。

结果不到10分钟，我就醉倒了。第二天醒来后，按老板用法语解释的名字，我查了一下词典，这种酒的名字翻译成中文特别难听，叫做"睾丸果汁"……

从这次醉酒以后，我经过这个酒吧时，老板总是得意和开心地冲着我笑，我被要了一次，可也没吃亏，老板又免费请我吃了好几次饭。

FORTY-FIVE 第45章

喝葡萄酒不能一口"闷"

自从上次篮球比赛以后，法国同学似乎对我热情了。

有一天放学后，赛维尔问我家住哪里，并表示愿意开车送我回家。我说："好啊。"接着他又出乎意料地问我："我想邀请你到我家去做客，去喝酒！"满脸狐疑的我没有考虑更多缘由，又是一口应承了："好啊，你家在哪住啊？"对这样的善意相约，作为礼节，我是不能拒绝的。

在一个假日里，赛维尔开车来到我的宿舍，接我去他家。我们的车出了土伦，沿着海岸线一直朝西边延伸，一路上我看见在从水中高耸而出的陡峭山坡上，爬满了葡萄藤。

在车子行驶半个多小时后，眼前出现了漫天遍野的熏衣草，赛维尔的家就坐落在面向地中海的山坡上的一个小村里。那里是著名的普罗旺斯葡萄园大区。

原来赛维尔的家是当地比较出名的葡萄酒生产世家。

有朋自远方来，不亦乐乎？这句话用在现在的赛维尔家最合适不过了。虽然我是一个小小的中国留学生，可他一家按照法国的规矩热情地接待了我。在我跟赛维尔的爸妈相互问候以后，赛维尔带我去参观他家的葡萄园。

虽然还是寒冷的冬天，可置身于这片奇特的土地上——眼前湛蓝湛蓝的天空，空气中洋溢着淡淡的花香，弥散在一望无垠的葡萄园里，此情此景，我仿佛来到了诗一般的童话里……

远处，海鸟的鸣叫声以及海浪的拍打声，随着轻柔的海风往山上涌，在这里，可以说充满了地中海式的悠闲。

赛维尔告诉我，普罗旺斯是法国最古老的葡萄酒产区，最著名的就是这里的桃红葡萄酒。桃红葡萄酒颜色呈现淡淡的玫瑰红色，它清澈、透明、干爽、优雅，香气浓郁，普罗旺斯桃红葡萄酒产量占到80%，占整个法国桃红葡萄酒产量的45%还要多。在法国，酒是一种生活艺术，是一种时尚，更是一种新的生活方式，是餐桌上必不可少的组成部分。

于是，在赛维尔家午餐时，我着实地好好品尝了一番。

回到赛维尔家里，我向他父母问候以后，大家就围坐在餐桌旁，桌子上摆满了一大桌菜，这时，赛维尔父亲把大小酒瓶一个个地端出来。

赛维尔拿着一个酒瓶对我说，这是我们自家酿的葡萄酒，边说着边小心翼翼地往我的酒杯里加了一点，让我尝尝，我端起酒杯，装作很斯文的样子，看着赛维尔喝葡萄酒的样子。赛维尔摇晃着酒杯，轻啜一口，细细品尝从酒杯里漫溢出的清香，我也照此动作，喝下了一口，体验这喝葡萄酒的情调。

我心想，这喝葡萄酒慢腾腾的节奏，那要喝到什么时候呀？

我们一边吃着各种口味的小吃，一边谈论着酒……

我介绍说，在中国，大多数老百姓都喜欢喝白酒，我的习惯是"一口闷"。我还用法语讲了几个中国人劝酒的小段子：什么"感情深一口闷"，"感情浅添一添"，什么叫"深水炸弹"，逗得他们一家人哈哈大笑，这样的气氛一直延续了很长时间……

渐渐地我们的谈话转入了正题，赛维尔对我说：由于现在国际金融危机，葡萄酒过剩，他们家，以及一些普罗旺斯的葡萄酒商家，听说中国市场巨大，他们想把酒卖到中国，将最纯正的法国红酒分享给中国的消费者！

我也知道，在波尔多，一些中国留学生在法国人酒庄里打工，帮助销售葡萄酒。赛维尔还说，波尔多有的酒商，他们还到中国去开展销会，中国人提起法国红酒，就认为拉菲的好，其实我们普罗旺斯的葡萄酒也不错啊！

对赛维尔的邀请，我求之不得。在我们进入留学生活的第二年，由于语言交流、人际关系已经有基础了，我的好多同学跃跃欲试，开始学做生意了。而法国红酒世界闻名，引进到中国去销售，也是个好主意。

来到法国后，法国人给我最强烈的印象就是喝酒，法国人似乎总是与酒为伴，他们喝酒跟喝水一样。大清早，总能在路过咖啡厅时，看见有人坐在外面吃早餐的同时还不忘喝上杯啤酒。每天下了班的人总要到小酒吧去喝上两杯，或者在家里喝点开胃酒。享用美食时更是少不了红酒，一口肉一口酒，他们简直像活神仙似的。

法国人个个都像品酒高手，只要是谈到酒，他们总是那么头头是道。法国人喝酒很文雅，不像我们中国人那样拼命劝酒，也不会大口大口地灌，他们总是那么轻轻地抿上两口，然后吃吃饭、聊聊天、看看球、听听歌，就这么慢慢品慢慢饮，有滋有味。

在中国卖葡萄酒，我想到了李冬明。

他回国后在做什么呢，好长时间没和他联系了。我想拉冬明来一起合作，在广州销售法国红酒。

当晚，我在QQ上给冬明留言，详细地介绍了赛维尔一家的情况，上传了一些资料和照片。很快得到了冬明的回话，冬明表示愿意一起合作。

我和冬明又约好时间，面对面通过视频交换近期的情况。

李冬明回国后，一开始家里人都很高兴，可时间长了，矛盾就出来了。学业没有完成，留学中途而废，让爸妈心里总是有个结。

有好几次，冬明爸试探着问他："冬明，你回来好几个月了，是打算继续读书呢还是做些什么？今后你打算怎么办？"弄得冬明心里很烦。

冬明爸托人给他找了几个工作，但都被冬明拒绝。因为不是工资太少，就是不喜欢。高不成低不就，就一直在家待着，成了名副其实的"海带"了！

李冬明告诉我，前不久，老爸终于忍耐有限，向他发出了最后"通牒"，给你半年时间，家里就开始"断粮"，不给生活费了。如果回法国继续读书，则另当别论。所以，对我提出的销售法国红酒的项目，他正求之不得……

"给我一点时间，让我做些准备。"李冬明最后向我表了态。

自从我和冬明通话以后，冬明开始做市场调查，几乎跑遍了广州红酒销售公司、酒吧和餐厅酒楼，查阅了有关资料，确定把普罗旺斯桃红葡萄酒定位为婚宴酒，并在酒吧专门向女士推销，等等。

不仅如此，冬明与朋友一起，决定做一个B2C的电子商务平台，专门网络营销红酒。冬明他们了解到，目前中国红酒消费市场有超过1000亿元人民币的年消费规模，中国进口红酒约有60%来自欧盟，其中35%左右来自法国。

中国市场潜力巨大！

冬明的努力和设想，自然得到了他爸妈的支持。为了儿子的前途和事业，他们什么都愿意做。冬明的家族公司就这样成立了，公司三个人，分工很明确，老爸董事长，老妈总经理，冬明担任市场总监。

网站取名为：法国喜登堡红酒庄。

在法国这边，赛维尔父亲挑选了一部分各个品种的酒作样式，由我发货到广州，在冬明的家族公司里试销。

冬明爸托朋友帮忙，邀约了广州某大报的记者，给这个"喜登堡酒庄"写了篇报道，以冬明为题材，介绍留学生是如何走上创业这条路的。尽管我们心里并不想这样做，可为了"红酒"事业，为了我们的"国际贸易"，冬明和我给予了配合。

赛维尔带我到他家葡萄园，到酒窖拍了一组照片。我把和冬明这一"红酒"创业的经历写成稿件，然后用重重的笔墨介绍了赛维尔家的葡萄酒，介绍了美丽的普罗旺斯……事过不久，广州这家报纸登载了这一报道。那一组熏衣草、酒窖、树荫下我和赛维尔一家在一起品酒的照片，看起来还是蛮有吸引力的。

可想而知，宣传的效果是很好的。让大家知道，在"喜登堡酒庄"不卖假酒，不卖山寨货。特别是用来送礼的，贵一点都无所谓，图的是买得放心。

我和赛维尔开始向广州发货，一箱箱红酒源源不断地发过去。为了开拓市场，我只赚少少的佣金而已。

而冬明却进一步设想，希望赛维尔家族和他的家族公司在广州共同做普罗旺斯桃红葡萄酒酒窖，这样可以省很多成本。不久，李冬明也许从我们操作的方式中得到启示，又与波尔多的同学联系，开始从波尔多进口不同品牌的名酒。

FORTY SIX

第46章

教法国佬"垒长城"

对于赛维尔的友好态度，作为具有东北人血统的我，当然也会投桃报李，我心里盘算着怎么回请他一次。中国人的传统观念就是"来而不往，非礼也"。

请他吃饭吗？那太简单了。思来想去，我想到了一个好主意。你法国人不是推崇葡萄酒吗，而我们中国不是有麻将吗？正好，这个法国佬会说几句中文，那就好办了。教他打麻将，和法国佬一起玩"垒长城"，让外国朋友了解中国文化，弘扬国粹，这恐怕还更有意思些。

有一天，我问赛维尔："你知不知道我们中国有一种活动，叫作打麻将？"赛维尔想了想，回答我说："是不是——？"他用手模仿着打麻将和搓麻将的动作。

我说："对！就是这种麻将。"

赛维尔学着我的汉语："麻将！"哎呀，我的妈呀，他那"麻将"两个字变调的汉语，音调不知左到哪里去了，比我唱歌还要左！赛维尔似乎对麻将并不陌生，他对我说："我见过，你们中国留学生不都喜欢玩麻将吗？"

既然赛维尔知道麻将是怎么回事，那就好办了。

我当即邀请他周末来我家打麻将！

星期天假日，我请来了何国华、董玉莹、林雅菲和刘新。不用安排，董玉莹当之无愧地承担了做饭的重任，其他三名同学和赛维尔正好凑齐人数，我这个"半吊子"麻将技术的旁观者，其任务是担任赛维尔的"场外指导"。

开始打麻将前，我先给赛维尔上课，先教他认牌。打中国麻将必须要讲中国话才行。我用中文教他每个麻将牌的读音，从条子、筒子、万字，到东西南北风等等，一句句教他。对老外来说，过这一关似乎不太容易。在教赛维尔怎么认牌以后，我就开始给他讲解怎样洗牌、抓牌，怎样打牌……

讲打牌最费劲了。

赛维尔看着面前摆满了的小方块，犯愁地问："这么多牌，哪个牌最大？怎样才算赢？"玩纸牌有大王小王，还有"炸弹"什么的，可麻将呢，偏偏反其道而行之，张张牌都对等，每一张牌都有可能是最后取胜的关键。

不知道打了多少比喻，反复讲了多少次，赛维尔才慢慢明白了"碰"、"吃"、"胡"是怎么回事，怎么才算赢。

开战了！四个人开始"垒长城"。

洗牌、抓牌赛维尔很快就熟悉了，可出牌那个速度啊，慢得像蜗牛一样。刚刚还有点兴奋的那个"三陪"（三个陪人），等得有些不耐烦了。

刘新催促道："你这出牌速度太慢了，快点快点，这样是叫浪费我的手气……"

林雅菲用中文对我们说："他们老外呀，很幼稚的游戏都可以玩得很高兴，别提打麻将这种高智商的活动了，一时半会是学不会的！"

何国华用中文对我说："你这是惯着他们了！"

我们几个人悄悄地笑起来。

正在低头看牌的赛维尔看见我们在笑，他也跟着笑了起来。我心里想，老外真傻，只会傻笑。你笑什么呢？我们笑什么你懂吗？

"碰"！赛维尔出了一张牌，大家跟着出牌，赛维尔似乎已经上手了，他那天每一把牌抓得都挺好，可运气不好，一直都没"胡"。老外就是老外，他说话声音大，出牌动静大，那变调了的汉语在出牌时不管别人出什么，他老是说"碰碰碰……"就没有喊出第二个字来。

刘新不耐烦地说："有没有搞错呀？哪里次次都是碰呀，把我头都碰晕了！话说错了要扣分的。"

林雅菲加重语气："我们在中国打牌，是要来真钱的，就你这麻将技术，肯定输定了。"

正在兴头上的赛维尔好像什么也没听见，继续倒腾他面前的"长城"，嘴里还嘟嘟囔囔地不知在说什么。看得出他玩得挺高兴。

差不多玩了一圈了，一直在输的赛维尔猛地一拍桌子，桌子上那一大堆麻将噼里啪啦地跳了起来。刘新瞪着赛维尔，不解地问："喂，哥们，轻点轻点。"

赛维尔大喊一声："胡了！你们看，胡了！"说完推倒麻将给大家看。三个陪人仔细一看，顿时傻眼了，不仅真的"胡了"，而且是庄家自摸清一色一条龙外加暗杠。

我笑了，对大家说："你们三个人'胡了'好几次，都抵不上他胡了一把。"

刘新找借口："好久都没玩了，手生了手生了！"

赛维尔在"胡了"一把之后，咧嘴笑了，越打越来劲，一直不肯罢手。

那天赛维尔玩得好高兴，待董玉莹做好饭菜，喊了好多次，大家都不肯收摊。直到下午2点多钟才吃午饭，吃完饭又接着玩，一直玩到天黑。

收摊后，我开玩笑地对赛维尔说："建议把中国的麻将向世界推广，列入奥运会，作为正式比赛项目。咋样？"

赛维尔不舍地说："下个星期我们再来玩！我们玩来钱的。"

刘新不客气地告诉赛维尔："好啊，下次赢家请吃饭！"

赛维尔："为什么？"

何国华："打牌的规矩嘛！"

大家一齐笑起来。

第47章
两个女生成了商店超级VIP

　　我注意到，林雅菲、董玉莹她们时不时换件名牌衣服，还经常妖艳八怪地化化妆。她们似乎更加潇洒了。我不明白，是中了什么邪！

　　直到有一天，林雅菲约我去逛商场，我才弄清楚她们在做什么……

　　新年前后，正是法国商场的打折季节。那几个月，正是世界范围内的经济危机，法国的经济状况不太好，一些商场的商品打折提前来到了。基本上所有的商店都会打30%～50%的折扣，有些甚至更高，包括一些世界名牌。

　　打折的规律是：刚开始时打折的程度很低，但是东西多可供挑选的余地也就多。越到后面折扣越大，只是几乎所有的好东西都被挑走了。每年的这个时候都是疯狂抢购的好时机。

　　我和林雅菲逛到卖衣服的地方，看到一大堆人在那挑啊、试啊，十几个妇女每人手拿十几件去试衣间试衣。我们俩也凑进去看了看，真便宜啊！一件名牌西装只卖多少钱？原来想都不敢想的，现在居然只卖5欧元，不到50元人民币。这打折也打得太离谱了。

法国的文化是很浪漫的，可法国人却是很实在，或者说很死板的，商品的打折也是实实在在的。

当时商场标出西装的价格，我根本不相信，我挑选了一件米黄色的西服上装，试穿了一下，不错，很合适。我就问营业员："这件西装多少钱？"

那是一个三十多岁的胖女人，她伸出右手5个指头说："你看，就这么多钱。"我重复问道："5欧元？"

"对，5欧元！"营业员点点头。

我拿起衣服，立即交了5欧元，然后拉着林雅菲马上就走，而且走得特别快，像做贼似的！

林雅菲不明不白地被我拉着跑了一会儿，她甩掉我的手，不理解地埋怨道："跑那么快干什么？又不是在做贼！"

我解释道："怕营业员又追上来说，喂，刚才衣服价格搞错了，不是5欧元而是50欧元，那不就惨了！"

林雅菲顿时笑道："你个傻瓜，打折季节，就是这么便宜。"然后又说："看来你逛商场次数太少，这一段时间，我和董玉莹经常来这里淘便宜货的。"

林雅菲又带我来到卖化妆品的专柜，仔仔细细地挑选她要买的东西。什么香水、彩妆、乳液、面霜、面贴膜、眉笔、唇膏、唇彩，不一会儿，她挑选了一大堆。

我不解地看着她："喂，林同学，你这是干什么，要开商铺啊？"

"对，你说得没错，就是要开商铺！"林雅菲丝毫不像是开玩笑。

在我的追问下，林雅菲才如实地向我坦白。

林雅菲告诉我，她和董玉莹在国内淘宝网上开了个商铺，专门销售法国的化妆品，这些淘来的便宜货，都是卖堆堆的，可在国内却要卖翻倍的价格。将这些化妆品采购后，大包小包地寄回到广州，同样由家里人在网上卖，过一段时间就补一次货。这些产品在法国已经过季了，可拿到中国仍是最新的。因为在中国，一些买家只认牌子。

我心想，怪不得这两个女生经常逛商店，怪不得经常涂脂抹粉的，打扮得像两个小妖精。原来她们成了商店的常客，成了超级VIP了。

过了不久，两个女生又查到一个法国的网站，专门销售打折的化妆品，都是国际名牌，可能是因为要出新的品种了，所以时常都有成批成批的处理货。在法国这个奢侈品天堂，货源应该没有问题。

本以为这两位女生够厉害了！可他们淘便宜货却淘出了麻烦。

一天晚上，我正准备睡觉。突然，电话响了，原来打来的是林雅菲。她在电话里大声地对我说："张洋，快来接我们，我和董玉莹迷路了……"

这么晚了，这两个疯婆到哪里去玩了？我问她们在什么地方，林雅菲竟然说："我也不知道这是什么地方。"

我连忙起来跑了出去……

原来，在下午的时候，林雅菲和董玉莹两个女生相约一起去逛商场，又去淘便宜货。反正买的包年的学生公交票，在法国这个相对交通便利的国家，坐公交是不用再花钱的。

等她们俩逛完商店已经是晚上8点多钟了，正准备回家的时候，才发现碰到大麻烦了。来到公交车站，等啊等，一等二等，就是等不来车。她们赶紧去问旁边匆匆而过的行人是怎么回事，行人指指公交车站的告示，回答她们说："你们看看告示，法国公交公司罢工，从晚上7点开始，公交车就停开了。"

两个女生顿时傻眼了，一路上光顾着聊天，没有留意到车站上的告示（其实就算注意到了也不一定看得懂），逛街的时候还优哉游哉的，到了天快黑了才想到回家，这下可好，没车了。

在法国，罢工是家常便饭的事，也算是法兰西的一个特色吧。那些工人动不动就为了争取利益而罢工，不过罢工也不能随便罢的，通常情况下是要提前通知的，会贴出告示，告知普通民众，哪天哪个公司或部门要罢工了，请大家做好准备。

看完告示后，可把两个女生给吓坏了，特别是董玉莹，胆子很小，两人脑子里一片空白，这回不去了怎么办？在荒郊野外走路，走夜路吧，黑漆漆的要步行一个多小时。

林雅菲强装镇定，一边安慰董玉莹，一边拼命想着解决的办法。她看见身旁有一个法国妇女，便用结结巴巴的法语询问她："这附近还有没有公交车可以坐？"交谈了好长时间，林雅菲才听懂，要走一段路，再去搭其他路线的公交车，也许还能赶得上。

两个女生听明白后，就开始跑，开始长跑运动。她们一边跑一边给何国华和我打电话，让我随时准备开车去接她们。可她们去的地方我也不熟悉，就是开车也不知道要去哪里接她们。

两个女生按照那名法国妇女指点的路线，一路返回，回到家已经是晚上11点多了。

早已在董玉莹家等候的何国华和我，看见一前一后惊魂未定的两个女生进门，居然还大包小包地拎着淘来的便宜货，我想象不出她们双手拎着东西，怎么会跑得快？如果遇上恐怖分子，或者劫财劫色的流氓，难道她们还舍不得扔掉？

女生天生就爱财！

那天，法国公交公司是被她们骂死了！

有一天周末，林雅菲心情很好，她打扮得漂漂亮亮，背上包包，去家乐福购物。她一路微笑地走进店里，转悠了一会儿，便到卖内衣的地方，挑来挑去，最终还是没看上，就把内衣放回了原处，准备回家。

她刚刚走出防盗门，一个保安过来了，说着一口带南部地方方言的法语，林雅菲听得一头雾水。那个保安一手拿着对讲机嚷嚷，一手比画着让林雅菲跟他走。林雅菲心想，难道怀疑她偷窃东西？防盗门也没响啊，在众目睽睽之下，他到底要干吗？

林雅菲跟着保安去了。她被带进一间屋子，保安用脚"嘭"的一声把门关上，对她一个问题接一个问题地追问，本来脑子里法语词汇就不太多的林雅菲，完全不知所措，无法应对。

保安走到林雅菲跟前，眼神死死盯在林雅菲前胸，说把里面的东西拿出来，言下之意是里面藏有东西没付钱。林雅菲开始明白了保安的意思，于是，惊叫了一声："你想干什么？"林雅菲双手捂住胸前。

只见这个流氓保安抬起手来，慢慢地向林雅菲的胸部伸过去，林雅菲本能地一声尖叫，她后退了一步。脑子里轰的一声，顿时明白了：保安竟然在光天化日之下侮辱她，想要流氓。

在那一瞬间，林雅菲眼神充满了恐惧和厌恶，紧紧地攥着拳头，所有的血液都涌到了头顶。一时语塞的林雅菲，恐惧和刺激竟让她脱口一连串说出了法语，开始连珠炮似的质问保安："我做了什么了？凭什么把我带进来？凭什么要搜身？哪条法律规定了防盗门没响我也要被检查？"

面对林雅菲的质问，保安大吃一惊。那色迷迷的、猥亵的眼睛一下子瞪大了，他不由自主地退后了几步。林雅菲更加理直气壮了，把手中的袋子"嘭"的一声扔在了桌子上，大声喊叫："我要见你们经理！我要投诉你！我要你向我道歉！"

保安开始退缩了，让步了。

林雅菲见此情景，不由得借机壮起胆子，她想起了一些电影里的场景，干脆就假戏真做，她一把撕开外衣的两个扣子，冲上去就给流氓保安一耳光，并大声喊道："抓流氓——抓流氓——"

本来就心虚的保安害怕了，一时间愣住了。他没想到面前这个柔弱女生会这么厉害，会来这么一手戏法，可能他也不想多事吧！他拔腿就往外跑，林雅菲拿着手中的袋子边追边打。两人扭打在一起，从屋子里打到了商场。不一会，围观的人越来越多，用各种同情的、不解的、嘲笑的眼神盯着他俩……

刚才林雅菲还是假戏真做，这围观的人多了，林雅菲还当真了，真戏真做了。她真的动了感情，委屈的眼泪一下子流了出来，她开始哭，并用手指着保安，告诉围观的人群说："这个流氓，在公共场所侮辱女性，他变态，他有病，他的行为是犯罪……"林雅菲尽情地骂，尽情地发泄，她把所有的委屈全部倾泻而出。

顿时，商场里场面乱哄哄的。不一会，来了一位中年女人，她大概是商场领导。她叫商场工作人员驱散了人群，把林雅菲带到另一间屋子，询问情况。林雅菲以极度愤怒的语言，讲述了事情的来龙去脉，指控了保安的流氓行径，并要求必须向她赔礼道歉！要求商场开除这个"混蛋"！

这位商场女领导当场表示了歉意，并承诺要严肃处理这一事件。她还不断地安抚林雅菲，并保证这样的事情以后不会再发生！

慢慢地，林雅菲平静下来。但她依然不停地在哭……

这时，商场女领导从口袋里拿出一张卡，递给林雅菲，以极其温柔的口气说道："别哭了，拿着，欢迎你经常来这里购物。"林雅菲接过卡片一看，是一张家乐福VIP卡，部分商品是可以打折的。

事至如此，林雅菲就没再说什么了。

当林雅菲走出商场的时候，那一刻她好想家，好想向家人倾诉她在法国所受到的恐吓和非礼……

回到宿舍后，林雅菲把我叫去，她向我讲述了商场发生的事情经过，但是，她一点都回忆不起，情急之中，那几分钟对保安的质问和责怪，是如何脱口而出的，正是那几句愤怒的法语语言，才使林雅菲躲过了那一刻的噩梦，解脱了自己的困境。

我气得大骂林雅菲："你个疯婆！活该！谁叫你没事找事！"

林雅菲低着头说："张洋，我好想家，我想回家，我想爸妈了……"

我立刻体会到光骂没有用，女孩子在这种时候更需要安慰，特别是在受到委屈的情况下。便同情地对林雅菲说："好了，坚强些！告诉家里只会给父母增加担心，我们已经长大了，不要再给父母添忧愁了！"

林雅菲这个时候像个做错事的小孩，显得特别听话，她不停地点头……过了一会，她带有撒娇的口气对我说："张洋，今天你陪我，不准走！"

哦，这还赖上了！不准走，啥意思？不就是肚子饿了吗？

我只好邀请林雅菲："大小姐，走吧！收拾一下，我请客！出去搓一顿！"

林雅菲破涕为笑，她擦擦鼻涕擦擦脸："好吧！"

自从发生那件事以后，林雅菲再也不敢一个人出去闲逛商店，在外面胆子越来越小了。

而她的淘宝专柜生意也就慢慢地萎缩，后来歇业了。

第48章
我们已经长大

　　马上就要到圣诞节了，学校放假两个星期。

　　在土伦这个法国南部小城市，为迎接圣诞的到来，街道、建筑都打扮得漂漂亮亮，光彩绚丽。当夜晚来临的时候，街上的灯光五光十色、相互交汇……

　　在放学回家的路上，街上已经看不到什么行人。我一个人走在大街上，孤独寂寞伴随着我的左右。看看偶尔从身边走过去的人，有说有笑，亲亲密密的，只有我的影子孤单地陪着我。

　　今晚的我，好想家。我想，爸爸妈妈今晚会在家里做什么呢？他们今晚会不会给我打电话呢？还有杨柳，这么长时间也没有给我打电话了，她现在过得好吗？我要赶快回到家里。不过，等我回到家里的时候已经很晚，他们可能早已睡觉了。

　　回到宿舍，我习惯地打开电脑，上网打开QQ，待我放好书包，坐在电脑前时，QQ在我眼前跳动。那是我的铁哥们张宸的留言。张宸告诉我："哥们！你暑假回广州认识的女朋友杨柳，现在有了新的男朋友了，你就放弃她吧！"

　　张宸和杨柳在同一所大学读书，杨柳在学校里新交男朋友的消息，张宸不可能不知道，铁哥们的心总是为我着想的。这样的消息也不可能不在第一时间告诉我。这使我回想起，离开广州后这段时间，杨柳与我联系越来越少，甚至有时不愿在网上和我聊天，现在明白了，杨柳恐怕已是名花另有其主了！

早在我暑假结束回法国时，我的那些铁哥们就提醒我，不要高兴太早了，新认识的女朋友杨柳，要不了几个月就会分开的，因为这样的先例太多太多了。

第一次廖晓颖和我分手时，杨柳是知道原因的，当时她还劝我："人各有志，感情这个东西不能勉强，你总不能强迫人家等你吧？落花有意，流水无情，随她去吧！"

当时我们之间还有约定，各自完成好学业。她在国内大学读的也是国际班，她学的专业是2+2（学4年），两年之后要到澳大利亚去继续学习。可没想到，我们的缘分更浅，刚刚到来的幸福就又溜走了。

我没有追问杨柳，追问她为什么在短短的几个月就抛弃我，因为远隔万里之遥，分手是必然的！

第一次与廖晓颖之间的爱情不就是这样结束的吗？

由于心情不好，我叫刘新来陪我，刘新还叫来了其他几个中国留学生。那几天我们自己没有做饭，都去下馆子了。晚上出去喝酒，几个人一起狂欢，我的内心虽然伴随着苦涩，但脸上却强装着笑容。

我靠酒精来麻醉自己，失恋让一个正常的人变得不正常。喝酒喝到半夜就出去飙车，狂飙车……

不要命的了，至通宵达旦。

当时什么也不顾了，我没有驾照，我酒后驾车，我一边飙车一边唱歌，一路上头很晕，但看见前面的路灯好亮好亮。如果被警察抓住，也没关系，反正老子也不想在这里待下去了，受不了这里的"洋罪"，大不了打道回府，回到中国，回到广州，回到爸妈身边，那多好啊，多么幸福啊，在哪里也没有在家里好……

我疯了，大家都疯了，那几天我们疯在一起了。

一年一年，看似很漫长，却又是那么短暂。

每天重复着一样的事情，重复着上课、坐车、做饭，日子一天天地过着，平淡而又无味，我已习惯被平淡的四维空间所覆盖。这里没有激情的生活，没有兄弟，没有酒精，没有酒吧，没有K房。我的心啊，闷着、闷着，郁结难抒啊！

来法国又快一年了，我意识到时间的飞快如梭，我沉浸在记忆的河流里，那些逝去的片断像电影胶片一样在脑海中闪过。

此时此刻，在国内大学校园里的朋友，你们想知道留学生在海外求学的心境吗？想知道他们是如何打拼的吗？想知道他们付出的努力和承受的压力吗？

我们中间有些人家里并不富裕，但是为了追逐一个未来的梦，你们可知道他们的父母在背后付出了多少？我们出国的费用，都是父母用双手一分一分辛苦挣来的，我们不得不为昂贵的开支和生活费而节衣缩食，来减轻家庭的负担，不得不在这个现实的社会，用自己的汗水赚取生活费。

有时很想吃韩国拌饭，却又花不起那钱，只好跑到人家餐馆门口趴在橱窗上看人家的饭是怎么做的，然后回家学着自己做……

最辛苦的是打工的日子，每天把手泡在碱水里弯着腰洗碗五六个小时，晚上回家腰疼得都直不起来，手泡得脱了皮而第二天还要继续上学。

在这里，没有家乡可口的饭菜，没有疼你爱你的亲人，没有丰富多彩的课余生活，没有爱情，没有天使，这里也绝对不是天堂。没有人同情你，最后能帮自己的只有自己。

在这里，我们学会了吃苦，我们学会了体谅，学会了理解，学会了包容，我们学会了保护自己。更重要的是我们学到了社会的生存法则，如何养活自己，如何在困难当中依然挺立，我们坚信我们不会轻易被困难打倒。

从踏出国门之日起，我们就要学着精打细算，学着兢兢业业，学着洁身自好，学着面对油盐酱醋，面对锅碗瓢盆，面对人情冷暖。摔倒了再爬起来……

就是这样的生活，使我们明白了事理，坚强了起来。

这些都是我和我的小留学生朋友们亲身经历过的事情！

那几天，我失眠了。我多么怀念在中国的日子！

我可以两年不回国过年，可以不过情人节，可以元宵节在宿舍里吃方便面，也可以过生日在家吃面包……这一切我都可以忍，但是我忍不住又想起身边的兄弟们了，真的好想他们。

我想起，去年8月25日晚上，我们短短相聚了4个小时。那天晚上我们的人到得最齐，我顶着回去被老爸骂的压力，把第二天将乘飞机回法国的事抛到脑后，和兄弟们喝得死去活来。喝得半醉的我被兄弟们送回家，在我家客厅里，将要分别的几个大男人、几个大小伙子抱在一起痛哭。

谁能体会到当时即将再一次离别的感受呢？

我想起，我们一起走过的这几个年头，我们一起笑，一起哭，一起醉。好兄弟们，还记得我们每次喝醉的情景吗，记得我们每次一起打架的经历吗？知道我此刻的心情吗？我多么想再一次回到已经走过的无忧无虑的童真时代。

现在，我们大家已经各奔东西，不知道什么时候才能再次齐聚。

想家的感觉很美。家，对于我们来说，是藏在心里最温暖的一个寄托，我们尽量避免去想以防止眼泪会流下来。然而，我们不需要眼泪……

一年过去了，感觉就像一场梦。似乎一切都只是个开始，未来的路不知道还有多长，我们唯有脚踏实地地朝着目标，坚定地走下去。

踏入新的一年后，我好像突然明白了很多，明白了什么是时光如流水，一去不复返的道理。过去的岁月好像一幕灿烂的烟火，悄悄落幕了，已经离我们而去。迎接我们的，将是一个新的开始！

我很怀念昨天的自己，昨天我们还有资本继续放任，留下我们的童真，不要留有遗憾，可今天我们已经长大了！等待我们的将是希望的明天……

最大努力去学习吧。但愿10年后的今天，我们会为今天的努力而骄傲！

第49章
巧遇美女模特儿"佐伊"

　　原本不打算回国过春节的我，接到李冬明的电话，他动员我春节回广州，参加华海附中中法班老同学相约的聚会。更主要是他准备邀请那些新闻媒体的朋友，开一次品酒会，让我们这些留学生从法国回来给他捧捧场。

　　冬明承诺，回国的机票由他承担。同时冬明还邀请了波尔多的另一个同学陈辉，和我一同回去。陈辉在波尔多学的专业是红酒的销售，也是冬明在波尔多的合作伙伴。

　　冬明从广州在网上帮我和陈辉订了回国的机票，我和陈辉约定，提前一天到巴黎，第二天一同去机场。

　　到巴黎后第二天一早，我和陈辉赶到机场。我们是最先到达的旅客。离飞机起飞还有三个多小时，在我们候机时，正闲得无聊，一名年轻漂亮的姑娘，不声不响地坐在了我们旁边。

　　看样子像是法国人。她虽然身材苗条，却显得非常丰满和高挑，头发卷曲而呈金黄色，特别是那一对眼睛，呈深蓝色，长长的睫毛，超迷人。她是一位很漂亮的法国女生。

我看见她时，顿时惊呆了，感觉非常眼熟。她很像我们在读高中中法班时，法国里昂圣马克中学来我们学校游学时的一名女生，叫佐伊（Zoe），但佐伊好像没有她的个子高？

我悄悄地对陈辉说："你看，这个女孩像谁？"

可能当时陈辉对佐伊没有注意看，随口就回答："像个模特！不做模特太可惜了。"

我又进一步提示陈辉："你看，像不像那年里昂圣马克中学游学团的佐伊？"

陈辉这才想起来："对，就是她！不过看起来比当年的佐伊更美，更漂亮。"然后又对我说："你们两人关系不是很好吗？"

大概是听到我和陈辉用中文的对话，佐伊扭过头来看着我们俩。我和佐伊两人双目对视着，同时又呈现出非常惊讶的表情，两人不约而同地说出了对方的名字："你是佐伊（张洋）！"顿时我们兴奋起来，站起来拉着手，很激动……

那是在我们中法班高二时，佐伊随圣马克中学游学团来到我们学校。学校组织我们和法国游学团同学一起搞活动，我和李冬明、陈辉等同学都是活跃分子。我们在一起互相教唱中法两国歌曲，在一起做游戏、打篮球，一起观看、表演节目……

自由活动时，中法同学之间合影，法国女同学佐伊和我一起拍照，我们一起散步，会场上佐伊总是在我身边。

经验丰富的老师们似乎明白了什么，就开始搞破坏了。

在学校教室内，中法同学欢声笑语，中国同学用法语作自我介绍，法国同学学习汉语口语，中国学生给予纠正，场面气氛热烈。学校教导处那个讨厌的梁老师走过来，说"你坐过去点"，把我推开，自己却一屁股坐在了我和佐伊的中间，把我们俩隔开。

中法同学一起玩游戏，我和佐伊在一起，又是那个梁老师把我支走，对我说："张洋，你们班张老师找你有事，你去一下。"我急急忙忙离开，找到我们班张老师，问他找我有什么事，张老师却回答："我没有找你呀？谁叫你来的？"

只要看见我和佐伊在一起，就总有电话把我叫走。

真他妈的见鬼了！

可能是学校招生的需要，我们中法同学活动的照片，被挂在学校中法班的招生广告上。

其中，有一个大大的头像，那就是佐伊！

"你一直在法国读书吗？怎么不来找我？"佐伊问道。

"没有你的电话，我怎么找你？没想到今天能在机场碰见你。"我回答。

佐伊看看陈辉，又看看我说道："他也是你们中法班的同学？一起来法国留学的吗？"

我介绍："是的，他叫陈辉，在波尔多读书。"我又问道："佐伊，这两年你都在哪里？你怎么也不联系我？你有我的邮箱的啊！"

佐伊笑道："梁老师说你不是一个好学生，让我不要接触你，所以……不敢联系你了，张洋。"

"这个更年期的娘们！"我气愤地用中文骂道。心想：要不是梁老师，我和佐伊恐怕早就成为好朋友了。

和佐伊交谈我们得知，佐伊现在在法国一家知名的服装设计公司做模特，经常飞北京、上海、深圳做服装表演，短短的两三年时间赚了不少钱。

我们三人原本想把乘机的座位换在一起，不知是不是由于李冬明帮我们买的特价机票的原因，我和陈辉的座位安排在飞机最尾处的位置，旁边两个又肥又高的黑人妇女，穿的衣服又多，在机上脱掉了鞋，人坐在座位上歪过来、倒过去，那股味道啊……整整12个小时，差点没把我们俩给熏死！

佐伊坐在前排，她一直抱着个白色的洋娃娃，时不时回头看看我们，对我们亲切地笑一笑。

飞机到达白云机场后，我和陈辉一起陪同佐伊，为她办了落地签证。我、陈辉和佐伊相互留了电话。我们约定，等她到深圳活动结束后，回广州时我们请她吃饭，她爽快地答应了。

后来，当我们知道冬明这两张机票的价格时，我们才明白，也根本想不到，冬明为什么大大方方地帮我们买机票，更庆幸的是飞机在途中没有爆炸。

原来那是两张免费的机票！我一听说这个消息，恨不得一拳揍扁他！冬明一直想来法国，经常在网上查便宜机票，查到这样的好事，哪肯放过。

回到家了。家里一切都没变，只是电话机和电脑更换了新的，可想而知，爸妈在电脑旁度过了多少个不眠之夜啊！

"儿行千里母担忧！"一年多了，不管多晚，爸妈每天都要上QQ，与我聊上几句，才能入睡，这似乎已经成了习惯。几天不见，爸妈就会想很多，担心会发生什么事情。与我相距万里之遥，只能用这种方式来沟通信息了。我想，每个小留学生的家庭，他们的爸妈都会如此吧？

第二天早上，我还在睡梦之中，家里那软软的席梦思床真舒服。突然，电话铃响了，是李冬明打来的："你回来了？张洋，哪里都不要去啊，在家等着我，我去找你。"

我刚刚起床洗漱完毕，李冬明就走进我的家。他一进门，就猛地抱住了我："张洋，想死我了！你终于回来了……"

我早餐简单地吃了点东西，就随冬明去他的"喜登堡酒庄"。

此时冬明的座驾，已是"奥迪"。不一会，我们到了店里。

虽然还是春节放假时间，可店里生意很好。酒架上一排排、整整齐齐地摆放着红酒，有各种各样的名牌。间隔的小仓库里，一箱箱的红酒堆放在那里。

两个员工往外搬着东西，收银台前几个顾客在等待付款。

正在招呼客户的冬明爸妈看见我来了，放下手中工作，十分亲热地围到我身边，冬明爸搂着我的肩膀，他妈拉着我的胳膊，问这问那，我一一地笑着回答他们。

我问冬明爸妈："生意好吗？"

冬明爸说："好啊好啊。你看啊，过年前客人买年货呀，送礼呀，走亲戚呀，真是卖红酒的黄金时段啊！客户们都知道，我们的产品是正规的法国红葡萄酒，是原装货！不会有假，所以生意会这么好。"

我问道："赚了不少钱吧！冬明现在是小老板了哟！"

冬明爸妈听我这么一问，竟埋怨起来："冬明还是贪玩，和你们当年在学校一样。你看吧，刚刚挣了点钱，就一个劲地倒腾车，换了一部又一部，上一部'凯美瑞'没开多久，又去换了这部车，四个环的奥迪。"

我笑笑，没有回答。心想，冬明跟我一样，爱车如命！

品酒会在离冬明酒庄不远的一个卡拉OK厅举行。那天，邀请的朋友不多，多半是媒体的朋友。品酒会场地不大，但比较豪华，厅里投影屏幕打着"喜登堡酒庄"品酒会的字幕，两张宽大的长条桌上，整整齐齐地摆放着一排排品酒用的高脚杯和低脚杯。场内播放着轻音乐，是法国名曲，一时我也说不上是什么曲名，可能品酒的嘉宾就更弄不明白了。

邀请的嘉宾就十来个人，三三两两地来齐了，品酒会开始。

冬明先是介绍了法国红酒和葡萄酒历史渊源，然后开始品酒。当冬明介绍一个品牌，服务员就给各位斟上一盏，让大家慢慢地品尝。大家品尝时，冬明会用语言来表达这种品牌的口感体验……这样持续了将近一个小时，场面挺高雅而又不冷场。

尤其是，应我们的邀请，佐伊抽时间从深圳赶到广州，参加了这次品酒活动，更是给场内增添了光彩。你们想想，一个法国美女专程（冬明就是这么介绍的）到"喜登堡酒庄"参加酒会，场内气氛就可想而知了。

后来，开始自由活动，大家想喝什么酒就斟什么酒，参加这次酒会的媒体朋友多数是青年男性，他们都会玩会闹，还会瞎起哄……不管场面怎样的喧闹、嘈杂，但只要我、冬明和陈辉用法语和佐伊交谈时，场面就慢慢地安静下来，好奇地倾听我们的对话……

当时的情景，对我和冬明、陈辉来说，还真的有一些自豪感，毕竟懂法语的人不多。好像我们正在成为"国际人"。

酒会的最后，是卡拉OK，嘉宾和朋友们在一起疯玩……

短暂的假期就要结束了，就在我和冬明即将分手的时候，冬明请我吃饭。他十分诚恳地希望我留下来，提前结束学业与他一起创业。冬明说："张洋，我们都是一起从小玩到大的哥们，同甘苦共患难的朋友，回来吧！我们一起来创业，把生意做大。"

冬明劝我："大多数留学生回国后要重新找工作，拿着三五千元的工资，朝九晚五，天天上班挤公交，把一个满怀激情的人生折腾得疲惫不堪。我们还年轻，即便创业失败，可以重新再来，还有拼搏的时间。如果被'海水''呛'了也无妨，一切可以从头开始。"

我回到家后，将冬明挽留我休学回国创业的想法告诉了家里，其结果可想而知，爸妈坚决不同意。老爸鼓励我继续回法国读书，他一再告诫我，知识改变命运，机会都是给那些有准备的人的。只有用知识充实自己，厚积而薄发，才能飞得更高、走得更远……

　　家里既然如此坚决，我不得不打消了休学创业的念头，回到了法国继续完成学业。

　　冬明陪同佐伊在广州玩了几天后，佐伊又去深圳参加比赛去了。

FIFTY

第50章
去巴黎求学

那几年，受到国际上金融海啸的冲击，法国也未能幸免。危机的魔鬼开始吞噬一个个企业并危及百姓的生计，佳华大哥的公司遭遇到了倒闭的命运。

佳华大哥所就职的公司，主要开展计算机应用方面的业务，包括软件开发、网络通信、电脑维修等。佳华大哥硕士毕业后，已在这间公司工作了三四年，他和老板的关系比较好。

有一天，佳华大哥一大早赶到公司上班。到了公司不久，老板就把他叫到办公室，面色很沉重地并带有歉意地说："华，公司业务不好，维持不下去了，下个月可能你的工资都没法支付啦！"

佳华大哥一时愣住了，他没有想到事情会这么严重，公司会发展到快要倒闭的地步。

老板接着说："我们开发的软件，一直处于滞销中。其他的业务市场也不好，公司已经没有什么活儿可干了。"

佳华大哥默默地点点头，没有话语。他明白，公司的软件是企业管理方面的，现在好多公司都要裁员，都在倒闭，哪里还会掏钱去买管理软件呢？

在金融风暴的冲击下，不知道每天有多少家企业的霓虹灯熄灭了，又有多少人步入失业者的行列。

但这次危机所带来的影响，一拖就是好几年。国外的经济形势，使得不少留学生返回到国内找工作。

时隔不久，佳华大哥告诉我，他在巴黎找到了新的工作，准备离开土伦，近期去巴黎。

在佳华大哥去巴黎的头天晚上，我和刘新请他吃饭。那是一次难忘的告别宴，席间大家依依不舍。佳华大哥发自内心地对我说："张洋，跟我去巴黎吧，那里是法国的首都，去那完成最后一年的学业，我准备一两年后，自己在巴黎开公司，我们一起创业！"

我知道，佳华大哥之所以没有随留学生归国的大潮返回中国，其想法是熬满十年，先入法国籍，再求发展。

那天送行宴，吃掉了我100多欧元。餐厅老板（法国人）很搞笑，说点的饭菜不吃完就不给上咖啡，结果我们撑得好饱好饱。

我们大二结束后，许多留学生们转学了。董玉莹、何国华转学去里昂的大学接着读书，林雅菲转学到了凡尔赛大学，刘新去了法国北部的里尔二大，这些学校都有很多我们中法班的同学。而我转学到了巴黎高等商学院，改为市场营销及管理专业。在法国申请转入其他大学入读，公立大学之间可以接受学分转换。

已在巴黎工作的佳华大哥的住宿地离我学校不远，他腾出房间让我和他合住，租金我们两人分摊。我和佳华大哥谁放学或下班早，就谁做饭。一些老同学和新结识的好朋友，经常来我们宿舍玩，我们那个简陋的家，成了大家的饭堂。每周大家轮流买菜。

在巴黎，见到了陈世俊大哥。我看到他那双手，浸泡得漂白漂白的，可能是天天泡在水里，不知怎么弄的，好像脱了一层皮。说真的，学厨师也不容易啊！

在巴黎，我们一大群留学生在一起穷开心，生活过得紧张而有趣。我改为学文科，学市场营销及管理相对容易些，有了更多的时间，时不时就去"光顾"佳华大哥的公司。

佳华大哥的公司总部位于巴黎市区，塞纳河以南、巴士底广场的圣安托万市郊街。公司在一幢大楼的三楼，面积不太大，布置得很雅致，室内装修设计和办公设备很精巧，淡蓝色的墙面配上米黄色的门框和窗户，配上墨绿色的沙发、深红色的书柜，使人一看就很舒服。

公司正在做一个新的互联网项目，佳华大哥也参与其中。为了使我下一步实习能有去处，他经常带我到公司去熟悉情况。

公司做的是一个国际在线健康管理平台。内容包括开展在线健康评估，存储医疗档案，健康相关的咨询与服务，提供第二医疗建议和远程医疗服务，还有到法国健康行等等。是一个国际高端医疗保健服务管理项目。

公司在法国、美国、英国、意大利、比利时等国家聘有上千名知名医疗专家顾问团队，开展在线咨询与线下疾病的会诊。网站以英、法、阿拉伯等多国语言来展示服务内容。

佳华大哥告诉我，这个管理平台正在设置中文页面，不久会将业务拓展到开放且和国际接轨的中国大陆。

那段时间，我利用课余时间，打开电脑查阅资料，收集案例，将欧美和国内在线医疗服务的网站做比较。在欧美互联网医疗服务的信息太多了，而在中国，还没有看到特别成熟的规模化的模式。

资料显示，一些美国和欧洲的各具特色的在线医疗服务项目，都获得了国际上的风险投资。这样的案例不少。

一年以后，我顺利完成了法国大学的全部课程，拒绝了佳华大哥及他们公司老板的一再挽留，决定回国创业。

临走之前，佳华大哥动情地对我说："张洋，如果回国创业不顺利，随时回法国来找我，我也准备在巴黎自己开公司了，我们一起干事业。"

回到广州，我和一位从美国留学回来的朋友注册公司，一同开始创业。

在佳华大哥刚刚加入法国籍后，就真的来广州找我了。他家在上海，他从家里筹集并带了100万元人民币，准备去巴黎开公司，邀请我再回法国，但此时的我已经有了自己的事业了！

佳华大哥在广州与我见面相处短短的三天，他不禁赞叹广州之美，花城的巨大变化，并且不无动情地对我说："张洋，你变了，你成熟了，你再也不是那个被人欺负、啥事都不懂的小孩了，在你与他人通电话的话语里，我听得出，你很会处理各种问题，我可能无法把你带回巴黎了！"

当然，此时的我，已经拥有了自己的公司。

我的那些同学之后都选择了自己的路。

会读书的董玉莹在里昂开始攻读硕士学位。何国华在大学毕业后，进入了法国一家知名跨国公司工作。林雅菲回国后，在一家出国留学服务机构当法语老师。刘新则与家人在山东青岛加入了法国一家奢侈品销售的连锁店，不久他当了新郎，专门邀请我到青岛在婚礼上做了他的伴郎，而李冬明的葡萄酒家族公司生意越做越好，他的"座驾"已经换上保时捷了。

世俊大哥在广州一家法国人开办的西餐馆当大厨，不过他好像已迈入了中年，用他的话说，因为喝了几年法国那让男人掉头发的水，头顶开始半秃。

特别要告诉大家的是，那个骗子周艳，据说嫁给法国老头后，好景不长，那个法国老头天生就是个花花肠子，几年后两人离婚了，就再没有她的消息。如果她回到广州，说不定哪天遇上她，我还会毫不犹豫地去讨回属于我的那部分"房补"……

结束语

在即将结束本小说写作的时候，我想表达的是：

作为一名小留学生，我有好多好多的同学、朋友，他们有着太多太多的经历，但我拙劣的文笔，没能圆满地表达出来。

写作这一小说的目的，是为了让人们了解我们这一代被称作"80后"、"90后"的"小留学生"在国外是怎样奋斗的，分享我们的困惑、迷茫、孤独、压力、窘迫、喜悦等真实情感，知道我们在做什么，今后会有怎么样的前景，为即将出国留学的同学提供借鉴。

也许，国内的一些朋友会认为，我们身在国外，有很多不同，会很新鲜，很精彩，但真正深入进来才了解，会很枯燥，很无聊。我们虽然失去了很多应有的东西，但也得到了很多。世界正在变小，眼界正在变宽……

那些还在异国他乡求学的同学和朋友们，即将出国留学的同学们，以及为儿女在国外求学而牵肠挂肚的父母们，让我们一起读一读书中记载的故事情节和感受吧，远在海外求学的莘莘学子，你们是勇敢者！是好样的！

留学的经历，伴随着自己的成长之路，将影响你自己的一生！伴随着中国人追逐自己梦想的进程，去追寻并实现自己的理想吧！

谨以此文献给那些还在异国他乡求学的同学和朋友们——我们的"小留学生"。

结束语